COLLECTION FOLIO

René Frégni

Tendresse des loups

Denoël

René Frégni est né le 8 juillet 1947 à Marseille. Après des études brèves et un tumultueux passage à l'armée, il vit pendant cinq ans à l'étranger sous une fausse identité. De retour en France, il travaille durant sept ans comme infirmier dans un hôpital psychiatrique. Il fait ensuite du café-théâtre et exerce divers métiers pour survivre et écrire.

Depuis plusieurs années, il anime des ateliers d'écriture dans la prison d'Aix-en-Provence et celle des Baumettes.

Il a reçu en 1989 le prix Populiste pour son roman *Les chemins noirs* (Folio n° 2361) et en 1992 le prix spécial du jury du Levant pour *Les nuits d'Alice* (Folio n° 2624).

À Ève, pour qu'elle ait moins peur la nuit.

Et à mes parents.

Car elle est mon amour, et les autres femmes n'ont que des robes d'or sur des grands corps de flammes.

BLAISE CENDRARS

C'est une époque où la mort rôda beaucoup autour de moi. Légère d'abord, diffuse, telle la lueur pâle de la lune qui descendait dans ma chambre à travers les volets. L'époque où j'ai erré longtemps dans les ténèbres de mon âme, les yeux grands ouverts dans le noir, les mains en avant. Époque d'ampoule nue, de mauvaise lumière, de ruelles tordues balayées par le vent de la nuit.

Nous vivions à trois dans cet appartement sur les toits : Juliette et Pierre dans une chambre, moi dans l'autre. On entendait, autour de nous, siffler dans le mistral les cheminées, les antennes, et claquer sur les terrasses le linge du quartier. Seul un clocher nous dominait qui lançait sur la ville, toutes les demi-heures, sa poignée de pigeons. Le fracas des cloches déchirait nos cloisons comme le tympan de Quasimodo.

Dans la journée je lavais des vieillards à l'asile, de temps en temps j'en préparais un pour son dernier parcours en habits du dimanche. Je faisais ça en pensant aux seins de Juliette qui ne m'appartenaient pas.

Le soir nous nous retrouvions tous les trois dans la pièce qui domine le port, le fort Saint-Nicolas et les îles. Pierre prenait son saxo, fermait les yeux et jouait : *My Funny Valentine* de Milt Jackson ou *Blue and Sentimental* de Count Basie. Assise en boule sur le divan, nue sous un tee-shirt fraise, le menton sur les genoux, Juliette le contemplait. Et moi je contemplais Juliette.

Je pensais toujours à ses seins que la musique caressait doucement à travers le coton. J'en voyais la divine naissance par l'échancrure sous le bras. Seul le bouton m'était dissimulé où le tissu se suspendait. Sous la plainte du saxo Pierre ployait en arrière, les yeux froissés. Les seins étaient la seule chose qui depuis toujours me calmait de la mort. J'oubliais l'asile, les vieillards, les rues. Le soleil de mars entrait dans la mer et la musique était pourpre. Par les fenêtres ouvertes passait le souffle du printemps et se posait sur moi comme un baiser de femme. J'aurais voulu que cette musique ne s'arrête jamais. Juliette et Pierre s'aimaient, ils m'aimaient. Je désirais Juliette.

Chaque soir nous sombrions lentement dans le charme mélancolique du blues. La nuit prenait d'abord Pierre debout près de la cheminée, puis Juliette dont je n'apercevais plus bientôt que la légère clarté des jambes et la joue gauche assombrie par les cheveux, mes mains, pâles et mortes, devant moi.

Des coups sourds résonnaient sous nos pieds. C'était la voisine du dessous qui voyait son mari tous les trois mois, un marin, et qui ne supportait pas la musique. Nous répondions par des injures, des coups de chaise. Ça nous réveillait.

Pierre posait son saxo, allumait la lampe orangée de la discothèque et, heureux comme un enfant qui arrive de dehors, jetant ses longs bras à travers la pièce, se lançait dans la vie de ses monstres sacrés. Alors revivaient devant nous, chaque nuit, ces Noirs illuminés : Charlie Parker, « le Bird », dont l'immense génie l'avait isolé du monde. La solitude de Monk, incapable de rencontrer un compagnon de route, l'homme inachevé, étrange, Monk ce fruit amer.

Lorsque Juliette dormait, légèrement dénouée au milieu des coussins, les cuisses nues à présent, il me faisait « chut... » du doigt, moi qui n'avais pas dit un mot, la soulevait dans ses bras et délicatement l'emportait dans leur chambre.

Quelques instants plus tard me parvenaient les premiers soupirs de l'amour. J'allais dans la cuisine boire un grand verre d'eau, écoutais un moment collé à leur porte la débâcle des corps, puis je descendais sur le port, désert et noir à cette heure, sentir sur mon visage avec le vent du large le baiser glacé de la mort.

Je savais que Juliette, le mercredi après-midi, souvent restait à la maison ; elle enseignait l'italien dans un lycée de banlieue. Je me débrouillais ce jour-là pour terminer plus tôt. J'aimais être seul avec elle ces longs après-midi.

Je la trouvai dans un rayon de soleil, sa tasse bleue dans le creux de la main, une mélodie de Coltrane autour d'elle.

— Oh ! Tu ne peux pas savoir comme je suis heureuse que tu rentres si tôt, j'avais un de ces coups de bourdon. J'en ai marre de ce lycée, mais marre, c'est triste comme un tombeau !

Elle sauta vers moi, me picora deux fois le nez.

— Et toi, Léo, ta journée, ça va ?

— Bof... Un jeune de dix-neuf ans qui s'est pendu ce matin.

— Quoi ? Pendu ? Mais pourquoi... un fou ?

Son visage tourna.

— Non, même pas, un jeune que les flics ont amené à l'hôpital hier soir. Ils étaient deux dans une voiture volée, ils ont voulu franchir un barrage, la police a tiré : un mort, l'autre à l'asile. Pourquoi l'asile ?... va savoir !... Un peu de drogue, une crise de nerfs... Toute la nuit il a pleuré ; c'était sa faute, c'est lui qui avait volé la voiture, brûlé le barrage, tout était de sa faute. Il avait assassiné son ami. Choc énorme. Il s'est pendu.

— Mais c'est atroce, Léo ! Monstrueux !

Elle broyait ses doigts, mangeait sa lèvre.

— Oh ! tu sais on s'y habitue, ça arrive une fois par semaine ces choses-là. On s'habitue à tout.

— C'est ignoble, et moi qui me plains ! Je me demande comment tu peux tenir dans un enfer pareil, tu devrais changer de travail, trouver autre chose, je ne sais pas moi... Attends, je vais te préparer une crème anglaise, ça va te retaper. Tu veux, Léo ?

J'adore la crème anglaise. Nous passâmes dans la cuisine. Elle grimpa sur une chaise, attrapa un saladier, plongea dans le frigo, fonça vers la table, lâcha tous les œufs par terre : schreufff ! ! ! Elle poussa un cri, me regarda. Il y en avait partout. Nous éclatâmes de rire. On était jeunes, Coltrane jouait, au diable l'hôpital !

Elle me parla longuement de Kerouac qu'elle dévorait et qui ne quittait pas son sac ; je lui racontai le polar que j'avais lu la nuit dernière. Je prenais un énorme plaisir à lui raconter des romans noirs, j'en étais aussi friand que de la crème anglaise. Je suivais en parlant ses yeux d'un bleu lointain et c'était comme si je relisais l'histoire au fil des émotions qui s'y bousculaient.

Quand j'eus terminé, elle me dit :

— Je vais prendre une douche, je suis toute moite, brrr quelle créature étrange ! tu devrais lire des choses plus gaies.

La douche était dans la cuisine, Pierre l'avait installée dans un ancien placard. Le bac était très élevé et le plafond si bas qu'on devait pour se doucher plier un peu les genoux.

En un clin d'œil Juliette fut nue sur ce perchoir, s'enferma. Je ne vis plus que son visage ruisselant projeté en arrière dans l'encadrement du fenestron au sommet de la porte, par où s'échappait la vapeur.

J'entendais l'eau frapper et caresser ce corps, un peu coincé dans sa boîte. Je n'avais qu'un pas à faire pour ouvrir cette porte et le pétrir à mon tour, dévorer ces seins ruisselants, mordre ce ventre, rougir de tous mes doigts ce corps trempé, prisonnier, offert soudain dans cet écrin liquide. Tout voir d'un coup, tout prendre. Avaler.

Ma bouche fut sans salive, ma gorge souffrait. Qu'aurait-elle pensé ? Qu'aurait-elle fait ? Voilà les questions qui depuis des jours me torturaient. Elle était si douce, si attentive avec moi, si libre aussi… Était-ce le fruit de sa seule jeunesse, de sa générosité ? Ne se rendait-elle pas compte que je ne pouvais rester éternellement étranger à ce corps toujours en partie dévoilé, aperçu, frôlé ? Attendait-elle au contraire quelque chose de moi, autre que ces histoires macabres que je lui racontais, où des corps fugitifs se livraient, poursuivis dans la nuit, à des étreintes effroyables ?

Et Pierre dans tout ça ? Pierre l'artiste, le jeune homme fantasque qui me faisait penser à Boris Vian ; toujours prêt à rire au canular et qui m'avait, en m'accueillant chez lui, offert d'un bloc toute sa confiance.

Comment aurait-elle pu le tromper, lui si beau, si clair ? Comment y serais-je parvenu, moi qui ne savais rien faire de mes dix doigts et qui passais mes nuits à fouiller les ténèbres ?

La porte de la douche s'ouvrit : Juliette apparut. Elle pressait sur ses seins une serviette-éponge vert pomme qui jusqu'à mi-cuisses la dissimulait. Prudemment, afin de ne pas glisser, elle chercha le sol du bout de son pied gauche ; la serviette joua, dévoilant une hanche. Elle me sourit, fit un leste demi-tour et fila vers sa chambre. Je vis entièrement nue toute cette partie de son corps : son dos, ses fesses, ses jambes tendus par sa fuite sur pointes.

À l'autre bout de l'appartement je l'entendis fouiller dans un tiroir, s'habiller. Aussi précisément que si j'avais été dans sa chambre, j'aurais pu dire ce qu'elle enfilait.

Je descendis dans la ville, comme elle ma tête bourdonnait. Le port était déjà dans l'ombre, sous les barques l'eau noircissait. Je levai les yeux, très haut le soleil s'attardait dans un bleu calme. Une écharde d'acier passait lentement dans le silence de ciel.

Je gagnai le quartier de l'Opéra, cherchai une prostituée qui ressemblât à Juliette. Je n'en trouvai aucune ; choisis la première venue : grande, maigre, le contraire de son corps. Je montai, payai cent francs et sans un mot les yeux soudés, rageusement je fis l'amour avec Juliette.

Nous connûmes cependant, malgré mon désir secret, tous trois des moments très doux. Dès les premiers beaux jours, le dimanche, nous montions sur le toit. Vers les neuf heures, là, il fait déjà chaud. Nous nous étendions sur les tuiles, nus au milieu du ciel, seuls sur ce belvédère de lumière, un bol de café à la main. À tour de rôle nous descendions changer le disque : un swing d'Hampton ou de Basie qui montait à tue-tête par les fenêtres du salon éblouir notre matinée et agacer quelque mouette qui lâchait sur nous, en passant, un cri rauque et dédaigneux.

Sur le coup de midi la chaleur devenait intenable, nous dégringolions par les ruelles en escalier vers le port après avoir pillé le frigo de toutes ses bières glacées. Nous allions piquer une tête aux Pierres-Plates sous les fortifications rousses de Saint-Jean et nous nous écroulions sur ces dalles qui portent si bien leur nom, blanches et douces. Le temps en a fait du satin.

Des nuées de voiliers entraient et sortaient du

port, au moteur ou à la voile, ils venaient virer juste devant nous, gracieusement, avant de s'engager dans la passe. De temps en temps un porte-voix réveillait près de nous des baigneurs assoupis, le ventre collé à la pierre bouillante, ils levaient des têtes assourdies de chaleur; c'était une barque bourrée de touristes qui cinglait pesamment vers le Frioul.

Pierre se penchait sur Juliette, soulevait ses cheveux, l'embrassait sur la nuque puis dans le creux des reins, très discrètement et toujours lorsqu'il pensait que je regardais ailleurs afin que je ne sente pas trop peser sur ma solitude le poids de leur amour. Pierre était un garçon délicat. J'aurais aimé que Juliette n'existât plus. Être pour lui ce qu'il était pour moi : son meilleur ami. Juliette existait, elle était presque nue.

En face, des enfants dévalent en roulant les pelouses du jardin du Pharo jusqu'au bord de l'eau. Des vieux, dos à la mer, regardent la ville, assis sur leur banc. Plus loin sur la droite, le port de marchandises étire son dimanche. Les grues sont immobiles, les cargos dorment dans les bassins. Près du phare, la jetée est piquetée de pêcheurs, noirs sur le ciel pâle. L'après-midi glisse calmement vers le large, des îles le soleil envoie son ultime chaleur. Une lumière d'or est sur la ville.

C'était l'heure où nous rentrions, l'heure où les mouettes s'appellent, mélancoliques, sur l'horizon safran.

Nous connaissions à deux pas de chez nous, tout près du port, un petit restaurant grec qui servait une moussaka du tonnerre. Nous aimions aller y terminer nos dimanches. Souvent nous y étions seuls, nous nous installions toujours à la même table, près du comptoir. La serveuse était une toute jeune Grecque qui estropiait le français avec un charme fou. Elle était si ravie de nous voir qu'elle semblait nous attendre depuis une semaine. Sa mère préparait la moussaka derrière un rideau, on ne voyait que sa tête de temps en temps.

Pierre avait la gentillesse de me céder la place près de Juliette mais dès la deuxième bouteille de retsina, voilà que le submergeait son obsession du jazz ; face à nous il s'enflammait :

— Il faut que je vous refasse écouter le *Ko-Ko* d'Ellington, c'est un chef-d'œuvre, un moment unique dans l'histoire du jazz, un éclair de génie tellement exceptionnel que Duke lui-même ne s'est peut-être rendu compte de rien. Je veux que vous entendiez le piano de Duke dans ce morceau, c'est un instrument sauvage, un instrument d'un autre monde. Je l'ai écouté peut-être mille fois et mille fois j'ai reçu le choc, la magie. Il n'y a pas d'autre mot, ce n'est plus de la musique, c'est de la magie !

Il parlait à moitié couché sur la table vers nous, derrière le comptoir la petite Grecque me souriait, elle le trouvait sympathique.

— Attention !... Je ne parle pas du second *Ko-Ko* enregistré par Duke quinze ou vingt ans plus tard, c'est un véritable massacre, une copie dégueulasse ! Plus rien du solo de Tricky Sam ni du piano de Duke, un massacre ! Non, le seul, le vrai, le premier, celui de 1940. Le chef-d'œuvre des chefs-d'œuvre de la swing music !... Mademoiselle, s'il vous plaît, l'addition ! Attendez les enfants on rentre à la maison et je ne vous dis que ça... Le *Ko-Ko* de Duke !

Avec Juliette nous éclations de rire. Il était déjà dehors, un saxo imaginaire entre les doigts. Sur le port passait un bus aux lumières épuisées, dernières familles qui reviennent des plages les yeux contre la nuit.

Chaque matin Pierre partait en moto travailler dans une petite entreprise de pièces métalliques de précision. Il n'en rentrait que le soir. Je faisais, moi, les quarts à l'hôpital : quinze jours le matin, quinze jours l'après-midi. Rarement la nuit. Je préférais être d'après-midi, je n'ai jamais pu me lever le matin.

Ce soir-là je rentrai assez tard. Comment pourrais-je l'oublier ? Pierre était planté devant la fenêtre du salon, un appareil monté sur trépied près de lui. Hilare il m'ouvrit les bras.

— Enfin te voilà ! Bon sang que tu as été long ! On commençait à désespérer avec Juliette. Bon, tu es là, c'est le principal, approche, tu ne vas pas le regretter.

Content de cet accueil je m'avançai.

— Tu vois cet appareil... D'après toi qu'est-ce que c'est ?

Il n'y avait pas à hésiter.

— Un projecteur de diapos ?

— Il est parfait, bravo ! Et pour quoi faire à ton avis ?

Perplexe, j'interrogeai l'appareil braqué droit sur la nuit.

— Ah ! exulta-t-il, difficile, difficile ! Pas d'écran, pas de mur, rien !

Il éclata de rire. Juliette un peu plus loin souriait, une brume d'inquiétude voilait sa joie me sembla-t-il. Je la sentais plus contenue.

— C'est là qu'est le génie ! reprit-il, scandant ses mots. Trois mois que je me triture les méninges à l'atelier, trois mois que je ne prends même plus le temps de manger à midi pour vous offrir mes amours, en grande première, un spectacle bouleversant ! Le premier projecteur laser à scandale !

Il s'immobilisa.

— Attention !

Ses bras se dressèrent.

— Mademoiselle Juliette, lumière !

Juliette éteignit la lampe. On ne voyait plus à la faible lueur de l'appareil que des ombres graves passer sur le visage de l'inventeur.

— Et maintenant, mesdames et messieurs, pour la première fois dans votre ville, le tableau vivant de vos fantasmes étalé dans la rue pour le bonheur des familles et l'éducation des enfants !

Il appuya sur un bouton. Instantanément, de l'autre côté du port, toute l'immense façade de la criée aux poissons s'illumina tel un écran monumental. La puissance de l'instrument était sidérante.

De nouveau il appuya sur le bouton : apparut tout là-bas, à plus de cent mètres, une image gigantesque d'une étourdissante précision. Une femme était à demi couchée dans un fauteuil, nue dans un manteau de cuir noir d'où jaillissaient des seins splendides, ses belles cuisses d'or étaient barrées de jarretelles blanches. D'une main gantée de blanc, jambes gracieusement écartées, elle se caressait. Elle portait des lunettes noires en forme d'oiseau. Elle était fantastique.

Le bouton du projecteur cliqueta, une autre image illumina le port, aussi folle, aussi démesurée : la même femme était toujours assise cuisses ouvertes, un homme était près d'elle debout, il portait une chemise bleue qui lui arrivait à mi-cuisses, ses jambes étaient nues. La femme approchait sa bouche de son sexe raidi.

Sous la scène géante la foule commençait à s'accumuler. On voyait dans la lumière ces infimes passants figés, la tête basculée vers le ciel. Le silence était énorme. Pierre étouffait, Juliette entre nous frémissait d'émotion, de peur ou de surprise ? Ses doigts s'incrustaient dans mon bras.

Nouveau cliquetis :

Le visage de la femme occupa toute la façade, sa peau était lisse, à l'oreille un anneau d'or, un chignon du même or et toujours cette bouche entrouverte tendue vers un sexe d'homme, colossal. Pas de regard derrière l'oiseau noir.

Les scènes se succédèrent, plus rapides, plus insensées, dégringolant du ciel sur la foule comme un orage de chair. La femme était à genoux puis à quatre pattes, de nouveau à genoux. Deux hommes se servaient d'elle, celui en chemise et un autre, entièrement vêtu sauf le sexe.

En quelques instants le quai fut noir de monde.

Une nappe houleuse s'élargissait. Pierre semblait ne s'adresser plus qu'à lui-même :

— C'est beau, c'est grand ! Les cyclopes faisant l'amour dans un port, la nuit. Dessous, l'écume fascinée des hommes…

Jamais je ne l'avais vu dans cet état étrange. Quel était le sens de cette provocation ? Avait-il une revanche à prendre sur les hommes, lui qui possédait tout ?

Sous l'empire des deux hommes et la folle accélération des postures, cette femme perdait toute dignité. Elle en était démente. Elle vivait, se tordait, palpitait devant nous, là, hurlait son plaisir à la ville, se cabrait ; on eût pu la toucher, la prendre. Toute la foule en bas pouvait la posséder, en jouir, s'y perdre. Le port bascula dans la déraison.

Sur la gauche, du côté des boulevards, une sirène déchira la ville. Aussitôt le port fut fouetté de bleu. Pierre sectionna le rêve. Il y eut une seconde de ténèbres, une unique seconde où le silence fut sans fond puis monta de la foule, de cette masse noire qui cimentait le port comme le grondement sourd, lugubre et incommensurable d'un cyclone sorti de l'océan Indien et qui s'abattrait sur ce coin de la terre.

À toute allure le fourgon de police longea le quai et vint heurter la masse obscure. La foule demeura inerte sous le fouet bleu, elle attendait la suite. La sirène telle une vrille tenta d'y percer une brèche. Enfin, aussi lentement que la sirène était folle, morceau par morceau la nuit avala la cohue.

Je sentais Juliette contre moi, pétrifiée. Nous restions dans la pénombre, un peu en retrait, les yeux toujours fixés sur la façade de la criée aux poissons de nouveau grise et sale. De là-bas, il devait être impossible d'identifier notre fenêtre dans la multitude des maisons superposées sur le versant de la colline, où des pièces sans cesse devaient s'éteindre et s'éclairer.

Hoquetant de bonheur, Pierre plia son matériel et alla le fourrer entre le plafond de la cuisine et la caisse à eau puis, toujours dans l'obscurité adoucie faiblement par la lueur de la ville, il choisit un disque, le tira de sa pochette et le posa sur le plateau. C'était un blues très calme de Basie dont je n'aurais pu dire le nom mais que j'écoutais souvent quand j'étais seul à la maison ; une mélodie très simple, d'une extrême pureté d'où se détachait, de temps en temps, un accord triste et solitaire. Le volume de la musique était doux comme si, calmé, Pierre n'eût plus voulu ce soir déranger personne mais être là avec nous, simplement, dans le velours de la musique.

Alors, du fond de la pénombre, il eut cette phrase que jamais je n'oublierai, cette phrase à la fois si belle et mystérieuse et qui devait être de lui, en cet été lointain, la dernière que j'entendrais.

— Écoutez, nous dit-il tout bas, écoutez le silence de Basie, c'est le premier musicien à avoir eu à ce point la sensation du silence… La beauté de Basie c'est l'intuition du silence.

Mais à cet instant-là, qui se serait douté que ces quelques mots murmurés d'un recoin de la nuit seraient le dernier message que nous recevrions de Pierre, cet être fantasque et généreux. Et que s'il avait choisi si justement ce soir-là pour nous parler du silence, c'est qu'il en recevait lui-même, profondément, l'inexorable appel.

Cette nuit-là je fis un rêve :

Je revis cette foule obscure de l'autre côté du port, non plus braquée vers le ciel mais penchée, en cercle, sur quelque chose que je ne pouvais voir. Je savais cependant que c'était Pierre. Il était mort. Juliette était assise par terre ; jambes croisées, elle ne se doutait de rien. Je me penchai sur elle et par l'ouverture de son tee-shirt sous le bras, je mis un sein dans ma main. Elle souriait.

— Attends, murmura-t-elle, je vais baisser le son.

— Ne bouge pas, j'y vais, répondis-je, et je me précipitai vers la stéréo. Je savais qu'en se dressant elle pourrait voir le port par la fenêtre ; elle comprendrait tout. Je voulais qu'elle reste immobile sur le sol, là, seule avec moi et caresser son buste.

Je replaçai son sein dans le creux de ma main, avec beaucoup de précision je le frôlai, sa pointe durcie chatouillait ma paume, je sentis sa chaleur parcourir tout mon corps.

— Attends, je vais baisser le son, répéta-t-elle.

Je me ruai vers la stéréo.

Le cadavre de Pierre, là-bas sur le quai, m'inquiétait. Plus que sa mort, c'est l'idée que Juliette l'apprenne qui me torturait.

Je revins vers elle ; lentement je lui retirai son tee-shirt. Relevant les bras elle se laissa faire. J'étais debout dans son dos ; je baissai la fermeture Éclair de mon pantalon et à ma grande stupeur je vis que mon sexe ne ressemblait pas du tout à une clarinette. Je m'empressai de le ranger dans le pantalon ; ça, elle ne me l'aurait pas pardonné. J'ouvris les yeux.

Ce rêve me tint éveillé de longues heures. Je ne saurais dire ce qui me troubla le plus : la mort de Pierre ou mon désir de plus en plus tendu vers Juliette. La puissance de l'un réclamait l'autre, voilà ce que je me suis toujours dit et ça n'arrange pas les choses.

Je dus me rendormir car soudain la porte de ma chambre s'ouvrit, un couloir de soleil découpa la pièce. Juliette se tenait dedans, hagarde, et si elle n'avait porté ce matin-là cette chemise en velours fuchsia que je connaissais bien, jamais je ne l'aurais reconnue. Son visage était écartelé.

— Pierre est mort, articula-t-elle, un camion l'a écrasé.

Je ne reconnus pas non plus cette voix. Elle s'effondra sur mon lit.

Il y a des instants dans la vie, aussi fulgurants que le sont les rêves, qui en un éclair nous projettent au ventre la violence sans bornes de notre fatale absurdité. J'en vivais un.

Aucun son ne parvenait à franchir mes lèvres. Le soleil coupait en deux le dos de Juliette. La terreur montait dans mon corps. Où finissait mon rêve ? Où commençait la vraie mort de Pierre ? N'étais-je pas encore endormi ?

Je voulus toucher la tête de Juliette, j'avançai ma main droite. La chaleur de ses cheveux me paralysa : son corps était bien là. Elle dut recevoir ma main comme un élan de tendresse, la preuve de mon accablement, n'attendre que ça pour se laisser aller. Alors que nous étions restés peut-être longtemps dans le silence, soudain je l'entendis rugir. Sans retenue, sans pudeur, sans limites, avec la violence de ce qui la foudroyait elle brama du ciel jusqu'au fond de la terre la férocité de sa douleur. Sa bouche et ses mains remplies de couvertures, ses cris de part en part me traversaient. La terreur en moi prenait toute sa place. Elle leva la tête : la souffrance lacérait son regard. Je retirai ma main.

Alors, comme si elle avait vidé entièrement sa blessure, calmement elle me dit :

— On est venu me prévenir à huit heures ; je suis allée à la morgue de l'hôpital. J'ai cru qu'il ne s'était même pas réveillé, il était comme tous les matins quand il refuse d'entendre le réveil. On m'a dit qu'il n'avait pas souffert une seconde, maintenant que je suis avec toi j'ai l'impression qu'il n'est pas mort.

Lentement le soleil descendait vers ses jambes, le couloir de lumière mincissait. On entendait dehors, maintenant, le silence de midi. Nous étions fin septembre et tout ce que je souhaitais depuis des mois, être seul avec Juliette, m'était offert avec le plus atroce ricanement du destin.

De cette journée et de ce qui suivit je ne me rappelle rien. Je dus m'habiller, sortir. La seule chose que je sais, c'est que je dormis plusieurs jours à l'hôpital, dans un box avec les fous. Je ne racontai rien aux infirmières, ne me souciai de rien. Je travaillai. Je n'ai jamais su si l'enterrement avait eu lieu le matin, l'après-midi, s'il y avait eu du monde. Je ne sais même pas aujourd'hui ou il est enterré. Ce rêve avait été si fort, de conséquence ou de prémonition, que longtemps j'en demeurai, comme après cette fièvre qui m'avait entrouvert enfant les portes de la mort, profondément abasourdi.

Un soir, je ne sais pourquoi, je rentrai à la maison. Je fis deux pas vers le salon et je la vis : assise sur l'extrême bord du divan, la tête vers le sol, les bras entre les jambes. Elle était dans la djellaba brune à capuche que Pierre avait achetée lors de leur voyage au Maroc. Le silence sortait d'elle. Je crus qu'elle ne m'avait pas entendu entrer. Mais sa tête, lentement, tourna vers moi ; elle me considéra avec une expression absente, comme si je venais juste de sortir. Le ciel était rouge. Elle dit :

— Tu aurais pu au moins venir voir comment j'allais.

Je ne sus que répondre. Lui raconter mon rêve ? Impossible. Lui dire que je me sentais coupable de cette mort ; que je l'avais peut-être un peu désirée ? Je n'en eus pas les mots. Je m'accrochais dehors au ciel rouge, comme si le silence n'était venu que de là.

Elle se leva, passa près de moi et regagna sa chambre. Une légère odeur flotta derrière elle que je reconnus : celle du vin. Elle avait bu. Je l'entendis se coucher. Dans la cuisine, sous la fenêtre, je trouvai une douzaine de bouteilles vides. Elle qui ne buvait qu'au restaurant pour le bonheur d'être avec nous, maintenant elle le faisait seule, dans le malheur d'être sans nous. Le nouveau décor était tombé comme une guillotine ; autour de nous il n'y avait que la nuit.

Plusieurs sacs de poubelles bleus escaladaient l'évier et le frigo, une serviette-éponge traînait par terre, la table ressemblait à un bidonville vu de loin. Brusquement je ne me sentis le courage ni de sortir ni de rester. Je savais que si j'allais dans ma chambre ce serait encore pire. Une force indéfinissable me poussa vers celle de Juliette, sa porte n'était pas fermée de l'intérieur, j'entrai. L'obscurité était totale. Sans un mot je me déshabillai, lâchant autour de moi mes vêtements. À tâtons je cherchai le lit, mon tibia le heurta. Je me penchai, palpai, sentis la fraîcheur du drap. Je l'entrouvris et me glissai dessous. Mon corps se plaqua contre celui, bouillant, de Juliette. Face au mur, elle me tournait le dos.

Alors, toujours aveuglé par cette force qui me jetait contre elle, j'empoignai ses seins et les pressai tant que je pus. Un cri court et rauque de douleur me fit lâcher prise. Je pris un peu de recul, bondis sur mes genoux et la fis rouler sur le ventre. Inerte elle se laissait faire. Pourtant, comme si elle eût résisté, de ma main gauche sur sa nuque je la clouai sur le lit pendant que de la droite brutalement j'écartai ses cuisses. J'attrapai mon érection et avant qu'elle n'ait pu réagir, la fichai en elle sans pitié, sans douceur, d'un coup, aussi violemment que j'avais frappé Pierre, avec la frénésie du désir qui depuis des mois me tourmentait et tout le poids écrasant de ce mort que je porterais désormais. Et c'était peut-être, sans que je le sache, la seule façon d'arracher de mon corps et ce désir et ce mort. Je m'abattis sur elle.

J'ouvris les yeux dans l'encre. Où étais-je ? Aucune lueur, aucun rai de lumière. Silence. Un instant je forçai ma mémoire ; rien ne vint. J'avançai ma main dans l'ombre, sous le drap : la fesse de Juliette réinstalla le monde. Je me souvins de tout ; la maison sale, lugubre, Juliette ivre, notre coït bref et violent. Mon cœur cessa de battre. J'avais pris la femme de Pierre, je dormais dans son lit, près d'elle, à sa place, cette place si longtemps convoitée. La place du mort. La sueur m'inonda, d'un bond je fus sur pied. Toujours à tâtons je ramassai mes affaires et retenant mon souffle quittai la chambre. La chambre funéraire pensai-je en refermant la porte. Mon dos se glaça.

Dans la cuisine j'avalai d'un coup penché sous le robinet un ou deux litres d'eau. Je m'habillai et sans perdre un instant, afin de chasser de mon corps l'horrible sensation, me jetai sur la tâche.

Je commençai par descendre quatre par quatre les sacs poubelles. Dehors je respirai profondément, l'air froid coula avec délices au fond de moi. La nuit d'automne glaçait les rues, plus aucun passant à cette heure, une lumière jaune se balançait en grinçant devant l'école dentaire, un peu plus haut dans le vent aigre. Deux rats en me voyant ne se dérangèrent pas, juste un coup d'œil. Je fis en courant plusieurs voyages ; à mon dernier les rats ne levèrent même pas la tête. On s'habitue à tout me dis-je ; cela me fit du bien.

La vaisselle me prit une bonne heure, il y en avait jusque sur le divan. Chaque tasse, chaque verre, chaque assiette était un cendrier. Elle avait dû fumer comme on respire.

À l'instant où j'entamais le ménage du salon elle surgit, nue dans l'encadrement de la porte. Je fis un effort pour ne fixer que ses yeux : ils me parurent transparents, comme si son regard m'arrivait de très loin ou que nous séparât une lueur de plomb.

— Dans la cuisine et dans ta chambre, fais ce que tu veux, prononça-t-elle avec ce calme étrange qui semblait l'habiter depuis la mort de Pierre, mais dans cette pièce ne touche à rien ; j'aimerais garder de lui, comme ça, tout ce qu'il a touché pour la dernière fois : ses disques, son saxo, ses feutres. Ça lui fera plaisir, il se sentira moins abandonné et puis j'ai l'impression qu'il a encore sa place ici, qu'on l'attend.

Je demeurai planté mon chiffon à la main.

— Mais, Juliette.... tentai-je, regardant autour de moi.

— Non, Léo, je t'en prie, fais-le pour moi, pour nous trois, il t'aimait autant que moi.

Elle fit demi-tour vers sa chambre.

Par la fenêtre il me sembla que le port pâlissait. Les premières voitures frôlaient en silence le miroir noir de l'eau. Quelques lumières s'allumaient plus bas dans les façades. Pour la première fois depuis la nuit funèbre, tout était clair dans mon esprit, très calme.

Longtemps j'avais pensé que Pierre me séparait du corps de Juliette, soudain je m'apercevais qu'il m'en avait rapproché. Sa mort irrémédiablement m'éloignait d'elle.

J'attrapai mon blouson et descendis dans l'aube.

Dès ce jour, désemparé, j'assistai au naufrage de Juliette. L'alcool ne fut pas, comme un instant j'avais pu l'espérer, une passerelle au-dessus de l'abîme, vertigineusement elle y sombra.

Si quelques jours j'avais déserté la maison, Juliette, elle, perdit toute notion du temps. Elle se levait à trois heures de l'après-midi, se couchait au lever du jour, n'allait plus au lycée, traînait ses nuits je ne sais où. Ces nuits je les passais à l'attendre ou à fouiller chaque bar du port, les uns après les autres ; l'apercevant enfin, dans une lumière d'aquarium, effondrée sur une moleskine ou debout encore près d'un comptoir, les yeux ailleurs, agglutinant une bordée de légionnaires qui ne me laissaient repartir avec elle qu'à la condition que j'ingurgite autant d'alcool qu'ils en étaient eux-mêmes capables. Nous buvions donc.

Au point du jour nous rentrions saouls comme des grives, insultant les poubelles, les bottes pleines d'eau des ruisseaux bouillonnants.

Les voisins, nous habitions au quatrième et dernier, d'abord émus par la mort de Pierre, très vite s'obscurcirent ; ils interprétaient mal cette vie de patachon. Pensant que nous profitions enfin de l'absence tragique du légitime pour nous livrer à nos instincts, ils jasèrent. Des bruits n'avaient-ils pas déjà circulé dans l'escalier, par les portes entrouvertes, sur notre couple à trois. Notre voisine du dessous, en sourdine, orchestrait le bal. J'entendais sa porte se refermer, furtivement, juste avant que j'atteigne le troisième. Rien ne lui échappait. C'était la pire. Une enragée.

De leur poste d'observation, à chaque palier, ils assistèrent à la déchéance de Juliette.

Elle prit l'habitude de ramener à la maison ces bonbonnes en plastique de cinq litres dans leur emballage de carton ; et comme elle avait fait au préalable, afin de trouver le courage de rentrer, une première virée à la bière, invariablement et à chaque étage elle s'affalait projetant sa bonbonne. De là-haut j'entendais son raffut. Elle s'en prenait aux marches, au ciel, à Dieu, à moi pour se flanquer en l'air quelques mètres plus haut. C'est l'époque où les voisins, un instant déconcertés, gardèrent leurs distances. Cela ne dura pas.

Alors qu'elle m'avait demandé de ne pas toucher aux disques, dès qu'elle parvenait à atteindre notre appartement, elle en choisissait un et le mettait à tue-tête. Si je faisais mine alors de baisser le son, elle se cabrait, me fusillait du regard et pour me provoquer l'augmentait d'autant. Je la sentais chaque jour un peu plus agressive envers moi. Se doutait-elle de mon rêve, du rôle obscur que j'avais pu jouer dans la mort de son amour ? Qu'attendait-elle de moi à présent ? Que je remplace Pierre ? La seule pensée de me retrouver dans ce lit me glaçait des pieds à la tête. Quand je frôlais son corps, le mien bondissait. À chaque instant le visage de Pierre se dressait entre nous. Il se mit à me hanter.

Autant j'avais vécu jusque-là dans ce léger et continu froufrou de la mort qui accompagne depuis le berceau certains d'entre nous jusqu'à la fin ; autant j'entendais s'amplifier autour de moi, depuis la nuit du rêve, le murmure de la fatalité.

Quoi que je fasse, quoi que je touche, tout dans cette maison sentait la mort : une fourchette, un verre, le dossier d'une chaise, l'interrupteur, l'espagnolette, la peinture bleue du vestibule, tout me ramenait à la mort. L'ombre de Pierre à chaque instant m'effleurait. Tout ce que je touchais, il l'avait touché et il n'était plus rien. N'être plus rien. Plus rien et à jamais. Un jour ce serait mon tour. Quand ?...

Son saxo ternissait ; sur la table à tréteaux du salon son attirail se couvrait de poussière ; couverte sa stéréo qu'il époussetait chaque soir. Poussière, poussière, poussière, partout le temps se déposait, pâlissait les recoins d'ombre. La mort saupoudrait tout.

Guettant le pas de Juliette qui tapageusement escaladerait l'escalier, des nuits durant je lus et relus mes romans noirs. Si étonnant que cela paraisse, c'était là l'une des choses qui m'apaisait le mieux. Je me laissais emporter par ces torrents d'intrigues en des rues obscurcies de fripouilles où chaque personnage ne vit que pour penser chaque instant aux détails minutieux de ses crimes. J'aimais ces blondes platine, irrésistibles et cruelles, qui sèment la mort en dégrafant leur jupe. Et l'étalage incessant de toute cette mort rendait la mienne, sans doute, plus banale.

Une histoire particulièrement m'attirait : *Le facteur sonne toujours deux fois.* J'y pressentais je ne sais quel écho à ce qu'alors je vivais. Je la relus souvent durant ces nuits d'attente et chaque fois j'en reçus le choc. Un choc apaisant ; la beauté des femmes était normale, normale la mort qu'elle pouvait semer. Et cette phrase si vraie, si belle, où sans cesse je revenais, elle contenait me semblait-il l'unique vérité de ce monde : « J'étais étendu sur elle, nous nous regardions dans les yeux. Nous étions serrés l'un contre l'autre, essayant d'être plus unis encore. L'enfer aurait pu s'ouvrir devant moi alors, je n'en aurais pas bougé. Il fallait que je l'aie, même si l'on devait me pendre pour cela. Je l'ai eue. »

Comment l'oublier ? Même après tout ce temps.

Un clair après-midi de décembre, je suivais à travers la vitre l'entrée majestueuse d'un trois-mâts dans le port, je le voyais tour à tour apparaître et s'éclipser entre les immeubles, mon plaisir n'en était que plus vif ; sa coque de bois noir, ses longues ailes blanches captaient de la ville toute la lumière. Il mettait à réapparaître un temps infini, ne restait qu'un instant dans ces couloirs solaires. La lumière bientôt ne dépendit que de lui. S'effaçant à mes yeux il éteignait la ville. J'aurais aimé que le port ne finisse jamais. Une femme à ce jeu m'eût donné les mêmes émois. La mairie l'absorba.

À cet instant éclata dans la cage d'escalier un énorme fracas, puis des rires, des cris. Juliette me dis-je. La porte s'ouvrit : c'était elle. Pas seule cependant, un homme la suivait. Ils entrèrent dans le salon, hilares ; ils avaient bu. L'homme posa par terre une caisse de champagne, s'effondra sur le divan, enfin m'aperçut. Son rire se figea, comme s'il ne s'était pas attendu à trouver là quelqu'un.

C'était un grand type d'une effroyable maigreur, ses lèvres s'entrouvraient encore sur des restes de dents. Tout était pointu dans ce visage, du menton en galoche aux touffes de cheveux filasse qui le coiffaient en toit de hutte. Rarement j'avais si bien vu le squelette d'un visage. C'était la peau parcheminée d'un moribond ; à son allure pourtant on savait qu'il n'avait pas quarante ans : il était vêtu d'un vieux blouson de pilote luisant de crasse, d'un pantalon de Tergal presque neuf, son corps se terminait par les dards épluchés d'une paire de santiags. Une espèce de clochard vagabond dont la trogne ne m'était pas inconnue. Où avais-je rencontré ce débris ?

Juliette très agitée attrapa une bouteille de champagne, me la tendit.

— Tiens, débouche-nous cette bouteille, on a pensé à toi tu vois, on n'est pas des égoïstes nous...

Je ne bronchai pas.

— Quoi, tu ne veux pas trinquer avec nous ? Faire la fête ?

Elle ricana...

— Ah ! oui j'avais oublié, Monsieur est un pur, Monsieur ne boit pas, il a peur de mourir, il veut vivre jusqu'à cent ans et il croit encore que ça dépend de lui... Mais envoie-toi en l'air, mon vieux, détends-toi, on tient tous par un fil et ce fil ce n'est même pas nous qui le tenons.

Elle éclata d'un rire blessé. Je remarquai sa tenue de plus en plus négligée, son maquillage de la veille, son pull trop court, démodé. Elle se tourna vers le cadavre, sa main droite tendue vers moi :

— Je te présente ma nounou, ma vieille chère nounou, elle veille sur moi depuis que je suis petite. La nuit si je rentre tard elle s'affole, elle me cherche partout... Elle a une peur bleue que je couche avec un homme... Grâce à elle je suis toujours vierge à vingt-six ans.

De nouveau elle éclata de rire.

— Alors, qu'est-ce que tu en penses toi des nounous, hein ? lui demanda-t-elle, tu n'es pas comme ça j'espère ?

Il n'osa pas la contredire, força un sourire aussi jaune que ses dents. Pas assez saoul pour lui donner raison, il conservait le sens du danger et son vieil instinct de rat de ruelles venait de flairer une menace. Il employait son énergie à regrouper dans ce coin de divan toute sa maigreur. Son teint cireux tout à l'heure tournait gorgonzola. Juliette n'avait pas dû lui parler de moi, il sentait se refermer les mâchoires du piège. Mon silence n'arrangeait pas ses affaires, habitué qu'il devait être aux coups de gueule inoffensifs des poivrots. Mon refus de boire, surtout, l'avait impressionné : du champagne ! Fallait-il que je sois intraitable.

Il n'avait plus qu'une idée : détaler. Et cette idée envahissait tout ce squelette. Enfin j'entendis sa voix, décharnée par la peur.

— Tu viens, Juliette, on va voir si mon copain est arrivé, on reviendra tout à l'heure.

Juliette reçut comme une flèche sa veulerie. Elle le cloua :

— Mais je suis chez moi ici ! Je fais ce que je veux ! Je n'aime pas les bégueules, mais j'aime encore moins les trouillards !

Elle ramassa la bouteille, la lui lança.

— Fais sauter ce bouchon, tu t'évanouiras ensuite !

Il s'accrocha à elle comme à une bouée ; mit plus de temps à la déboucher qu'on n'avait dû en mettre pour faire les vendanges. Je regardais ses longs doigts pianoter sur le goulot, marron de nicotine.

— Tu aimes le jazz ? lui demanda-t-elle.

Furtivement il chercha mon regard.

— Euh… Oui, murmura-t-il.

— Quel genre ?

— Euh… Ce que tu veux… J'aime tout.

Il ressemblait de plus en plus à une momie que l'on vient de sortir du sarcophage et que l'air libre, à vue d'œil, délabre. Il forçait maintenant sur le bouchon, ou faisait semblant ; ses paupières baissées étaient transparentes.

C'est alors que je le reconnus. Oui, cet être était transparent. Je l'avais croisé quelquefois dans les allées de l'hôpital quelques années plus tôt ; il marchait ainsi, paupières baissées et j'avais eu alors, déjà, la sensation de croiser un fantôme.

Juliette me ramenait donc des alcooliques au dernier degré, ce qu'elle avait pu ramasser de pire. Quelle était la part de déchéance ? Celle de la provocation ? Pouvait-elle encore faire la part des choses ? Elle se raccrochait en sombrant à l'une de ces épaves qui font un dernier tour dans la ville, leur linge usé battant autour des os et qui s'en vont mourir un soir, tout seul, dans le plus proche asile. Personne ne s'en aperçoit, ils ont depuis longtemps cette transparence qui, à nos yeux, sans qu'on y pense, est la couleur même du néant.

Elle tira le premier disque, le mit sur le plateau : Coltrane.

— Prends les bouteilles, lui ordonna-t-elle, on va aller dans ma chambre, ce sera plus intime.

Lentement et à reculons il obtempéra. Ses yeux n'osaient plus chercher les miens, ils surveillaient mes pieds.

Écœuré, je revins à ma vitre. Que faire ? c'était sa vie après tout. Je tentai de me raccrocher au trois-mâts, fouillai le port après la mairie ; il avait disparu. Il était là-bas pourtant, voiles abattues, anonyme dans le treillis des mâtures.

De la chambre me parvenait le bourdonnement d'une conversation, un bouchon sauta. Un peu plus tard je les entendis rire, tiens ils se détendaient. Un instant après les voix s'élevèrent, ils se disputaient. Un autre bouchon sauta... Je n'entendis plus rien.

Le soleil attaquait la ville en rase-mottes lorsque je sentis une odeur de brûlé. Je reniflai autour de moi et me dirigeai vers la cuisine quand j'aperçus du côté de leur chambre une brume de fumée. Je bondis, arrachai la porte : la pièce me fit penser à un écran de télévision éteint. Une odeur de volaille cramée me coupa en deux. Je me précipitai sur la fenêtre, l'ouvris, la fumée s'engouffra dans le ciel. Je vis tout de suite qu'à gros bouillon elle s'échappait de l'édredon ; il ne brûlait pas, il se consumait de l'intérieur. Je le saisis par un coin et le flanquai par la fenêtre. Ils s'étaient endormis ; à moitié asphyxiés ils commençaient à remuer. J'empoignai l'ivrogne par les cheveux et le traînai dans le couloir. La douleur le réveilla complètement. À poil, de toutes mes forces, je le poussai dehors. Si grand, il faillit basculer par-dessus la rampe, s'y agrippa au dernier moment. La surprise et la terreur se disputaient son regard. Je lui jetai la porte dessus, revins dans la chambre, ramassai ses hardes et les envoyai dans la rue. Juliette lentement retrouvait ses esprits. L'air de ne s'être rendu compte de rien, elle enfilait une chemise d'homme. Violemment je lui dis :

— D'accord, Pierre est mort et tu souffres, je sais ! Ce n'est pas une raison pour ramener des clochards et flanquer le feu à la baraque. Si tu veux te saouler, va au diable à la fin !

Elle se tendit. Ses yeux flambèrent.

— Oh ! ce n'est certainement pas à toi de me donner des leçons ! hurla-t-elle. Parlons-en de Pierre, de Pierre ton ami, tu n'avais qu'une idée en tête : me sauter ! Tu crois peut-être que je ne le voyais pas. Alors qu'est-ce que tu attends à présent, hein ? Vas-y ne te gêne pas, on est seuls ! Enfin seuls ! Pour toujours ! Mais qu'attends-tu ? Tout le quartier me passe dessus, il n'y a que toi qui fasses des manières. Ah ! J'ai compris, ça t'excitait que je sois la femme de Pierre, la femme de Ton ami ! À présent je ne vaux plus rien et en plus je picole. Mais je suis la même moi, la même ! Tiens regarde !

Elle arracha d'un coup tous les boutons de sa chemise, l'un d'eux gifla mon œil, sa poitrine jaillit.

— Alors dépêche-toi ! Prends-moi avant que je

ressemble à cette loque qui était dans mon lit ! Qu'est-ce que tu veux, que je me traîne à tes pieds ? Que je les lèche ?

J'étais abasourdi. Elle était encore ivre, mais elle me lâchait tout ce qu'elle avait sur le cœur, d'un coup. Elle me jetait avec sa souffrance son corps dans la figure.

— Qu'attends-tu ? Qu'on m'enferme dans ton asile de merde ? Que je débarrasse enfin le plancher ? Mais profites-en encore un bon coup, vas-y, fais-moi n'importe quoi ! Je suis saoule du matin au soir ! N'aie pas peur demain j'aurai tout oublié : toi, Pierre, ce caveau, la terre entière !

Comme une serpillière elle s'effondra à mes pieds, éclata en sanglots. Alors seulement, dans l'escalier et dans la rue j'entendis des gens aboyer des menaces. Eux au moins je pouvais les affronter, j'en avais besoin. Je plongeai dans l'escalier.

Cet hiver-là je le passai dans la rue, les cinémas et les cafés. Le soir au moment de rentrer j'hésitais, tournais en rond dans le quartier, m'approchais prudemment de notre porte... Était-elle là-haut ? J'allais boire un verre un peu plus bas, revenais. Je tripotais la clé au fond de ma poche... Sonnais. Si Juliette appuyait sur l'ouvre-porte, très vite je filais plus loin ; si ça ne répondait pas, je me disais : elle est là-haut, c'est sûr, mais saoule. J'attendais un moment et je déguerpissais.

Ainsi je fis tous les petits hôtels minables du port. Quelquefois je restais trois jours et trois nuits sans sortir de l'hôpital : nourri, logé. Les infirmières me regardèrent d'un drôle d'œil, j'étais un type bizarre. Quelquefois aussi, d'une semaine je n'y mettais pas les pieds, je rôdais dans l'eau sombre et glacée de la ville, me glissant dans la fente des rues.

Quand je croisais une belle femme je faisais demi-tour, la suivais un moment jusqu'à ce que j'en croise une encore plus belle ; nouveau demi-tour, je repartais dans l'autre sens. Elle est inépuisable la beauté des femmes dans la ville, insaisissable, elle surgit de partout. Quand l'une d'elles pénétrait dans une boutique, j'en léchais la vitrine, faisais trois pas plus loin, l'air de rien, guettant ; elle ressortait et je reprenais ma chasse les yeux rivés à ce miracle : une femme en jupe qui marche. J'oubliais tout. Il n'y avait qu'une chose à cet instant, d'un pôle à l'autre de l'univers : le galbe moiré du mollet sous le bas ; le vertige du talon haut, ce prolongement si délicat de la cheville féminine, cette dent de feu qui à chaque pas nous embrase le ventre.

Hiver que je passais accroché aux jambes des femmes, éperdument, sans trêve. Je buvais jusqu'à perdre haleine la lumière infinie d'une paire de jambes et je ne trouvais rien de plus beau que le cliquetis des talons, juste devant moi, sur un trottoir la nuit.

Vers cinq heures du soir, j'entrais dans une librairie, glissais dans mon blouson un Goodis, un Chandler et allais m'installer au fond d'un café paisible et luxueux, entre miroirs et plantes vertes. Moment sublime du jour : une gorgée de chocolat, la première page d'un livre, un coup d'œil sur des genoux à côté. Une immense chaleur montait en moi de me savoir là, discrètement entouré de choses si douces et que ces femmes permettent qu'on regardât leurs genoux, y puisant sans nul doute un délicieux plaisir.

Lentement je pénétrais dans mon histoire et, tournant la page, durant quelques secondes, dans l'intimité savamment dévoilée de l'une de ces femmes. Qu'elles marchent ou croisent leurs jambes, sans cesse elles me ravageaient. Si j'avais dû quitter ce monde voilà la seule et unique chose qui m'en eût empêché. De tout le reste qu'aurais-je pu regretter ? Mais être à jamais privé de la beauté des femmes…

J'en profitais donc de ces jambes croisées, pendant que dehors la nuit comblait le ciel, surtout celle légèrement relevée, posée sur l'autre, qui laisse voir beaucoup plus profondément ce triangle aigu de mystère.

Sur le boulevard, après la cohue, les passants étaient rares, pressés. Le froid courbait les nuques, enfonçant dans les épaules les têtes. Par petits groupes le café se vidait. Alors seulement je repensais à Juliette, à ce désir si vif qui m'avait habité, à ses yeux couleur de chardon, ses seins. Lentement son regard s'éloignait ; bien que je n'en eusse jamais vu, il évoquait pour moi celui d'une noyée. Regard que chaque jour un peu plus je redoutais.

Comment quitter cette lumière dorée, alors que m'attendait là-bas, après les ténèbres des rues, le silence noir de notre vie à deux.

Là-bas, désormais, je n'y passais plus qu'en

coup de vent aux heures où je pensais qu'elle n'y serait pas. En hâte je faisais un brin de ménage, changeais mon linge et, avant d'entendre résonner dans l'escalier ses chutes et ses cris, sournoisement je m'éclipsais. Seul le courage me manquait de fuir à jamais ce lieu maudit; j'avais à son égard une impayable dette. Parfois, cependant, elle me surprit entre deux portes. M'avait-elle guetté du petit bistrot qui faisait l'angle? Me barrant le passage, de sa voix devenue rauque elle me lançait :

— Tu passes ta vie à me fuir... Je te fais donc tant horreur?

Il n'y eut plus entre nous que des mots anguleux, les mains presque dressées. Ses doigts jaunissaient.

Nous eûmes encore une ou deux nuits spectrales où ivre, trébuchant sur les mots, elle me raconta des histoires abracadabrantes : elle s'était échappée d'un commissariat où l'on tentait de la violer alors qu'elle venait porter plainte contre un homme qui l'avait pendant deux jours séquestrée et violentée devant sa femme. On l'avait fait boire. Où? Comment? Elle ne savait le dire. Je reconnaîtrais l'homme, me dit-elle, mais pas le quartier, j'avais les yeux bandés.

Jusqu'où sa douleur l'égarait? Jusqu'où profitait-on de cet égarement?

Avec toutes les peines du monde le printemps tira sur la ville les premières tiédeurs. En avril

Juliette vomit trois fois dans l'escalier, se battit avec la voisine, fut suspendue de l'enseignement. Fin mai je trouvais un soir ce mot sur la table de la cuisine :

Je n'ai plus rien à faire dans ce pays, je pars. J'emporte le saxo de Pierre, fais de tout le reste ce que tu voudras. Adieu.

Est-ce le vide alors qui s'installa en moi, ou le soulagement ? Je ne saurais le dire, les deux étaient si mêlés que je me sentis à cet instant bien libre et très désemparé.

Quand bien même je perdrais tout, me dis-je, il me resterait toujours une femme à suivre jusque dans le coin le plus reculé d'une ville. Et sans perdre une seconde, telle une angoisse subite qu'on chasse du revers de la main je repris ma quête, sautant, yeux joints, d'une croupe à l'autre au gré de la houle anonyme.

Je commençais à connaître maints itinéraires de femmes les plus belles, celles qui, un jour ou l'autre, avaient aimanté mon regard : leurs horaires, les adresses où elles se rendaient sans se retourner ou furtives, les cafés et les petits restaurants dans lesquels, graves ou rieuses, elles déjeunaient. Leurs tailleurs, leurs bijoux, chacune son parfum et cette façon si commune à toutes et si jolie de stopper leur marche soudain pour fouiller dans leur sac, en équilibre sur un seul talon, l'autre jambe légèrement relevée, tendue, faisant du mollet saillir le fouet de leur beauté.

Femmes toujours plus émouvantes, élancées, sublimes. Femmes tout simplement, qui seules avaient le pouvoir de me faire oublier la sueur froide de la mort.

Un jour, à force d'errer, au détour d'une rue je découvris la perfection. Je ne fis plus un pas :

Un jeune homme tenait une femme par le bras et la secouait. Elle portait une courte robe d'été jaune paille, son corps était long et ardent. De lourds bracelets d'or étincelaient sur ses bras nus. Jamais je n'avais vu une femme si belle. Seuls les seins semblaient retenir la robe, chaque secousse menaçait de l'ouvrir en deux. Cette beauté me happa. J'allai vers eux. Je n'intervins pas parce que l'homme la rudoyait, mais parce que la rudoyant il la rendait plus belle. Je me plantai devant lui. Sans la lâcher, il cessa de la secouer, tourna vers moi un visage fiévreux.

— Lâchez-la, lui dis-je, vous n'avez pas honte !

Il parut ne pas me voir, pris qu'il était par sa rage, revint à elle.

— Alors, tu viens, grogna-t-il sourdement, ou je te casse le bras !

— Ça suffit maintenant, laisse-moi, nous n'avons plus rien à faire ensemble. J'en ai assez, assez ! cria-t-elle, tentant de se dégager.

Je ne vis pas partir la gifle, elle la reçut sur la bouche, violemment ; sa tête valdingua en arrière. Ses cheveux dessinèrent autour d'elle un cercle parfait. Elle eut un hoquet sec. J'agrippai tant bien que mal le type par la chemise et l'attirai à moi, lui lançant de toutes mes forces mon genou à travers le corps. Jamais je ne vis de si près une bouche aussi grande, ses yeux suivirent le mouvement. Je crus qu'il m'échappait, son poids tendit mes muscles ; non, il cherchait le sol, en silence il s'y affaissa. J'étais tout étonné de la tournure des choses. Une phrase traversa ma tête : « C'est bon, il a son compte. »

Un petit moment il se traîna autour de nous, bouche ouverte, en quête d'air. Une voiture en stationnement l'aida à se relever. Il fit quelques pas, plié, vers le bout de la rue puis se retourna, l'incendia du regard.

— Salope ! extirpa-t-il d'une gorge encore asphyxiée puis, toujours plié, tourna le coin et disparut. Il n'avait pas eu un seul coup d'œil vers moi.

— Je vous remercie, entendis-je.

Je me retournai. Elle me tendit son sourire. J'en fus muet.

— Vous au moins vous n'y allez pas par quatre chemins, je ne vous ai même pas vu arriver.

— Qui est-ce ?

— Jusqu'à la semaine dernière c'était mon mari. Il refuse de savoir qu'entre nous c'est fini.

— Vous avez divorcé… Si jeune ? demandai-je.

Elle eut un très joli rire, sa frange voila ses yeux.

— J'ai vingt ans !…

Son visage redevint grave.

— Il y a cinq minutes j'avais l'impression d'en avoir le double. Venez, je vous offre un verre.

En entrant dans le bar-tabac, de l'autre côté de la rue, le patron me lança du comptoir :

— Bravo ! Vous l'avez étendu comme il fallait, j'ai tout vu d'ici, il n'a pas demandé son reste.

Il avait l'air ravi. Nous nous assîmes dans le coin le plus reculé, à une petite table pour deux. Elle commanda un café, moi un chocolat.

— Je m'appelle Mina et vous ?

Je n'aurais pu, pour elle, imaginer un nom plus beau.

— Léo... Pourquoi refuse-t-il le divorce ?

— Oh ! c'est un peu compliqué, ce serait trop long à expliquer.

— J'ai tout mon temps.

Joliment elle me sourit :

— Ce n'est pas un garçon comme tout le monde. Il a été très gentil pour moi, très doux même, nous étions ensemble au lycée. Après le bac on s'est mariés, comme ça, il était gai, original, on était inscrits à la fac, mais on n'y allait jamais. Nous passions nos journées à écouter de la musique ; dès que nous avions trois sous, nous partions voyager... Je crois que nous étions heureux sans vraiment nous aimer... Les meilleurs amis de la terre et puis, tout a dégénéré...

Elle s'interrompit, commanda un autre café, moi un nouveau chocolat. Il y eut un moment de silence. Comment pouvait-on ne pas l'aimer ? Comment allais-je pouvoir la quitter, simplement, tout à l'heure ? J'avais reçu son corps dans la rue, violemment; maintenant j'étais pris par ses yeux. De longs yeux de brume.

— Comment ça, dégénéré ?

— Bof! C'était une époque et nous dedans; on fumait beaucoup en écoutant Hendrix puis on est passés à des choses plus dures. Un soir Bruno est rentré dans un état bizarre, il avait de la poudre, il s'était piqué. Voilà, c'est aussi simple que ça, il n'a jamais pu s'arrêter.

Elle semblait parler d'une époque lointaine, quelqu'un qui se souvient, un soir dans un café et qui raconte ses vingt ans.

— Et vous, vous n'avez jamais essayé ?

— Bien sûr que si! J'aurais essayé n'importe quoi à dix-sept ans. C'est ce que j'ai fait d'ailleurs. Au bout d'un an j'ai vu qu'on s'enfonçait. On ne sortait que pour acheter, vendre, le reste du temps on se shootait. Nous sommes restés des mois sans ouvrir les volets, je vomissais de plus en plus.

— Quel plaisir alors? l'interrompis-je.

— Justement, le plaisir, un plaisir étrange, profond, le plaisir d'appartenir à quelque chose d'autre, quelque chose de noir et d'essentiel. Les gens ne parlent que de souffrance, de suicide, non, ils ignorent la force du plaisir.

Elle eut une légère moue, parut rêveuse un instant, fit signe au patron pour un autre café. Je fis signe pour un chocolat. J'en aurais bu cent litres pour rester là, près d'elle. Cueillir au coin de sa bouche cette petite fleur d'angoisse qu'à présent j'apercevais et qui faisait sa beauté bouleversante.

— C'est une question de caractère, un jour j'ai eu envie d'ouvrir grands les volets, d'enfiler une robe légère, de me balader au soleil; envie de m'asseoir à une terrasse, de parler. Et puis j'ai eu peur! Peur de perdre mes cheveux, mes dents, mon corps, peur de ne plus pouvoir sortir, qu'on me trouve morte un jour dans mon lit. Bruno n'a jamais pu accepter que je m'arrête et moi qu'il continue. J'aurais pu me battre : partir, revenir, tout casser; non, je n'ai rien fait de tout ça, c'était au-dessus de mes forces. Je suis partie, tout simplement. Ça vous paraît sans doute monstrueux, n'est-ce pas? Je savais que ça ne pouvait pas être autrement. Je n'aurais pas eu la force de lutter. Tant pis pour lui. On est très seuls vous savez... C'est une vie de fous la poudre... Et vous?

— Oh! moi c'est parfait! Je travaille à l'hôpital psychiatrique, je vivais avec une alcoolique, elle m'a laissé tomber.

Elle éclata de rire; lançant sa tête en arrière m'offrit ses seins.

Coula dans mon corps un plaisir indicible. Si belle! La mort, devant elle, à grands pas reculait. Des jours, des mois que je n'avais ressenti un tel bien-être. En avais-je connu d'aussi soudain, d'aussi profond jusque-là dans ma vie? Est-il possible de rencontrer quelqu'un ainsi et de brusquement le reconnaître : celui que depuis toujours on cherchait, avec qui, sourdement, on vivait déjà sans le savoir. Ce jour-là, je n'aurais su le dire, si grand était mon trouble dans ce petit bistrot. Aujourd'hui je le sais. Ce rire je l'aurais reconnu, n'importe où entre mille, dans la nuit chaude et grouillante du Caire, les jardins de Grenade, ou sous la brume d'or du pont de Galata. Me retournant tu aurais été là, ouvrant pour moi seul, enfin, ce grand ciel de lumière : Mina.

Je commandai encore un chocolat ; elle fit non de la main pour le café.

— Quel âge avez-vous ? me demanda-t-elle.

— Vingt-six ans le 8.

Je mentais de peur qu'elle ne me trouve trop vieux ; j'en avais vingt-huit.

Elle me posa quelques questions sur ma vie ; j'y répondis de travers pour l'entendre encore rire et parce que je savais qu'elle en avait besoin. Puis elle me dit qu'elle devait partir, déjà très en retard. Ma gorge se serra. J'écrivis mon adresse sur son paquet de cigarettes au cas où elle aurait besoin de moi. Elle fumait des Camel. Je n'avais qu'une peur : qu'elle n'ait plus besoin de moi ou qu'elle jette le paquet.

Elle tint à régler les consommations, frôla de ses lèvres ma joue et s'éloigna en souriant. Elle était pure comme une note de piano.

L'été était revenu, l'étouffante chaleur de juillet écrasait la terre. Si courtes étaient les nuits, elles me parurent interminables. Dès l'aube mes yeux s'ouvraient sur le corps de Mina, je me souvenais avoir rêvé d'elle. J'allais à la fenêtre voir si des fois elle ne passerait pas, en sachant très bien que c'était ridicule.

Je ne pensai qu'à elle, ne désirai plus qu'elle, ne fis plus un pas dans la rue sans l'espoir de la rencontrer. Je me tenais prêt toutefois à lancer, levant les bras au ciel : « Tiens, quel hasard ! » Jamais aussi ardemment je n'avais arpenté cette ville, surtout ce quartier derrière la Préfecture où je les avais vus. Je revins souvent dans le bar-tabac et m'asseyant à notre table, devant un chocolat, des heures durant je scrutais la rue. Pourquoi était-elle passée par là l'autre matin ? Se rendait-elle à son travail ? Vivait-elle près d'ici ? Que faisait-elle de ses journées, seule maintenant ? Mais peut-on être seule un instant quand on est toute la beauté ? Et moi, qu'étais-je pour elle si ce n'est un passant qui lui avait tendu la main comme à quelqu'un qui glisse sur une plaque de verglas ? Et qui n'aurait sans doute pas bougé le petit doigt si elle avait eu simplement le nez plus gros ou des yeux de myope.

Le patron me dit qu'il l'avait vue pour la première fois avec moi et Dieu sait qu'il avait l'œil depuis vingt ans qu'il était dans la limonade, et puis des femmes comme ça, ajouta-t-il plus bas, dans le quartier, ça m'étonnerait qu'on en trouve. Il l'avait donc remarquée lui aussi.

À quoi bon m'accrocher... Me reconnaîtrait-elle ? Mais à quoi bon, maintenant que je l'avais rencontrée, que je savais cette beauté possible, à quoi bon regarder d'autres femmes, les suivre dans les rues, me pâmer devant une autre silhouette alors qu'elle existait, vivante et chaude, quelque part dans le monde et qu'elle m'obsédait. À quoi bon cet été qui embrasait la ville, les cris de joie montant des plages, la couleur des bateaux ? À quoi bon les parfums de la nuit si je les goûtais seul ? Et me raser devant ma fenêtre ouverte alors qu'en bas s'éveillent les jardins ? Et le premier rayon sur la table de marbre où l'on prend le petit déjeuner dans un port encore calme ? Et la poussière des trottoirs ? Et le journal qu'on ouvre, heureux, parce qu'on a mis une chemise neuve ? À quoi bon, chaque soir, revoir rougir des ciels marins ? À quoi bon les jetées si elles ne servent qu'à arrêter la mer ?

C'est alors que me surprenant au plus profond des solitudes, sous des toitures brûlées par juillet, s'ouvrirent pour moi, un matin, les années féeriques.

Il me sembla, de mon demi-sommeil, entendre miauler la porte de ma chambre ; depuis deux mois j'étais seul pourtant dans la maison. J'ouvris un œil. Était-ce encore un rêve ? Elle était là, debout dans le soleil. Plissant un peu les yeux afin de percer l'ombre, elle m'aperçut, sourit.

— Bonjour ! lança-t-elle gaiement.

Elle portait une robe en jean sans manches, fermée sur le devant, qu'elle commença à déboutonner, du haut vers le bas, ses yeux toujours posés sur moi. La robe s'ouvrit, glissa sur ses épaules, chuta. Éclata la suffocante lumière de son corps. Elle était encore plus belle que je n'avais imaginé. Plus belle que tout ce que j'avais entrevu jusque-là dans mes rêves. Elle était ce que l'homme a cherché depuis le fond des âges : une sensation d'éternité.

Mon cœur battait à se rompre. Un instant elle demeura, immobile, les bras le long du corps ;

seuls ses seins se soulevaient, nerveusement ils frappaient la paroi d'ombre.

Elle fit un pas hors du soleil, souleva le drap et se coula contre mon corps. Je la pris dans mes bras et la serrai à en mourir. J'eus des larmes de joie. Ses fesses étaient dans mes mains des galets lisses et chauds. Elle prit ma tête et me donna le plus doux baiser du monde. Son corps sentait l'aube et la violette ; d'un trait je la bus. Jamais je n'avais connu aussi fiévreuse extase. Ses ongles plantés dans mon dos, elle hurla. J'aurais aimé que son plaisir alertât la ville entière. On s'endormit sous l'été.

Elle était assise près de moi quand je me réveillai, elle m'observait. D'ivresse je souris, alors elle lança d'un coup sec toute sa chevelure pardessus sa tête qui retomba sur son visage et sur ses seins. Seules leurs pointes trouaient ce rideau d'ombre, je les embrassai, à tour de rôle et puis le ventre, longuement.

— Je meurs de faim, dit-elle caressant mes cheveux.

J'embrassai ses yeux, son nez, sa nuque, ses épaules...

— Moi aussi, dis-je et je mordis ce corps à belles dents.

Ça la fit rire aux éclats, elle tenta de se dégager, à quatre pattes s'enfuit à travers la chambre. Je la rattrapai, la plaquai sur les carreaux et mordis plus violemment ses cuisses, son dos, ses fesses. Elle criait, elle riait, roula entre mes bras et je plantai mes dents encore plus fort dans le bonheur.

Elle prit une douche, se rhabilla devant la fenêtre.

— La vue d'ici est fabuleuse, jamais je n'avais si bien vu les îles, mais tu devrais refaire cet appartement, je le trouve sinistre.

Nous descendîmes dans la rue. Midi soufflait sa fournaise. Une femme énorme s'accrochait à la rampe pour grimper la ruelle en escalier. On avait l'impression qu'elle faisait de l'escalade, à chaque marche elle s'arrêtait au bord de l'asphyxie, regardait son cabas puis le sommet de la rue, là-haut, comme une cime, pour évaluer ce qui restait à parcourir. Ses yeux rencontrèrent Mina et la suivirent jusqu'en bas.

— Où veux-tu que nous déjeunions ? lui demandai-je.

— Pas dans le centre en tout cas, il n'y a pas d'air, j'étouffe... Où est ta voiture ?

— Je n'en ai pas.

Elle se tourna vers moi, incrédule.

— Non, je n'en ai pas, il y a au moins deux ans que je ne suis pas sorti de la ville, même pas un dimanche, je fais tout à pied ou en bus. Ça m'encombrerait plus qu'autre chose.

— Tu ne sors jamais de la ville ? dit-elle abasourdie, mais tu te baignes où ?

— Avant je me baignais là-bas sous le fort, cette année je n'ai pas encore touché l'eau.

— Tu es vraiment un drôle de bonhomme, il va falloir que je te sorte un peu sinon tu finiras par sentir le moisi. Ma voiture est juste là, tu vas voir, je connais un endroit de rêve.

Elle ouvrit une R 8 beige. Les fauteuils étaient incandescents. Assise du bout des fesses elle démarra. La ville était maintenant déserte, très vite nous atteignîmes la Corniche, l'air y était plus frais. À la dérobée je regardais ses longues cuisses brunes jouer avec les pédales. Comment pouvait-on résister ? Malgré la chaleur, je n'avais qu'une envie : y glisser ma main et sentir ses muscles frémir.

Je ne vis de la route que ces jambes. Quelques minutes plus tard nous étions dans le petit port de Callelongue.

— C'est là, me dit-elle, j'y viens très souvent entre midi et deux. C'est d'ailleurs étonnant, on est à deux pas de la ville et personne n'y pense. Tant mieux.

Elle s'était garée devant un restaurant de pêcheurs. On s'installa sur la terrasse, face à la mer, à l'ombre d'une tonnelle de vigne et glycine mêlées. Deux tables seulement étaient occupées : deux couples. Le patron était heureux de la voir, comme s'il avait vu arriver, enfin, la belle saison. Mina commanda un grand plateau de coquillages pour deux et du vin blanc.

— Regarde comme c'est beau, dit-elle, jamais je ne pourrai vivre loin de la mer : cette odeur, cette lumière... Je préférerais être pauvre près de la mer que riche dans une ville du Nord. Je crois que j'en tomberais malade.

— Mais que fais-tu tout le jour, tu travailles ? lui demandai-je.

— Oui, dans un bureau, oh ! ce n'est pas passionnant, c'est même très ennuyeux, mais ça m'oblige à me lever tous les matins depuis un an ; si je n'avais pas trouvé ça, je serais sans doute dans un état pitoyable. Pour moi c'était la seule solution.

Le patron reparut avec le plateau de coquillages. Il était immense : il y avait des huîtres, des moules, des oursins, des escargots de mer, des pattes de crabe, des crevettes et de ravissantes fleurs de citron.

Mina plaqua ses mains contre sa bouche, ses yeux flambèrent, pailletés d'or. Comment avait-elle pu frôler la mort, elle, si faite pour ce bonheur ? Le moindre de ses gestes, chaque mouvement de ce corps, son rire sublime.

Elle eut à se régaler, étant initiée aux crustacés, beaucoup plus de facilité que moi. J'avais surtout peur d'être ridicule. Elle donna quelques conseils pour les crabes que j'avais adroitement évités.

— Ce qui me plaît en toi, c'est ta façon d'être à côté des choses, on se demande toujours où tu as vécu jusque-là ; à chaque pas on tombe de la lune. Non vraiment, je ne connais personne qui soit comme ça. J'ai l'impression que tu vis dans une autre époque.

— Et moi, lui dis-je, j'ai l'impression de vivre quand tu es là la plus belle époque de ma vie.

— Tu vois, répondit-elle en riant, personne n'oserait plus dire ça ailleurs qu'au cinéma aujourd'hui, et toi tu oses.

— On doit te le dire cent fois par jour, Mina, que tu es si belle, que tu es la plus ravissante femme du monde. J'ai honte, c'est banal.

— Personne ne me dit jamais ça. Les hommes me regardent dans la rue c'est vrai, mais personne ne me dit des choses aussi jolies. C'est ça qui est bouleversant, d'entendre des choses aussi jolies.

Je fis signe au patron de nous apporter une

autre bouteille de blanc pour avoir le courage de lui dire jusqu'où elle me bouleversait. Mais elle lui dit non, elle devait partir à l'instant.

— Je ne suis pas allée travailler ce matin, il faut absolument que j'y aille cet après-midi.

— Quelle importance, tu iras demain, c'est une journée merveilleuse, je vais prendre mon premier bain. Moi aussi je devrais travailler.

— Non, Léo, soyons sérieux, demain non plus je n'aurai pas envie d'y aller ; je fais ça pour moi tu sais, c'est ma santé.

J'étais si désemparé qu'une idée me traversa la tête.

— Alors laisse-moi le numéro de téléphone de ton bureau, je te parie une autre bouteille que dans une heure pile tu seras ici avec moi.

Haussant les épaules, elle écrivit le numéro sur le coin de la nappe.

— De toute façon je reviendrai chez toi, me dit-elle, c'est de là qu'on voit le mieux les îles. Passe l'après-midi au soleil, il y a un bus toutes les heures.

D'un baiser elle brûla mes lèvres puis mes yeux. Quand je les rouvris elle tournait le coin de la terrasse. Son corps eut encore le temps de m'éblouir. Un instant plus tard Mina n'était plus qu'un ruban de poussière dans un désert de pierres.

Je tournai ma chaise face à la mer. Regardant tout ce que Mina adorait, j'étais encore avec elle : le tout petit port sur ma gauche, une poignée de cabanons de toutes les couleurs autour d'une dizaine de barques pareillement bariolées. Pas un arbre, pas une ombre au-delà de cette treille. À perte de vue, des chaos et encore des chaos de roches blanches, brûlantes, éclatées où survivent par miracle dans un bol de terre rouge quelques buissons de genêts et trois arbousiers pas plus hauts qu'un enfant. Le silence sifflant de cette heure où la mer dort à l'ombre des pilotis. La ville, là-bas, blanche elle aussi dans la brume d'été. La ville où Mina gare sa voiture, la ferme, marche dans les rues, seule et belle dans la touffeur d'après-midi.

Une bonne demi-heure avait dû s'écouler, je demandai au patron le téléphone ; il me montra la cabine dans la pénombre de la salle. Je composai le numéro écrit de sa main sur ce coin de nappe que je venais de déchirer.

— Provence Import, j'écoute, dit une voix de femme.

— Passez-moi un responsable, s'il vous plaît, c'est très urgent !

— C'est à quel sujet, monsieur ?

— Dépêchez-vous je vous dis, c'est très urgent ! une bombe vient d'être déposée dans vos locaux, articulai-je d'une voix sourde.

Il y eut une seconde de silence puis :

— Ne coupez pas, je vous passe quelqu'un.

J'entendis le bip-bip de la ligne intérieure, quelqu'un décrocha.

— Allô ?

C'était un homme.

— Une bombe de forte puissance vient d'être déposée dans vos bureaux, ne perdez pas une minute, vite ! Tout va exploser ! débitai-je d'un trait.

— Mais qui êtes-vous?... D'où appelez-vous?... Allô... Allô?...

— Dépêchez-vous, ils m'ont repéré, ils arrivent!

— Allô! Ne coupez pas!... Allô!...

Je donnai quelques coups contre le mur avec le récepteur, le laissai tomber, simulant une bagarre.

— Allô?... Allô?... entendis-je encore.

La voix trahissait assez de surprise et d'angoisse pour que je raccroche. Je raccrochai.

Je revins m'asseoir sur la terrasse; bras croisés, le patron regardait vers le large. Mon bonheur n'avait d'égal que l'aveuglante pureté du ciel et de la mer.

Les minutes me parurent des heures. J'eus du mal à contenir mon cœur lorsque apparut très loin, au premier virage de la route, le petit point beige de la R 8. Je le reconnus à son moteur nerveux; nerveux comme ces jambes nues et libres qui fonçaient vers moi dans la splendeur de l'été.

Elle était là, debout sur la terrasse, et elle riait.

— Tu es complètement fou, Léo, parvint-elle à dire, mais qu'est-ce que c'était drôle! Mais drôle! Mon chef de service a eu tellement peur dans la cohue qu'elle a voulu se jeter par la fenêtre.

L'image de son chef était si irrésistible qu'elle en pleura, suffoqua.

— Ah! Si tu l'avais vue à cheval sur la fenêtre et... et le patron qui la tirait par le bras...

Elle étouffait, mordait ses doigts, et plus elle riait, plus j'avais envie de la serrer, de sentir contre moi vibrer, pleurer, mourir de joie le plus grand amour de la terre. Je la pris dans mes bras.

— Tu me dois une bouteille de blanc, dis-je, lui mordant le menton.

— Je te la paierai ce soir, elle nous tuerait avec une chaleur pareille et je meurs d'envie de me baigner ; viens !

Je réglai le patron et nous quittâmes le petit carré d'ombre pour l'univers solaire. Mina marchait devant moi sur un étroit sentier dont la chaleur nous rôtissait les jambes. Nous laissâmes le petit port, pendant un bon kilomètre nous longeâmes la mer dans l'odeur forte et entêtante des cistes. Le chemin ondulait au gré des blocs de pierre. Il fallait quelquefois s'aider d'une racine pour franchir un obstacle. Je m'appliquais à ne pas détruire l'empreinte de ses ballerines dans la poussière de craie, les yeux éblouis par le cuivre de ses jambes.

Enfin nous surplombâmes une crique minuscule de galets blancs. De hautes falaises blanches l'enchâssaient. La réverbération était si forte ici que je fus obligé de regarder vers le large.

Quand je baissai les yeux, Mina était déjà près de l'eau, elle lança sa robe derrière elle. Son corps était souple et d'ambre ; aucune marque de maillot n'en détruisait l'élan. Comme elle m'était apparue de face le matin, dans ma chambre, elle m'offrait son dos : long et mince, et ses épaules fragilement carrées.

Je vis entrer dans la mer la houle dorée de ses fesses. Lorsque l'eau les eut atteintes, elle s'immobilisa, un instant admira l'horizon, ses mains ouvertes posées sur l'eau comme sur une table puis, d'un léger appel du pied, d'un coup s'y glissa tout entière ; non pas comme tout le monde qui se lance sur le ventre ou sur le dos, non, du haut vers le bas comme si elle eût voulu brusquement s'asseoir au fond. Seule sa chevelure caressait la surface, telle une algue obscure.

Cette façon tant à elle d'entrer dans l'eau, je devais l'observer des centaines de fois durant les années qu'ensemble nous allions vivre, dans toutes les rivières et mers de nos voyages et chaque fois en recevoir, aussi violemment, l'étouffante émotion.

J'entrai dans l'eau, vers elle. Sans l'attraction de ce corps, j'aurais fait demi-tour tant elle me parut glacée après le brasier de la crique. Je l'atteignais à peine qu'elle sortit.

— Tu ne viens pas nager ? lui dis-je.

— Non, ce que j'aime surtout c'est sentir le soleil sur mon corps mouillé et les galets brûlants ; c'est dans les piscines qu'on nage, pas dans la mer.

Je fis quelques brasses autour de moi et vins m'allonger près d'elle. La chaleur était divine sur mon corps frais, mais telle, que le dos de Mina avait déjà séché. Seules quelques perles étincelaient au creux des reins.

— Tu te rends compte, me dit-elle, sa joue écrasée sur ses mains, son ventre sur le sol bouillant, si près de la ville ce paradis, on se croirait au bout du monde.

Et c'était vrai, n'importe quelle crique du monde, à cette heure, aurait mis la même ardeur à envoyer sur nos têtes tout le silence et la lumière de ses remparts de marbre. Mais ce silence et cette lumière qui semblaient tomber de tous les points du ciel, je savais très bien qu'ils étaient l'âme et le secret de Mina. Tout était trop blanc, comme dans un rêve, et les morceaux de bois que l'hiver avait envoyés tout en haut de la plage étaient lisses et blancs comme des os. Et quand j'avais regardé longtemps son corps vivre près de moi, je levais les yeux et le ciel était dur et blanc comme du marbre.

Le soleil se rapprochait de la ville.

— Tu as revu Bruno ?

— Il a disparu.

— Et tes parents, tu vas les voir lorsque tu es seule ?

Elle se leva, rentra dans l'eau, offrit son corps à l'écume à la lisière des vagues. À l'approche du soir la mer s'éveillait. Son corps mouillé paraissait noir, la lumière plus douce. Elle vint s'asseoir près de moi, ses jambes repliées dans ses bras.

— Mes parents sont morts il y a cinq ans dans un accident de voiture.

Ses yeux tournés vers le large ne regardaient rien. Un moment passa où il n'y eut que la mer, puis :

— Ils louaient une petite maison depuis ma naissance tout près de Bandol, nous y allions pour les vacances et tous les dimanches, même l'hiver. J'adorais cet endroit, en février on prenait notre premier bain et l'été je mangeais dans l'eau ; je n'étais bien que dans la mer… Un jour je n'ai pas voulu les suivre, j'ai dormi chez une copine, nous sommes allées danser. C'était la première fois qu'ils y allaient sans moi. Ils sont morts en revenant, le dimanche soir.

Elle se tut, baissa les paupières. La mer était un peu montée, elle nous léchait les pieds. L'Est était le seul coin de la terre qui repoussât son voile blanc. Un bleu très tendre annonçait le soir.

— J'aimerais rentrer, dit-elle.

Dans le sentier la chaleur semblait ne pas vouloir baisser mais la lumière toujours aussi aveuglante ne partait plus, à cette heure, que d'un seul point. Le soleil était posé sur la ville, il l'embrasait.

La voiture était un four, nous laissâmes l'air y circuler un moment toutes portes ouvertes, puis en silence nous regagnâmes la ville.

— Je te raccompagne jusque chez toi, me dit-elle, le soir on roule bien.

Elle stoppa au pied de la montée des Accoules, ma rue.

— J'ai passé une journée merveilleuse, il y a longtemps que je n'avais pas été si heureuse.

La lumière revenait sur son visage.

— Monte à la maison boire un verre et puis nous irons dîner quelque part, je connais un restaurant grec très accueillant.

J'avais préparé cette phrase depuis un moment ; je la récitai très mal.

— Tu es gentil, j'ai mille choses à faire, je reviendrai te voir.

Ma gorge se serra ; dehors le soir m'attendait.

— Je peux t'aider si tu veux, je suis libre ce soir, tentai-je.

Tendrement elle me sourit, posa sa main sur la mienne.

— Non, j'ai aussi besoin d'être seule en ce moment, et je veux savoir si je peux.

Il n'y avait plus rien à dire, insister eût été maladroit. Je voulus lui laisser de moi une image rassurante, décontractée, comme en ont toujours les héros dans les films d'aventures à l'instant de se séparer : j'ouvris la portière, sautai sur le trottoir, me penchai vers elle ; le tout très souplement :

— Et s'il y a quoi que ce soit, affirmai-je le doigt en l'air, appelle-moi à n'importe quelle heure chez moi ou dans ma voiture, un quart d'heure après je fais tout sauter.

Je lui clignai de l'œil, claquai la portière et vaillamment attaquai ma ruelle. Quand je me retournai, rieuse elle enclenchait la première. Sa voiture disparut derrière un immeuble. Je m'appuyai contre la rampe : la ville était plus déserte que notre crique, le ciel glacé. Ma gorge se noua davantage. Reviendrait-elle ?

J'ouvris la porte de l'appartement ; le bleu du vestibule m'accabla. Y régnait cette dernière lumière qu'on ne voit que le soir et qui ne vous saisit qu'une fois dans le piège, là, alors que s'élève de chaque pièce vide, pour la nuit, le silence de la solitude.

Juliette avait préféré, voilà un an, ressortir vers l'alcool. Je la comprenais ; avait-elle eu le choix ? J'allai dans sa chambre. C'était, depuis cette époque, la première fois que j'y pénétrais. Je l'avais comme amputée du reste de l'appartement et de ma tête sans doute. Mina me donnait la force de l'ouvrir.

Désordre du désespoir : draps et oreillers avaient volé aux quatre coins, deux tiroirs de la commode, béants, bavaient des sous-vêtements, le troisième était par terre, cendriers et journaux noyaient le sol, le rideau arraché ne tenait plus que par un anneau au bord de la fenêtre. Sur la cheminée, Pierre souriant me regardait. Je pensai aux parents de Mina : ne pouvait-on pas vivre un seul jour sans charrier sur le dos tout le poids de nos morts ! Je tournai le cadre vers la fenêtre et sortis de la chambre. J'allumai toutes les lampes de la maison, jetai un coup d'œil dans la petite bibliothèque au-dessus du divan, en tirai *L'Adieu aux armes* d'Hemingway. C'était un des premiers livres que j'avais lus, j'en avais gardé une impression très agréable mais aucune image ne me revint.

Je lus une bonne partie de la nuit en pensant à Mina. Chaque mot me ramenait à elle. Ce n'était pas la tendre et jolie Catherine du livre qui vivait et aimait devant moi mais sans cesse le visage et le corps de Mina.

Le lendemain je décidai de ne pas aller travailler, elle pouvait venir le matin comme la veille et trouver porte de bois. Je ne fis qu'un saut pour acheter deux croissants et du lait au bas de la ruelle, tout en guettant si elle ne passait pas. Le soleil ramenait beaucoup de gaieté sur la ville, la boulangère me sourit et j'étais très confiant.

Je m'installai sur la toiture avec livre et petit déjeuner en laissant bien la porte grande ouverte et les fenêtres pour entendre si elle sonnait.

Le soleil tourna sur moi et les pigeons s'envolèrent souvent, effrayés par la cloche, ils allaient frôler d'un vol blanc la cathédrale, les docks puis l'opéra, rassurés par la ville tranquille, chaque fois ils revenaient. Mina, elle, ne revint pas.

Je descendis de mon perchoir, dépoussiérai la platine et pour ne pas me laisser attaquer par le soir, posai sur le plateau un enregistrement de Mingus. Avec ferveur j'écoutai : *Passions of a Man.* Quand ce fut fini, je le remis. Elle ne pouvait pas ne pas venir. Peut-on éviter les choses trop belles ?

Le jour suivant non plus je n'allai pas à l'hôpital et ne pensai qu'à elle : si jeune et si brutalement jetée contre la vie. Ah ! Quelle fougue j'aurais mise à la défendre, la porter, la faire rire ! Fallait-il qu'elle ait du courage pour s'être battue jusque-là. Trop lié à son destin je n'avais rien pu faire pour Juliette ; je ferai l'impossible, me dis-je à haute voix, pour arracher Mina aux forces noires. Je tentai de me rappeler chaque instant des heures qu'ensemble nous avions passées : quelle énorme joie de vivre et cependant comme on la sentait seule, lointaine, d'une telle mélancolie parfois que sa beauté en devenait étrange.

Je l'attendis une semaine, sur le toit. J'étais noir. Une nuit je fis un bond dans mon lit : la sonnette ! Nu je courus vers l'ouvre-porte. Quelqu'un monta l'escalier en courant ; il était deux heures à ma montre. J'ouvris : elle tomba dans mes bras. De toutes les forces de son ventre, de ses cuisses, de ses bras, elle me serra. Je retrouvai le parfum de violette et tout le bonheur, soudain, d'une nuit d'été.

— J'ai fait un cauchemar atroce, balbutia-t-elle dans mon cou.

Je caressai ses cheveux ; son corps fragile et tendu contre moi.

— Viens boire.

Je l'entraînai vers la cuisine ; je n'avais que de

l'eau. Elle en but d'un trait trois verres, debout. Elle portait une chemise d'homme très ample dans un jean très serré, ses cheveux étaient lâchés sur ses épaules. Entre deux boutons j'apercevais, dans l'ombre, le dessous si délicatement velouté d'un sein. L'affolement était dans ses yeux ; je la repris dans mes bras.

— Viens te recoucher, je veux que tu me sentes nue contre toi.

Jusqu'à la chambre, très fort elle étreignit ma main. J'entendis dans la pénombre chuchoter une étoffe, nos corps se rencontrèrent, éperdument elle me serra.

— Parle-moi, parle-moi, dit-elle très vite, je veux entendre ta voix, je veux que tu me parles toute la nuit…

Dans l'obscurité, de tendresse je souris.

— Tu veux que je te raconte une très belle histoire ?

— Parle-moi jusqu'à ce que je m'endorme dans tes bras.

Je commençai à lui raconter le roman d'Hemingway, je l'avais très bien en tête et l'histoire coulait. Son souffle long et doux me caressait le cou. Nous étions seuls au monde. À un moment je crus qu'elle dormait, je m'interrompis.

— C'est fini ? me demanda-t-elle.

J'éclatai de rire.

— Non, je croyais que tu dormais.

Et je repris l'histoire.

— Voilà, lui dis-je quand j'eus terminé, ça t'a plu ?

— Oh ! Oui, c'est très beau. Surtout la fin,

quand ils fuient tous les deux dans la barque, la nuit, ce grand parapluie ouvert comme une voile et elle, au fond du bateau, recroquevillée sous la pluie mais tellement heureuse. J'imaginais que c'était moi et je sentais le bébé dans mon ventre, j'avais peur qu'ils ne se fassent attraper.

Je ne lui avais pas raconté la vraie fin du livre, qui est très triste, pour qu'elle oublie son cauchemar.

— C'est une histoire vraie ?

— Bien sûr, toutes les belles histoires sont vraies.

Elle glissa un peu sous les draps, posa sa tête sur mon ventre puis, à petits coups brûlants, tout autour du nombril sa bouche m'extasia ; ses bras emprisonnaient mes cuisses. Assourdie par le profond du lit sa voix me parvint :

— J'aimerais m'endormir tous les soirs sur ton ventre et que chaque soir tu me racontes une histoire.

Je ne pus répondre. Jamais depuis que j'étais né on ne m'avait dit une chose si belle. Par la fenêtre ouverte nous parvenaient le glissement de soie d'un pigeon sur la nuit, le chant du ruisseau en bas dans la ruelle.

Mon sexe frappa sa joue, elle y porta le brasier de ses lèvres ; le ballant de ses cheveux scia mon ventre. Vers tant de beauté mon corps s'arqua. Le drap bleu de l'aurore tomba sur nous. Je m'endormis entre ses lèvres.

Le soleil était déjà haut lorsque le bonheur m'éveilla. Je pris une douche en souriant et descendis faire trois courses : j'achetai des croissants et des brioches au beurre, du chocolat, du lait, des pommes et des oranges sanguines ; je fis un crochet deux rues plus loin et choisis chez le fleuriste la plus belle des roses, d'un rouge sourd presque noir.

Lorsque j'ouvris la porte, la douche crépitait.

— C'est toi, Léo ? appela-t-elle.

— Prends ton temps, je prépare le petit déjeuner et je t'attends sur le toit.

Je pressai les oranges, fis chauffer le lait, plantai la rose dans une pomme verte, dénichai deux tasses fleuries avec leur soucoupe et constituai le plus rayonnant petit déjeuner d'amour. Je m'empressai de grimper sur le toit installer le plateau sur le seul carré de ciment un peu plat, autour de la cheminée. Un léger bruit me fit sursauter, je me retournai : elle ! Entièrement nu, son corps se découpait sur le ciel pâle, diamanté de mille gouttes d'eau. Elle était belle ! Mais belle ! Je l'aurais bue !

Elle aperçut le plateau et son sourire devint radieux ; elle s'accroupit devant moi, à pleines mains prenant ma tête, elle embrassa longuement chacun de mes yeux.

— Si tu continues à être si gentil avec moi, je ne pourrai même plus aller travailler.

— Tu es trop belle pour aller travailler, on va partir en voyage et on se lèvera tous les jours à midi.

Je tenais son petit sein dur dans le creux de la main, comme une tasse de café bouillant.

— Et comment ferons-nous pour vivre, gros malin ? rit-elle, pinçant entre pouce et index mon menton.

— Comme maintenant, en respirant très fort.

Je l'attirai sur moi jusqu'à pouvoir mettre presque entièrement un sein dans ma bouche et le gober. Elle perdit l'équilibre ; poussant un cri elle bascula sur le côté, m'entraîna. Notre sang et le ciel ne firent qu'un tour. On se raccrocha aux tuiles qui par bonheur étaient toutes scellées. Monta jusqu'à nous, soudain, de tout le vide qui nous entourait, la rumeur de la ville. Nous n'avions cru jusque-là qu'à l'immense paix du ciel. Contre les tuiles je la pressai de tous mes bras, le soleil mordait mon dos et je l'entendais rire de frayeur et de joie.

On s'installa à l'ombre de la cheminée, l'un contre l'autre, nus, et on dévora. Le rouge nocturne de la rose que Mina avait piquée dans ses cheveux au-dessus de l'oreille était comme un cri dans le roulis fané des toitures où se diluaient toutes sortes de mauves légers, de fauves éteints, de bruns roux, chocolat, mordoré et toute l'averse des ocres toscanes, calcinées ou à peine rosies par la langue d'un chat et les soleils rouillés de l'automne. J'étais contre elle et sous le ciel dans le plus beau musée du monde.

Vers quatre heures nous dégringolâmes vers des recoins moins exposés de la ville. On s'écroula à l'arrière du port, sur une terrasse que le soleil abandonnait. Mina commanda deux cafés glacés. Toute la ville se retournait sur elle. Elle gardait dans ses cheveux le point de feu qui était sur ce corps un cinglement de fouet.

Pour la première fois, mêlés au plaisir d'accompagner une femme si belle, sourdement je sentis au ventre les crocs de la jalousie. Émanait de son pas, de son cou, de sa peau, du geste si naturel et banal de soulever son bras pour ramener derrière l'oreille un flot de cheveux, je ne sais quel magnétisme qui faisait se retourner sur elle chaque passant, homme ou femme, avant même qu'ils ne l'aient aperçue.

Je compris alors, assis à cette terrasse et voyant la foule entière faire vers elle le champ de tournesols, combien il faudrait que je me hausse et hisse et atteigne de sommets, dont pour l'instant j'ignorais tout, afin de ne pas être une simple de ces fleurs.

Immobile, elle était déjà magique ; dans quel sens et avec quelle frénésie faudrait-il que je me contorsionne si je voulais entendre encore les choses qu'elle avait murmurées sur mon ventre ?

Elle me donna quelques instants plus tard l'occasion de me distinguer. Nous dérivions dans les ruelles commerçantes lorsqu'elle s'arrêta devant un magasin de tapis.

— C'est bizarre, je passe quelquefois par là et je n'avais jamais remarqué ce marchand ; j'adore les tapis, entrons !

Autant la vitrine était étroite, autant l'intérieur était haut et sans fond. Une sonnerie électrique annonça notre entrée. La salle était du sol au plafond si tendue de couleurs qu'on avait l'impression de pénétrer dans l'imagination de Shéhérazade. Personne ne vint. Le silence était ici aussi profond que la mer.

— Oh ! Regarde celui-ci, dit Mina me désignant à ses pieds un immense tapis aux bleus et rouges superbes, je n'en ai jamais vu de si beaux, ni en Turquie ni au Maroc.

Elle s'accroupit

— C'est incroyable... On dirait un tapis d'Ouchak, d'inspiration persane.

— À quoi le vois-tu ? lui demandai-je.

— À cause des points noués, dit-elle palpant le tapis, le premier fil est entouré, le second attaché, c'est ce qui donne ce velours ; et les motifs aussi, regarde : à étoiles et médaillons.

— Tu le voudrais ?

Elle haussa les épaules :

— Il doit coûter une fortune, entièrement fait main ; tu n'imagines pas le nombre de mois, d'années peut-être qu'il a fallu pour parvenir à une telle merveille.

Immobile, elle s'hypnotisait sur ce lagon tissé de corail qui palpitait devant elle.

C'était le moment ou jamais d'être digne d'elle : je jetai un bref coup d'œil à l'entour et vers la rue, tendis l'oreille... Personne. Je m'accroupis et prestement enroulai le chef-d'œuvre. Pas du tout récalcitrant il se lova sous mes doigts.

— Mais... Léo ? eut-elle à peine le temps de prononcer.

Je chargeai le cylindre sur mon épaule droite ; ouf ! qu'il était lourd, et me dirigeai vers la sortie.

— Dépêchons-nous, lui dis-je, alors que franchissant la porte la sonnerie retentissait.

Je marchai une dizaine de mètres normalement et tournai dans la première à droite. Là, j'entamai le trot. Je traversai la rue et, passant au galop, enfilai la première à gauche. Sans cesser de courir je me retournai; elle était sur mes talons. L'énorme boudin bondissait sur mon dos; j'accélérai encore : à gauche et coup sur coup deux fois à droite. J'entendais maintenant derrière moi les petits jappements de rire de Mina et le clac-clac des ballerines. Croyant à un jeu d'amoureux, les promeneurs s'arrêtaient sur les trottoirs, ils regardaient filer notre bonheur.

Nous nous jetâmes dans le flot tumultueux de la rue de Rome. Là, je pris mon trésor sous le bras afin qu'on ne le vît pas de loin dépasser la cohue. Mina m'avait rejoint; suffoquée de course, d'émotion et de rire, elle se planta devant moi, inspira trois fois profondément et me décocha le plus impétueux baiser. La foule s'évanouit au premier contact de ses lèvres. Une meute d'hommes enragés aurait pu alors surgir que, sautant sur le tapis, bien au-delà de la ville il nous aurait emportés tant à cette minute je contenais de force.

— Installe-le, c'est le tien, dis-je à Mina une fois là-haut sous les toits.

Je soulevai la table à tréteaux; émue, elle le déroula. En un geste la maison changea d'âme. J'avais volé les mille et une nuits.

Elle était debout dans le soleil couchant. Étrange, elle me regardait, son pied nu frôlant la laine. Très grave, elle défit le bouton de son jean, descendit la fermeture Éclair, fit glisser sans quitter mes yeux, hors des fourreaux, une jambe puis l'autre. Elle s'agenouilla et je cessai de respirer. Avec une grâce très lente elle ouvrit sa chemise, en écarta chaque pan afin que je voie bien, vers moi, se tendre ses seins. Je sentis sa beauté inquiétante. Tout le rouge du ciel était sur elle ; j'avançai d'un pas. Ses doigts étaient brûlants. Le soir soudain tomba et la fraîcheur fut délicieuse.

Mina, les jours suivants, retourna travailler. Je ne pus quant à moi remettre les pieds à l'asile tant la lumière où je vivais en faisait saillir la laideur. À l'ombre de la cheminée j'attendais cinq heures. Autour de moi l'été haletait. Avant Mina chaque heure me rapprochait de la mort, chaque heure à présent me rapprochait d'elle. Vers quatre heures et demie, les rues s'animaient et je savais que d'une minute à l'autre la grosse porte en bas résonnerait.

Souriante elle surgissait, m'embrassait ; en un clin d'œil elle était nue, sautant sous la douche elle me racontait sa journée. Faire les gestes de tout le monde, au moment où tout le monde les fait, semblait, à ce moment de sa vie, la rassurer beaucoup, elle, si différente de tous, si fragile et si forte. Tellement loin de nous.

Elle passait une chemise d'homme, et nous partions nous baigner. Quelquefois nous descendions simplement dans la ville manger une glace. Plus que tout j'aimais marcher près d'elle, voir son corps jeter partout mille éclats. Ses petits seins où le tissu à peine s'accrochait. Parfois, de quelques mètres je la laissais me devancer pour m'éblouir de ce corps si flexible et si plein : frôlement de ses jambes, mécanique éblouissante des fesses. L'élégance qu'elle mettait à se retourner pour me lancer, coquinement réprobatrice, une adorable moue. Le flamboiement de ses cheveux sous une arête de soleil, au débouché de rue. Ses iris d'or.

Une seule pensée me tourmentait, là-haut sur les toits, alors que flottait, de la nuit, sur mon torse et mes bras son parfum de violette : comment vivre avec elle, la combler avec mon salaire minable, mon métier de minable et l'avenir lamentable qui m'attendait ? Mina ne semblait pas du tout attachée aux choses matérielles, elle n'attendait de moi qu'un grain de folie ; se contenterait-elle toujours de cette existence étriquée ? Peut-on passer sa vie sur un toit quand on est plus belle que le jour et que chaque regard partout vous le hurle à tue-tête ? Qui étais-je moi, sinon ce pitoyable voleur de tapis ? Ce clown de toitures ? Non, j'aurais beau lui raconter des histoires tous les soirs pour l'endormir, et Dieu sait si j'en savais des histoires depuis dix ans que je traînais dans mes poches et dans tous les recoins de ma vie toute la Série Noire, il y aurait bien un soir où elle m'enverrait paître, moi et tous mes paumés miteux du Bronx et de Frisco.

Ah ! si au moins j'avais été médecin à l'hôpital, je n'aurais pas eu honte en rentrant de lui raconter la vie dans mon service : tous les beaux cas que je voyais, mes diagnostics judicieux, la gratitude éternelle des familles et, pour la jalousie, le splendide vol d'infirmières qui s'abattait autour de moi dès le seuil franchi. Aurais-je vécu dans ce quartier de pauvres ! Ah ! minable ! Se serait-elle douchée dans un placard ? Mina dans un placard ! Six fois minable ! Et lui narrer comment au point du jour j'extrayais de leur étui d'excréments et de pisse, dans un brouillard ammoniaqué, la horde de tous les grabataires, tarés et débiles profonds de la terre. Mille fois minable !

Un jour qu'elle avait un quart d'heure de retard j'eus peur. Et si elle ne rentrait pas ? Mon sang laboura mes membres. J'étais perdu dans ce désert de tuiles et la ville vrombissait. La ville l'avait reprise. Qui avait-elle rencontré, avec qui roulait-elle maintenant vers la plage ? Mais que faisais-je à poil sur ce toit à bayer aux corneilles pendant que tous les hommes en bas se surpassaient ? Comment avait-elle mis tant de temps à me percer à jour ?

Un instant plus tard, radieuse, elle tomba dans mes bras.

— Mais que tu es pâle ! s'étonna-t-elle.

— Il n'y avait pas un franc soleil, répondis-je.

Mais j'avais tellement eu peur que ma décision était prise : dès le lendemain je passerais à l'acte !

Cette nuit-là, serrant Mina dans mes bras, deux chiens de fusil l'un dans l'autre, pas un instant je ne fermai l'œil. Ses fesses douces et chaudes confiaient à mon ventre une telle force qu'aux premières pâleurs de l'aube, jusque dans les moindres détails j'avais tout envisagé. D'ici une semaine elle abandonnerait son travail et nous partirions en voyage. Pour l'argent, j'avais d'abord pensé à une agression mais je n'avais pas d'arme. Un quelconque trafic nécessitait des relations : plus isolé que moi c'était difficile sinon au mont Athos. Alors avait surgi dans ma tête ce petit coffre-fort que j'avais remarqué à l'hôpital les premiers mois où j'y allais travailler. Il contenait la paye de tous les nouveaux employés qui ne possédaient pas encore de compte en banque. Ma passion du polar m'avait alors poussé à inspecter les lieux et j'avais découvert dans les toilettes, jouxtant les bureaux du comptable, un fenestron sans volets de fer comme en présentaient toutes les autres fenêtres.

Un premier hic, et de taille, était sa hauteur : à trois étages. Sortir ensuite de là un coffre-fort ne serait pas une mince affaire, si petit soit-il. Mina me mettait du cœur au ventre ; coûte que coûte je l'aurais !

Dès que ce matin-là elle partit travailler je dressai une liste, repassant dans ma tête chacune des opérations qui m'attendaient puis je descendis en ville. J'achetai une bonne corde en nylon de quinze mètres de long ; je comptais large. Une paire de gants en daim, un robuste madrier, du talc, une barre de fer, une pioche et un pied-de-biche. Je charriai le tout à la maison et le dissimulai sous le lit de Juliette.

La paye à l'hôpital s'effectuait le dernier vendredi du mois : cinq jours encore. J'attendis.

Chaque soir nous allâmes nous baigner et je nageai longtemps pour préparer mes muscles.

— Que tu es beau, me dit Mina, quand tu sors de la mer, qui se douterait que tu es si fort lorsque tu es habillé.

J'étais fier comme un coq. Le jeudi arriva.

Au début de l'après-midi je louai une 4 L, j'en rabattis le siège arrière et chargeai mon matériel. L'amour m'exaltait tant que j'aurais déplacé la Grande Pyramide.

Le soir je dis à Mina pour ne pas l'inquiéter :

— J'ai rencontré un copain aujourd'hui, il aimerait que je le remplace cette nuit à l'hôpital.

Elle me regarda drôlement :

— Tu n'y vas plus pour toi mais tu y vas pour les autres, je ne te comprendrai jamais.

C'était une belle nuit d'été, tiède et limpide. À dix heures je franchis dans ma 4 L la barrière de l'hôpital que le concierge venait de relever. Un flot de voitures s'écoulait dans les deux sens : la relève. Personne ne me remarqua.

Je me garai tout près de l'administration, sous un acacia, à l'abri des lampadaires et de la lune. Les allées étaient encore très animées. Des malades prenaient le frais ou rentraient en flânant de la salle de télévision. Je m'allongeai sous le volant tirant sur moi une couverture. Lentement le silence se referma sur l'asile.

Il fallait laisser filer minuit; après les infirmiers s'assoupissent, enfermés à double tour dans les vestiaires et les pharmacies. La chaleur me fit lever la tête. J'aperçus à une centaine de mètres, brouillée par des arbustes, la cage en verre du concierge ; le petit halo de lumière jaune était immobile, il devait s'être endormi dans son bureau.

Je consultai ma montre : une heure moins vingt. Je sortis de la voiture, sans bruit je déposai sur la couverture mon matériel sauf la pioche et le madrier et refermai les portières sans les faire claquer. J'enfilai mes gants, me chargeai et après avoir jeté un dernier coup d'œil sur les massifs lugubres je poussai une grande porte en verre : j'étais dans le hall de l'administration.

L'escalier était en face, je l'escaladai jusqu'au

sixième, me délestai sur les carreaux et j'écoutai. Rien. J'attrapai le pied-de-biche et en trente secondes fis sauter la serrure d'une porte qui s'ouvrit sur la nuit. C'était une terrasse recouverte de graviers. D'ici je dominais tout l'hôpital, les fenêtres des pavillons restaient éclairées ; longs et bas ceux-ci faisaient songer à des trains dans une gare, la nuit.

J'avisai tout de suite ce qu'il me fallait : une conduite d'aération débouchait sur le toit ; j'y nouai solidement une extrémité de ma corde et jetai le reste dans le vide, là où je savais que se trouvait le fenestron. La noirceur du gouffre me sauta au visage, j'eus un mouvement de recul. Aussitôt le visage de Mina vint me rappeler ce que je foutais sur ce toit et je trempai mes jambes dans le vide.

Fermement j'empoignai la corde et glissai tout mon corps dans ce puits de ténèbres. Par bonheur la gouttière en ciment débordait assez largement du mur ; je pus entamer la descente sans trop racler le crépi, comme je l'avais appris à l'école : en emprisonnant la corde entre mes pieds. Jamais je n'aurais pu, craignant le vertige, affronter en plein jour cet abîme ; je m'appuyai sur la nuit.

Je passai devant les fenêtres du cinquième, puis du quatrième ; enfin j'atteignis mon fenestron. Je m'assurai d'une bonne prise avec mes pieds, serrai davantage la corde dans ma main gauche et, libérant le bras droit, j'envoyai un coup de coude dans le carreau. La nuit éclata. Il y eut à l'intérieur un fracas de tous les diables ; une vitrine en s'effondrant n'aurait pas fait plus de scandale.

Mes épaules me brûlaient trop pour que je prenne le temps de tendre l'oreille, mes jambes commençaient à trembler.

Je trouvai, toujours accroché par un bras, la poignée. J'ouvris en grand. Dans cette position il m'était impossible de m'y hisser, je dus remonter d'un bon mètre. Prenant alors un peu d'élan je lançai mes jambes à l'intérieur. Jusqu'aux hanches tout alla bien, mais à partir de là je n'eus plus aucune prise pour faire passer le reste. J'étais posé sur le dos, coincé, et j'agrippais toujours la corde de peur que ma tête, plus lourde que les pieds, ne me fasse basculer dans le gouffre.

J'eus beau me débattre comme un forcené la lucarne refusa d'en avaler une miette de plus. L'inquiétude ne fit pas tant d'histoires, elle ne fit de moi qu'une bouchée. Ah ! j'aurais l'air fin, pensai-je, au lever du jour, quand tout l'hôpital dresserait la tête vers mon corps à moitié dedans, à moitié dehors. D'accord, on était à l'asile... Mais quand même ! J'eus tout loisir de consulter le ciel où les étoiles brasillaient avec une belle insolence.

À force de pétrir la nuit avec mes jambes, je parvins à une position, de profil, qui me parut plus confortable ; je passai un bras à l'intérieur. Soudain tout coulissa et je m'abattis sur la lunette. Tassé entre cuvette et mur, dans le bris de glace, je laissai le silence se reconstituer.

Prudemment je me redressai, tirai de ma poche une lampe dont la lumière, assourdie par un mouchoir que j'y avais noué, me montra le passage. Tout de suite je fus dans le vaste bureau. Le coffre était là, bien à sa place, derrière un comptoir. Gris acier il me foudroya. Je l'avais imaginé plus petit : il m'arrivait en haut des cuisses.

Pas une minute je n'avais pensé à la combinaison. Ce serait du travail vulgaire. Peu importe. Le prenant à bras-le-corps j'engageai la lutte. Il ne bougea pas plus que Bouddha sous son figuier Pipal. Aïe ! Où l'amour m'avait-il égaré ? Je ne fis ni une ni deux, j'allai chercher mes assistants. La porte blindée de l'étage était fermée par quatre énormes verrous : je les tournai et ça me fit sourire, je ne serais pas obligé de repasser par l'abîme. L'inquiétude perdit du terrain. Je bondis au sixième récupérer mes instruments.

Bon, à nous deux Alphonse, dis-je, me crachant dans les mains : je pliai la couverture et l'étalai devant le coffre. Ma lampe posée par terre je le contournai pied-de-biche en main, comme si je m'apprêtais à lui faire le coup du lapin. Je sortis de ma poche quelques cales de bois. C'est à la base que je l'attaquai ; ayant fait sauter un morceau de tomette, je glissai mon arme et de tout le poids de mes forces fis levier : Ô joie ! Il souleva ses fesses de plomb. Avec mon pied j'y poussai une cale et recommençai l'opération jusqu'à ce que je la sente en équilibre sur une seule arête. Alors je repassai devant, ramassai la barre de fer, la collai sur le ventre du colosse et le plus délicatement du monde, sur cet appui, je le couchai sur la couverture.

Ouf ! Premier round ! Et c'est lui qui était au tapis. Parfait ! Oui mais j'étais payé pour le savoir, il aurait du souffle. Je ne le laissai pas récupérer ; ouvrant la boîte de talc j'en saupoudrai le sol jusque sur le palier. J'empoignai la couverture et arc-bouté de la nuque au talon, ébranlai l'attelage. Je faillis de joie hennir : nous avancions. Nous glissions même sur ce chemin de neige. Je me serais embrassé. Quelques fantômes détalèrent.

Les escaliers... Je dus dans ces escaliers suer les heures les plus longues de ma vie : assis sur une marche puis l'autre, je retenais dans mon dos l'animal qui se serait volontiers laissé aller aux griseries de la pente. Autant dire que centimètre par centimètre, les reins perforés, je descendis aux enfers mon bonheur et ma croix.

Je n'avais pas atteint le premier lorsque peuplant ces couloirs de ténèbres des voix approchèrent. J'éteignis ma lampe, freinai des quatre fers. Ces voix enflèrent ; j'étais bon ! Que faire ? Bondir en avant et laisser le monstre faire son travail de monstre ? Nettoyer ? Les voix passèrent... Lentement le silence cicatrisait. J'émis une ondée.

Sur le toit de la buanderie le ciel pâlissait lorsque je franchis avec mon attelage la grande porte de verre. Chez le concierge, l'urine de la lampe semblait s'être allégée. Comment me serais-je douté que le plus dur de la nuit m'attendait là, dans l'aube ?

Je reculai la 4 L jusqu'à toucher les trois marches en haut desquelles mon coffre trônait ; j'ouvris le hayon. Le madrier me servirait de passerelle. Mais sur cette planche rugueuse, talc et rage ne furent d'aucun effet. Mon adversaire m'attendait là et il y mit tout le paquet. J'eus beau arracher, tel un beau diable, les derniers muscles de mon dos, son œil chiffré et mystérieux me ricana dans le visage. Je m'effondrai.

Le jour très vite entrait dans l'hôpital. Ne restait de la nuit que quelques obscurs ballots que les genêts dissimulaient dans la foule de leurs jambes. C'est là que j'aurais aimé m'endormir. Dans un instant l'asile remuerait.

Une idée insensée me traversa la tête, là, couché sur les marches ; enfin, une idée... Plutôt un coup d'esbroufe parce que Mina venait de passer dans mes yeux.

Au triple galop je gagnai mon pavillon, perché là-haut dans la rocaille. Il n'était pas encore, blotti sous trois pins parasols, sorti de la pénombre. Rien n'y bougeait. Était-il encore temps ? Les deux veilleurs allaient se réveiller sur les banquettes fleuries des vestiaires. J'entrai. Je filai droit dans la salle commune et secouai parmi les débiles, les deux plus profonds. Leur sommeil l'était aussi ; ils y retombèrent. Consciencieusement les barbituriques voulaient achever leurs huit heures ; je dus un peu leur botter les fesses. Lorsque j'en tenais un, l'autre se recouchait ; le temps que je vire cet autre, c'est l'un qui s'y était refourré. Il s'agissait de mon amour ; de ma vie ! Et je n'y allai pas de main morte. Pisseux mais à petites foulées ils entrèrent dans l'aube.

Je pouvais compter sur eux ; ceux-là n'avaient jamais parlé ou bien alors trois borborygmes que les infirmiers s'empressaient de leur faire ravaler à coups de serpillières.

En deux temps trois mouvements nous fûmes à pied d'œuvre. Tout leur parut normal. Bavant, ils me chargèrent ça comme un sac de linge sale. Ils n'avaient qu'une hâte : replonger au plus tôt dans l'ultime vapeur hypnotique. Les yeux fermés, main dans la main, ils reprirent leur chemin. Vingt ans d'asile. Ils ne m'avaient même pas rêvé.

Quelques instants plus tard le concierge, là-bas, souleva la barrière. Autant dire qu'il souleva la nuit. Je m'engouffrai, vers la beauté de Mina, dans l'insouciance du matin.

Je traversai des banlieues puis, par une carrière abandonnée, gagnai des collines que je connaissais bien pour y avoir fait, enfant, cent fois l'Indien.

Quand je jugeai avoir mis assez de silence entre la ville et moi, je garai ma voiture en pente, nez en l'air, et fis sans peine couler dehors le coffre. Perdu dans cette mousse de broussaille, je pris un moment pour goûter le matin. Le ciel était si doux, si plate la mer au loin que j'eus envie de me coucher sur le chemin et laisser le soleil jeter de l'or sur mes paupières. J'avais envie d'un sommeil pourpre.

Le mystère du coffre était dans mon dos ; il fut plus fort que la splendeur du ciel. J'empoignai la pioche et sans plus attendre l'attaquai au cœur, ou plutôt autour de cet œil qui depuis notre première altercation scrutait chaque signe de ma faiblesse. Je lui en administrai quelques bons coups bien médités qu'il sache enfin à qui il avait affaire. La petite clairière goba ces coups ronds sans mot dire. Aucun écho ne me revint. Me penchant alors sur l'œil, je ne vis dans l'acier que quelques virgules d'argent : le cyclope avait des ressources...

Une heure durant je lui piochai l'orbite. Après être passé par un glaucome, il présenta une assez belle tuméfaction ; des bourrelets de fer gonflaient autour de la plaie ; une plaie si brûlante que je n'aurais pu y tremper mon doigt. J'en fus d'ailleurs bien incapable lorsque, lâchant ma pioche, je constatai que mes mains ne pouvaient plus s'ouvrir tant elles s'étaient moulées au manche. J'eus beau forcer, rien ne se déplia. J'enfilai donc ce manche dans le trou de mes mains et repris mon tapage.

Entre-temps le soleil se musclait, lentement il me grimpait sur le dos. Je soulevais mon arme et l'abattais, scandant : Mi-na ! Mi-na ! Je soulevais à Mi, frappais à Na. Elle continuait à me porter.

Soudain je reçus dans la figure un jet de feu. Mon corps fit un bond en arrière. Du dos de la main je tâtai mon visage : rien. Je m'aperçus alors que l'œil d'acier fumait une espèce de poussière ; je me penchai : il était crevé. J'attendis qu'il refroidisse et y enfilai mon pouce. C'était, derrière le blindage que je venais de percer, une couche de sable extrêmement fin et gris et dessous, je le sentis, une autre plaque de métal.

Sacré nom d'un chien ! J'en saisis immédiatement le principe : ce sable était là, entre deux blindages, afin de repousser la morsure d'un chalumeau. Je risquais fort d'être ici jusqu'à la saint-glinglin. Enfin, ce n'était pas le moment de laisser mon butin au premier braconnier. Je refis coulisser le manche dans mes mains et, titubant de fatigue et de faim, tapai comme un sourd.

Combien de temps m'acharnai-je ? Je ne saurais

le dire tant mon corps, seul, poursuivit le combat. À un moment, pourtant, je fus étonné de voir que le manche de bois était rouge. Mes mains saignaient.

Frapper, frapper jusqu'à ce que l'un des deux rende l'âme. Je laissai le sang couler dans le cratère de métal. Il me sembla qu'entre chaque coup je l'entendais frire ; c'était peut-être la sueur sur mon dos ou le soleil de midi qui dévorait mon crâne. La colline se renversa ; je m'abattis dans la poussière.

Il faisait tout aussi chaud quand je retrouvai la lumière, au loin la mer avait pâli ; traînaient près de moi deux mains noires de sang. Je me retournai : le petit colosse était toujours là, carré sur ses épaules. À genoux j'allai vers lui, tirai sur la porte… Non, j'en avais trop vu dans ma vie pour croire encore à la divine providence ; pourtant elle s'ouvrait. Le ventre du colosse s'ouvrait… Je vis ses entrailles.

Ensemble nous avions cédé sous l'estocade. Tous les pênes avaient lâché ; j'en comptais huit, ronds comme des pouces. Quel gâchis de poussière, de papier, de ferraille ! J'en puisai une poignée, secouai le sable : c'étaient des coupures de cent francs ! Nom d'un petit bonhomme ! Des paquets ! Des tas ! Tout une boue de billets ! tête première je plongeai dans la mélasse.

« Ô Mina Mina Mina ! gloussai-je. Ô Mina ! »

Je remplis trois sacs en plastique Prisunic de billets et de pièces, nettoyai pioche et coffre de toutes mes empreintes de sang et abandonnant la dépouille tripes au soleil, riant tout seul vitres grandes ouvertes je dégringolai vers la ville.

Ô Dieu du ciel, merci ! Merci de m'avoir donné la force d'ouvrir ce coffre ! Merci de m'ouvrir grandes les portes de l'amour !

Cela je le chantai, yeux au ciel. Je faillis écraser une vieille.

J'eus beau une fois à la maison secouer les billets, cette poussière de sable s'y était incrustée, ils demeuraient gris, éteints ; impossible de les utiliser ainsi. Il était trois heures, Mina rentrait à cinq, j'avais le temps de les bichonner. Je remplis d'eau tiède une bassine et coupure après coupure, délicatement, comme d'un révélateur une photo, je fis resurgir les couleurs et les têtes : ah ! quelle pureté ! foisonnement ! quel luxe ! Je les étendais à mesure sur une résille de ficelle que j'avais tendue entre la tringle des rideaux et les poignées de porte.

Quand cinq heures sonnèrent sur les toits je me déplaçais dans une salle des fêtes, sous une forêt de guirlandes et j'attendais, comme une foule de danseurs, la lumière de Mina.

La serrure joua, je bondis dans le couloir : elle portait une minijupe en cuir noir, une large ceinture noire, un tee-shirt safran col bateau, très ample ; ses bras étaient l'or de l'été. Elle me sourit sur ses escarpins rouges.

Alors elle aperçut dans mon dos le sous-bois de coupures ; ses sourcils m'interrogèrent... Je ne bougeai pas. Elle fit un pas vers le salon ; quelques fantômes traversèrent ses yeux. Sa main gauche soudain vint se plaquer sur ses lèvres, immobile elle murmura :

— Mais... Qu'est-ce que c'est ?

Je me glissai derrière elle, la pris dans mes bras.

— Eh bien, ce que j'ai gagné cette nuit, mon remplacement. Ça paye les nuits, tu vois.

Elle roula dans mes bras, me fit face. Son visage était grave.

— Ne plaisante pas, Léo, d'où vient tout cet argent ?

Sa stupéfaction m'arracha une volée de rires, je posai ma tête dans les violettes de son cou. Tendrement je l'embrassai sous les cheveux, là où le duvet est celui de l'enfance. Des deux poings elle m'écarta.

— Je suis sérieuse, Léo, qu'est-ce que ça veut dire ?

J'allai dans le frigo, nous versai deux grands verres de jus de raisin, revins au salon.

— C'est notre voyage, Mina, c'est notre amour, la fin de cette vie minable, je ne veux plus te voir t'étioler dans un bureau, j'en ai assez de récurer des vieillards et de donner la bouillie aux débiles. Je veux que nous quittions cette ville de malheur, ce quartier sordide ; je ne veux plus que tu te douches dans un placard. Nous allons partir cette nuit.

Je m'aperçus que je n'arrangeais rien, son regard allait de ma tête à celles, telles des hirondelles multicolores, alignées sur les fils. Elle semblait de plus en plus interloquée.

— Mais, Léo, tu deviens fou ! Pour une fois que je suis heureuse, que je rentre chez moi tous les soirs sans avoir peur, sans me dire : « Mais qu'est-ce qui va encore t'arriver ? » Pour une fois que je me sens bien avec quelqu'un, rassurée. Non, Léo, j'en ai assez de toutes ces galères, j'ai eu ma part d'ennuis, je veux le vivre tranquillement notre bonheur et je me doucherais même dans l'évier s'il le fallait plutôt que de replonger dans la poisse ! Je...

Je pris ses bras à pleines mains, juste au-dessus du coude et je serrai juste ce qu'il faut pour que le sol revienne sous ses pieds. J'y ajoutai le poids de mon regard.

— Nous ne risquons rien, Mina, j'ai pensé à tout. Ils n'ont aucune piste, pas d'empreintes, rien ! Tu te rends compte qu'il y a là peut-être ce que j'aurais mis trois ans à gagner ! trois ans de soleil, d'amour, de grasses matinées dans nos bras et pas le plus infime petit risque ! Je ne cherche pas ma dose tous les soirs, j'en ai eu ma part moi aussi d'embrouilles. Trois ans de ton corps, de ta peau, de ta voix, sur toutes les plages du monde. Trois ans dans tes yeux !

Elle eut sa petite moue et je sus qu'un sourire était là, juste derrière. Je pinçai son menton entre pouce et index, secouai légèrement : il apparut. De toutes mes forces je la serrai contre moi. Qu'avais-je eu de plus doux dans ma vie ?

Baissant la tête afin de ne pas déranger mes oiseaux de papier, je l'attirai sur le divan et lui racontai ma nuit en contournant les recoins un peu sombres afin d'écarter de ses yeux les deux trois fantômes que j'y avais vus rôder. J'insistai sur les débiles profonds traversant à petites foulées la belle aube. Là je sus que c'était gagné : de tout son cœur elle en rit, sympathiques débiles... Elle en eut des larmes.

— Je suis épuisé, lui dis-je, pourrais-tu ramener au garage une voiture de location ?

Je lui tendis les clefs, l'adresse. Il me resta juste assez de force pour aller m'écrouler dans la pénombre de la chambre. Fermant les yeux j'eus le temps de goûter, rayant le plafond, la lumière abricot de cette fin d'été.

Le plafond était noir lorsque je les rouvris. Montait de la rue un silence d'après minuit. Je trouvai Mina endormie à plat ventre sur le divan, un roman de Marquez avait glissé de sa main et se tordait sous le poids du sommeil. Deux sacs de voyage attendaient côte à côte par terre. Il y avait sur la table cinq paquets de billets. Ma présence la réveilla.

— Je me suis endormie, dit-elle, ramenant contre elle ses longues jambes nues ; j'ai préparé nos bagages, tu ne m'as pas entendue aller et venir dans la chambre, je ne trouvais pas ton passeport ?

— Non, tu veux qu'on parte cette nuit ? lui demandai-je accroupi près du divan, ma main gauche remontant le chien de fusil de sa jambe jusqu'au centre bouillant de son corps où elle s'incrusta.

— Maintenant que j'y ai pensé je ne pourrai pas attendre une heure de plus, j'avais envie de te réveiller. Partons tout de suite.

Je repoussai notre départ d'un très très long baiser.

Une heure plus tard nous roulions vers l'Italie dans la R 8 de Mina. Je sentais dans la poche de mon blouson, contre ma poitrine, l'épaisseur confortable d'une liasse de billets. Le reste je l'avais caché sur la caisse à eau, là où Pierre avait perché son projecteur.

Je conduisais et Mina était près de moi, ses jambes repliées sous elle. Il y avait dans son attitude tant de traces d'enfance : cette façon de s'asseoir, si jolie, ses petits seins, la pudeur qu'elle mettait à secouer devant ses yeux sa frange lorsque trop longtemps je la fixais.

La route était libre et je voyais sur son profil défiler la nuit, à peine éclairée par ses yeux et le fil de son sourire.

Avais-je été plus heureux ? Y avait-il d'un bout à l'autre de la terre homme plus comblé ? Je roulais vers la frontière et il n'y avait plus qu'une chose dans l'immensité de l'univers ; une seule et unique chose sous l'infinie limaille d'étoiles : l'amour de Mina ! Tout le reste avait disparu, Pierre, Juliette, mes amis d'autrefois, les idées auxquelles j'avais pu croire un instant, tout le froid de ma solitude, les gens heureux, ceux qui n'en peuvent plus, les seaux de sang à la face du monde, la bombe quelque part sur nous entre les dents de Dieu. Tous les bébés qui plantent dans la vie, en cette seconde, leur premier braillement parce que d'autres s'engagent à jamais dans les couloirs de la nuit.

Je mis pour écarter un doute son genou dans ma main.

— Tu es heureuse, Juan Fernandez ? lui demandai-je.

— Pourquoi m'appelles-tu Juan Fernandez ?

Son genou était rond et chaud.

— Parce que c'est l'île de Robinson, autour d'elle il n'y a plus rien.

Je sentais vers moi la clarté de son visage et comme je ne pouvais jouir de sa beauté je me mis à faire le pitre, conduisant comme un pépé le nez collé au pare-brise. Son rire écartait la nuit.

Un instant plus tard elle dormait, blottie sur son siège. Quand je croisais quelqu'un, je faisais codes-phares : clin d'œil de mon bonheur dans le maelström de la nuit. Surtout ne pas la déranger. Du bout des doigts je frôlais l'intérieur de sa cuisse, là où c'est si doux qu'on a l'impression de toucher le vertige.

La frontière la réveilla. C'était l'aube. Les douaniers me firent signe de passer sans sortir de leur guérite. Devant nous le ciel s'ouvrait. Nous entrâmes en Italie comme dans une rose.

Un peu plus loin je stoppai sur un belvédère. On descendit se dégourdir les jambes et je courus après Mina vers une petite chapelle grise de montagne à porte ronde ; l'herbe était dure, trempée de rosée. Mina poussa un cri. Détala de ses jambes une énorme boule claire : c'était un blaireau qu'on avait dérangé et qui roula ses muscles dans le pré comme un manteau de fourrure emporté par le vent. Le paysage était grandiose. Blanche et calme, la brume montait vers nous comme une mer de lait. Les vallées là-dessous devaient être profondes.

— Alors, Mina, choisis : à gauche, à droite, devant ?

— Au sud, le plus au sud possible, je voudrais passer ma vie à rouler vers l'été.

Elle était radieuse. Transis, nous sautâmes dans la voiture, tête la première on piqua dans la brume.

— Il y a longtemps que tu n'es pas partie en voyage ? lui demandai-je.

— Ça fait, oh ! ça fait bien trois ans !... Nous sommes partis six mois avec Bruno dans une 2 CV où tout ne tenait que par des fils de fer, avec mes deux chiennes derrière. Tu aurais vu ce cirque en Turquie ! Ils ont si peur des chiens qu'on était seuls sur les plages. Tu me diras ça vaut mieux parce que quand ils y viennent à la plage c'est par camions, avec tout le mobilier jusqu'à l'arrière-grand-mère qu'on pose sur le sable dans un fauteuil.

Un sourire croisait dans le fond de ses yeux.

— Vous n'avez pas eu trop d'histoires ?

— Non, à cette époque Bruno adorait la plongée ; on fumait beaucoup sur les routes, c'est tout. Beaucoup de gens partaient en Inde et s'arrêtaient à Istanbul. C'est au retour que tout s'est déglingué... C'est vraiment infect les villes.

J'eus envie de lui dire que j'y étais allé moi aussi à Istanbul et dans des conditions pas tout à fait reluisantes, mais je laissai la brume recouvrir nos passés.

— J'ai une faim de loup ! m'annonça-t-elle. Ce doit être toutes ces vaches, l'herbe grasse, le ciel.

On s'arrêta dans le premier village italien agrippé à la pente. Sous des arcades nous dénichâmes un petit bistrot qui s'éveillait ; la patronne, ronde et chaude comme un nuage d'été, nous prépara le plus merveilleux petit déjeuner. Les premiers clients entraient pour parler de football et de la journée qui s'annonçait claire. Mina était aux anges; elle dévora.

— J'adore ce pays, tout le monde est beau. Je n'y avais jamais pensé mais c'est pour ça que je t'aime, tu as une tête éblouissante d'Italien.

Tous les clients se retournaient sur son bonheur. Pendant une minute il n'y eut que le silence des sourires. Ils avaient ici le génie millénaire de la beauté; l'impertinence de lui rendre hommage. Hochant la tête, tous ne parlèrent que d'elle. Jaloux et fier je m'installais dans ce tourbillon que Mina créait partout où nous passions. Mieux valait, me disais-je, passer vite. Mais elle avait alors une telle douceur pour me prendre la main que j'aurais invité le monde entier à s'asseoir à ma table.

Elle approcha de moi son sourire; je me sentis plus italien que Casanova.

Sans nous presser, sous un splendide soleil de septembre, nous dégringolâmes la botte : Genova, Reggio, Modena, Rimini, Fano, Pescara, Bari, Brindisi. D'abord par l'autoroute et Mina voulut s'arrêter dans tous les «Pavesi». Ce qu'elle adorait par-dessus tout c'était commander un espresso au comptoir, deux trois petits sandwichs triangulaires de pain de mie, en écoutant la voix des Italiens. Je préférais un cappuccino.

Sur un de ces parkings, alors que nous remontions en voiture, un curé poussiéreux s'approcha de nous. Le coin était tranquille; il déboutonna sa soutane et exhiba toute une volée de montres accrochées à son ventre : or, argent ou toc, tout ça scintillait sur ce ventre rose. Entre deux bracelets aveuglants son sexe apparut, trapu et pourpre. Il était, sous sa robe, entièrement nu. Plus surprise qu'effrayée, Mina éclata de rire. L'ecclésiastique fit, d'une gracieuse ondulation du bassin, cliqueter toute sa camelote mais nous étions déjà installés sur nos sièges.

— Je suis folle de l'Italie, me dit-elle quand reprenant la route nous vîmes notre curé s'approcher d'un autre couple dans le flou tremblé de la chaleur et de l'essence, il n'y a qu'ici pour voir des choses pareilles, toute la journée on se croirait au cinéma. Ils n'inventent rien les metteurs en scène, tout est là.

À Fano nous quittâmes l'autoroute pour être plus près de la mer.

Deux jours plus tard, à l'aube, sur le pont de ce ferry que nous avions pris à Brindisi, nous aperçûmes devant nous, se dressant dans la mer, une montagne mauve : Corfou.

Des bateaux de toutes les couleurs pêchaient le long des côtes, tout de suite je les reconnus, c'étaient ces fameux caïques qu'on voit partout en Grèce et en Turquie. Mina aussi les connaissait, elle se serra sur mon ventre.

Corfou est une ville en fleur, très italienne par ses balcons en fer forgé, ses jalousies, ses ocres.

Les ruelles en escalier rincées à grande eau embaumaient le poisson, le pain chaud et le bougainvillier. Nous déjeunâmes sous une tonnelle violette, sur l'unique table verte, pendant que se poursuivaient autour d'un platane épais comme une tour génoise deux longs chats noir et feu à tête de fouine. Nous ne disions rien, tout était si bon. La ville pour nous s'éveillait.

Avant que le soleil ne soit trop dur, nous nous enfonçâmes dans l'île. Nous avions très peu dormi sur le bateau et la fatigue rendait toute chose plus belle, les contours plus doux, très tendres les bruits, les couleurs.

Nous atteignîmes, après de petits champs d'orangers, Paléokastritsa et son monastère blanc posé comme une mouette en plein ciel. Tout en bas la mer se roulait doucement dans l'or matinal d'une plage. Je crus me souvenir qu'Ulysse avait un jour échoué là-dessous, lancé par la tempête contre ces blocs de pierre, après des années de course sur la mer. Une très jolie fille l'avait recueilli, soigné. Pouvait-elle être plus belle que Mina, si radieuse en ce ciel de septembre ? Et moi moins heureux qu'Ulysse après mes années d'errance au pays de la nuit ?

Tout le jour nous sautâmes de crique en crique. Dans chacune je la serrai dans mes bras, déboutonnai sa robe sur le devant et longuement embrassai ses seins.

L'après-midi s'allongeait comme l'ombre d'un cyprès et nous roulions lentement entre Roda et Nissaki quand nous eûmes le souffle coupé. Nous l'entr'aperçûmes à la sortie d'un virage, entre deux chênes-lièges : c'était une anse minuscule découpée assez loin dans un champ d'oliviers ;

une toute petite crique large comme la main qui contenait à peine trois maisons blanches de pêcheurs et leurs barques. Le soir s'y posait.

Un quart d'heure plus tard, par un long chemin de terre, nous débouchâmes au cœur de la magie.

Un des miracles de la Grèce est de pouvoir dénicher partout, en des lieux qui sembleraient au premier coup d'œil d'une somptueuse désolation, une chambre à louer. L'une de ces trois petites maisons chaulées de frais faisait restaurant en saison et possédait deux de ces chambres. La mi-septembre étant passée, elles étaient libres.

Un Grec timide et moustachu, plié en deux sur son jardin et surpris de notre irruption, nous les fit visiter. Le seul être vivant d'ailleurs que nous apercevions dans ce port de fortune. Ses yeux, tant ils étaient doux, me firent penser à une berceuse.

L'une des deux chambres s'ouvrait largement sur un balcon et sur la mer ; d'un cri de joie Mina s'en empara. Elle était meublée d'un lit, d'une armoire et d'une table, sobre et blanche comme une cellule de moine. La mer n'en était que plus pure.

— Je meurs de faim ! articula-t-elle vers le Grec, appuyant ses mots d'un geste de ses doigts réunis vers sa bouche.

Celui-ci souriait, moins de la mimique de Mina que de son bonheur. Jamais je ne l'avais vue si excitée, si fébrile, tout depuis le matin l'exaltait.

Je montai nos bagages et Mina eut un plaisir fou à tout ranger dans l'armoire comme si nous arrivions chez nous. Partout on la sentait chez elle.

N'avait-elle pas le sens de l'éphémère ? Le possédait-elle trop ? Elle s'installait n'importe où pour cinq minutes comme pour une vie. Le temps s'écoulait-il pour elle comme pour nous ?

Elle changea de robe et nous descendîmes. Trois petites tables de bois étaient plantées dans le sable en pente devant la maison. Une treille encore très verte devait produire une belle ombre sur le coup de midi. Nous nous installâmes. Je commandai deux ouzos, ces petits verres de lumière, et nous les sirotâmes face à la mer.

Le Grec avait noué autour de sa taille un grand tablier jaune à fleurs rouges, nous l'entendions s'affairer pour nous dans l'unique pièce qui servait de cuisine et de salle à manger. Toujours personne aux alentours.

Tout était si calme ; des vaguelettes venaient jouer contre une barque et les pieds de la première table. Nous parvenait de derrière la maison, sur les terrasses plantées d'oliviers, le tintement de quelque clochette et parfois, plus haut, le braiment d'un âne. L'air sentait l'iode et le basilic ; il en poussait de très beaux bouquets tout autour de la tonnelle, dans des bidons en fer peints du même vert que les feuilles de vigne.

Le patron nous apporta deux assiettes de salade grecque : un alignement de tranches de concombres encadrées de tomates, une volée d'olives noires et des petits cubes blancs de feta, le paillettement d'une belle huile d'olive. Avant qu'il ne retourne à sa cuisine je lui demandai une bouteille de retsina. Il comprenait assez bien le français s'il n'en prononçait pas un mot.

— *Good ?* nous demanda-t-il en revenant.

— *Good !* répondis-je, merveilleux !

Il eut l'air ravi. Cinq minutes plus tard il nous apportait du poulpe grillé. Mina n'en crut pas ses yeux, elle continuait d'égrener son extase. Le poulpe était un peu dur mais la saveur du citron et de l'huile d'olive, le parfum du basilic, le rendirent sublime.

— Que j'aimerais vivre ici, lança-t-elle, je n'ai rien vu de laid depuis que nous avons débarqué et les gens sont si simples, si gentils.

— Ça te plairait vraiment ?

— Tu en connais beaucoup de coins comme celui-ci ? Regarde ce ciel, jamais je n'en ai vu d'aussi délicat.

Il était rose au loin, nimbé de brume.

— On se renseignera dès demain sur le prix des maisons, ça ne doit pas être bien cher, tu sais ; nous pourrions peut-être en acheter une toute petite et l'agrandir si nous avons des enfants... Il faudrait aussi trouver une barque pour se nourrir gratis.

Elle souleva les épaules.

— On dit ça mais ça n'arrive jamais, c'est bien trop beau. Qu'y a-t-il de plus beau dans la vie ?

Elle regardait partout, rêveuse, autour d'elle. Le patron vint s'asseoir avec nous et souriants tous trois nous laissâmes la nuit prendre ce coin de terre où, quoi qu'il arrive, nous avions été heureux.

Bientôt la lune ouvrit sur la mer un chemin vers l'Albanie. Et caressé par le vent tiède du maquis, le cuivre de ce vin ruisselant sur mon âme, mes pieds enfouis dans le sable encore chaud, plus que jamais j'eus envie des seins de Mina, de ses fesses, de son ventre, envie d'elle à la faire crier. Elle dut sentir le tumulte de mon désir, elle se leva, salua notre nouvel ami et, dans toute la grâce de ses vingt ans, disparut dans la nuit. Un instant plus tard elle fit gémir sur nos têtes les volets de notre chambre. La gorge nouée je la rejoignis.

Le soleil était déjà haut quand ensemble nous ouvrîmes un œil. Elle bondit vers la fenêtre et repoussa les volets ; une immense lumière gicla de la mer, aveuglant d'un coup toute la chambre.

Tournée vers l'est et dans cette jeune lumière, l'anse était encore plus belle. Une dentelle de cyprès noirs la bordait fonçant son eau, soutenant les taches pourpres des lauriers que nous n'avions pas remarqués la veille dans le bleuté du soir.

Il y avait sur une terrasse, derrière la maison, une douche d'été : une pomme au bout d'un tuyau. Tout nus et enlacés, l'eau fraîche nous tira du sommeil.

Notre hôte nous attendait dans l'ombre claire de sa treille. Il paraissait aussi heureux que nous de voir le matin jeter tant de gaieté sur ce confin paisible d'île, comme s'il l'eût avec nous découvert à l'instant. Cet art que possèdent les Grecs de s'émerveiller chaque jour devant ce paysage qui est de la naissance à la mort leur unique voyage, je devais très souvent l'admirer et chaque fois en ressentir, tout au fond de moi-même, une bien mystérieuse émotion.

Mimis devait se lever tôt, c'était le nom de notre hôte, il nous entraîna à l'intérieur et ouvrant un petit frigo en tira une bassine remplie de poissons et de poulpes qu'il nous destinait.

Nous revînmes nous installer sous la tonnelle où il but, toujours souriant, un café grec avec nous.

— Où sont les gens des deux autres maisons? lui demanda Mina.

Il eut du mal à répondre tant cette question le mit en joie. Lorsque son rire s'apaisa, il nous fit comprendre par gestes que tout lui appartenait : la petite maison là-bas sur la gauche où il dormait et celle sur la droite qui lui arracha de nouveau quelques éclats de rire, c'était l'écurie des chèvres. Elle était aussi blanche et bien tenue que l'autre, un figuier l'ombrait. Une légère brise de mer s'étant levée, la façade contre laquelle nous étions s'ocella de lumière et d'ombre.

Mimis disparut une seconde et revint quelques photos à la main. Il nous montra sa femme morte puis ses deux filles parties à Athènes; elles étaient énormes.

— Très très belles! Vraiment splendides! lançai-je, la main sur la bouche en signe d'admiration.

Ça le mit au comble du bonheur, riant il me tapa sur le dos. Il s'approcha de Mina, lui tâta les épaules et fit « non » de la tête avec une moue : « Trop maigre, trop maigre. » Mina mima un air vexé; exultant il nous resservit du café.

La chaleur de midi vint nous chercher jusque sous la treille et Mimis posa de côté sa tête sur ses mains jointes, les yeux clos. Geste qu'il refit chaque jour et qui signifiait : « Je vais dormir un peu. »

Nous partîmes avec Mina à travers les oliviers. Nous suivîmes un moment, sous une ombre légère, un chemin de terre rousse déchiré de sécheresse et de pluies. Les arbres étaient bien entretenus, fraîchement bêchés autour de chaque pied. Depuis combien de siècles étaient-ils là, leurs troncs noirs vrillés de vent ?

Bientôt le maquis vint danser devant nous, il n'y eut plus à travers la broussaille que l'idée d'un sentier. Nous y plongeâmes. La chaleur était cruelle, entêtante l'essence des térébinthes et des buissons de cistes.

Mina ouvrait cette folie dans sa robe cyclamen. Quelle grâce elle mettait à écarter ces branches nerveuses qui n'avaient qu'une envie : lacérer ce beau corps.

Nous avancions depuis un bon quart d'heure quand une odeur de pierre chaude nous annonça un éboulis, à quelques pas par là ; nous ne voyions rien tant la sauvagerie s'ouvrait et se fermait sur nous tel un serpent déglutissant sa proie. Derrière un arbousier la mer éclata.

C'était, à nos pieds, une crique aussi jolie que celle où Mina m'avait amené près de Marseille mais combien plus secrète celle-ci, combien nôtre déjà dans cette immense solitude ; le sable vu d'ici faisait l'eau verte assez loin devant nous.

La même émotion m'étreignit une minute plus tard de voir, entièrement nu, le corps de Mina fendre le calme de cette eau, y disparaître puis, sa lourde chevelure lancée en arrière fouetter le ciel.

Je me ruai sur elle. Nous roulâmes dans l'écume ; éclataient dans ce bouillonnement de soleil son ventre, ses jambes, ses fesses, son rire, ses cris, l'affolement bref de ses yeux après la tasse, ses seins jetés vers la lumière. À belles dents je mordis la rivière de diamants sur le petit écrin triangulaire et noir, la plaquai sur le ventre. Arquée pour ne plus boire, son dos était long, tendu. J'empoignai sous un voile d'eau deux cailloux de soie, elle m'offrait ses fesses.

Des vagues nous déposèrent enlacés sur la plage. Les yeux clos, mes lèvres posées sur sa nuque fraîche, je laissai s'engourdir ma tête. Il n'y avait plus au monde à cet instant que ce corps livré dans mes bras et l'assourdissante friture de cent millions d'insectes.

N'importe qui aurait pu alors se pencher sur mon oreille et m'annoncer n'importe quoi, la pire catastrophe ou la plus grande joie, je n'aurais pas bougé le petit doigt tant des hommes déjà je me sentais loin. Oui, rien que ce corps contre moi dans le vertige de notre solitude.

Un peu plus tard dans l'après-midi elle voulut que je l'enterre dans le sable. Je creusai un trou où elle s'allongea et je la recouvris entièrement, sauf le bel ovale de son visage. Paupières baissées, elle souriait comme on joue du Chopin.

— Après je te le ferai, tu n'imagines pas comme on est bien… C'est frais, me dit-elle.

Ce visage, posé comme un médaillon sur le sable, avait la pureté de Nefertiti, la plus belle reine d'Égypte qui sa vie durant resta fidèle au culte du soleil.

De temps en temps j'allais tremper mes mains dans l'eau, lui humectais les joues, le front; je plantai ses sandales à hauteur de ses pieds pour qu'on croie vraiment à une sépulture.

Combien y avait-il d'années que je n'avais pas joué comme un enfant à quatre pattes dans le sable ? J'en avais jusque dans les cheveux et j'en éprouvais un intense plaisir. Je m'étendis sur la dalle mouvante.

Lentement Mina me tirait de l'humidité de ma nuit, de cette odeur légère de moisi qui l'avait étonnée quelques mois plus tôt.

Soudain la plage se souleva ; elle apparut ruisselante de sable. Nefertiti n'était plus qu'une enfant sauvage au buste souillé. Je caressai son petit sein et du bout de la langue en fis jaillir tout l'ambre. Aujourd'hui encore, y repensant, je garde dans ma bouche le parfum de ce sein, parfum de soleil, de bonheur et de sel.

— À toi, me dit-elle, je suis comme après une nuit de sommeil, on se le fera chaque jour, tu vas voir toute la force de la terre.

Je pris sa place. Elle ramena sur moi un monticule, y ajouta dessus les plus gros galets qu'elle put transporter. Bientôt je fus entièrement recouvert d'œufs d'autruche. Ce petit mastaba protégeait mes yeux du soleil ; je pouvais, nue, la voir s'affairer. Du bord de l'eau à ma tombe, sans un mot elle travailla longtemps.

— Tu peux encore bouger ? me demanda-t-elle enfin, essoufflée.

Je tentai de remuer mes bras.

— Non, même pas les doigts.

— Bon, alors salut ! lança-t-elle et elle tourna les talons.

Il n'y eut plus que le bleu étourdissant du ciel. Je respirais de plus en plus difficilement tant ce chargement comprimait ma poitrine. En tous sens je fis rouler mes yeux : rien que du bleu. Je pensai l'appeler mais j'aurais eu l'air fin si elle était là, tapie derrière le crépu des cistes, à m'épier. Avait-elle vraiment disparu ? Non, impossible, elle jouait… Pourtant les minutes passaient ; mon souffle se fit haletant. J'ouvris la bouche pour crier, ses lèvres se plaquèrent aux miennes. Son visage se découpait à l'envers sur le ciel, la malice incendiait son regard.

— Tu as eu peur ? chuchota-t-elle sur ma bouche, ses deux mains posées sur mes yeux.

— Non, je me suis endormi.

— Menteur ! J'ai fait le tour par le maquis, tu ne peux pas savoir comme c'est impressionnant de là-haut ce visage incrusté dans la plage, depuis un moment je suis couchée à trois mètres de toi. Avoue que tu as eu peur ?

— Dépêche-toi de me déterrer, mon amour, sinon je ne pourrai plus jamais rien avouer.

D'un long baiser elle me rafla le peu d'air que la vie encore m'octroyait. Elle fit rouler les galets ; ses bras en forme d'anse, elle tira le sable. Le dernier soleil faisait saillir ses seins.

Quand nous arrivâmes au hameau, Mimis face à la mer faisait glisser entre ses doigts un chapelet de bois. À la ferveur qu'il mit à nous ouvrir les bras, je pensai qu'il devait nous attendre en priant que nous ne tardions pas. Le soleil tombait derrière la colline et les trois petites maisons étaient lilas. Le soir sentait le poisson et le citron grillé.

Nous bûmes ensemble un ou deux ouzos, et Mimis s'empressa d'apporter le poisson. Nous mourions de faim.

À partir de ce jour nous prîmes tous trois nos repas assis sous la tonnelle, comme une famille de pêcheurs. Et chaque soir, le repas terminé, Mimis allait chercher les photos de sa femme morte et de ses deux filles parties à Athènes et il nous les tendait une larme au bord des yeux.

Il m'observait. Je savais qu'il attendait de moi l'éternelle exclamation :

— Mais qu'elles sont belles ! Splendides !

Ces quelques mots suffisaient à écraser les larmes suspendues entre pudeur et mélancolie. Alors, comme pour chasser ce qui bougeait encore de tristesse en lui, il nous entraînait vers sa barque.

C'était une embarcation de rien surmontée d'un lamparo, le blanc de lait de la coque était souligné de trois filets bleu, jaune et rouge. Un piquet planté sur la plage la retenait par une corde. Nous entrions dans l'eau jusqu'aux cuisses et Mimis était le dernier à se hisser à bord.

J'attrapais les rames et suivant méticuleusement chaque indication de sa main, pendant qu'il dévidait dans l'eau calme ses paquets de filets, je louvoyais dans l'anse au gré d'arabesques dont il était le mystérieux compositeur.

Soyeuse, la barque avançait sur l'eau et pour peu qu'une légère brume flottât autour de nous, nous entrions en silence dans la nacre du ciel.

Inoubliables soirs dans les yeux de Mina, assise à

l'autre bout de la barque, vers moi ; cette crique perdue, Mimis si bon qui chaque jour un peu plus nous prenait pour ses enfants, la petite liasse de billets rangée dans le placard de notre chambre, là-bas, et qui m'assurait que les beaux jours venaient de commencer. Entre deux coups de rame je dressais les yeux vers le ciel et je priais pour qu'il ne touche à rien.

Octobre sur cette île est un abricot muscat. Chaque matin après notre café sous la treille, nous partions tous deux vers notre crique, quelques tomates et un morceau de fromage dans le sac de toile de Mina.

Dans l'eau encore fraîche elle plongeait dès que nous arrivions puis s'allongeait sur un lit d'algues sèches, un livre à la main. Toujours le même d'ailleurs qu'elle lisait et relisait depuis des mois. Un pétale de rose marquait sa page d'une tache de sang.

— Pourquoi lis-tu toujours le même livre ? lui demandai-je un jour.

Étonnée, elle leva la tête

— Ce n'est pas un livre *Cent ans de solitude,* c'est la plus belle chose que je connaisse ; c'est de la magie. Ici avec toi sur cette île c'est un peu comme Macondo, le village où se passe l'histoire, tout est tellement beau.

— Mais qu'y a-t-il de si magique ? dis-je, pour le plaisir de sentir sa voix caresser ma peau.

— Je ne sais pas moi, tout est magique à Macondo, tout ! C'est comme dans un rêve, les maisons sont pleines de mésanges bleues, de rouges-gorges, les perroquets bariolés récitent des romances italiennes et les gens retrouvent leur chemin grâce au chant des oiseaux… Il peut pleuvoir des années durant, des torrents de boue peuvent tout emporter : les maisons, les écuries, les champs ; les habitants de Macondo ne sont jamais atteints par le temps qui passe ni par les désastres. J'aimerais vivre à Macondo parce que tout y est fou et rassurant. On peut faire l'amour vingt fois par jour en regardant passer dans la maison un fleuve de fourmis rouges ; s'endormir dans un hamac, sous une véranda, par un après-midi torride et se noyer le soir dans un bassin rempli de champagne. Tu sais je pourrais raconter Macondo pendant des jours et des jours, je le connais par cœur. Quelquefois j'ai l'impression d'y vivre. Les gens, là-bas, traversent les plus folles catastrophes dans la douceur de vivre, c'est toujours un peu l'heure de la sieste. Personne n'a plus de trente ans.

Je l'aurais écoutée tout le jour, le ventre dans le sable chaud, tant ce qu'elle disait était beau, lui ressemblait. Elle était comme son livre, pensai-je, magique, sensuelle, hors du monde.

— Tu as peur de la mort ? l'interrompis-je.

Elle parut revenir de Macondo.

— Non, d'être vieille.

— Moi, je pourrais vivre vieux éternellement, c'est mourir qui me terrorise. Ne plus voir cette crique, ne plus te voir… Vieux, je te verrai toujours.

— Mais je serai vieille, Léo.

— Oui, mais tu seras toujours la plus jolie.

J'eus le désir subit de la voir marcher devant moi.

— Viens, Macondo, lui dis-je, nous allons chercher des arbouses.

Cela lui plut : le prénom et la chose. Elle referma son livre et nous nous enfonçâmes nus dans le maquis. La lumière d'octobre était plus douce. Des oiseaux se gavaient des grains noirs de genévriers, que nous n'effrayions qu'un instant. Nous récoltâmes nous aussi quelques baies âpres et je la laissai se dresser sur la pointe des pieds pour atteindre une branche, tous ses muscles tendus, ses fesses, ses cuisses et son dos tigrés de soleil et d'ombre.

Nous nous perdîmes tous deux dans le silence minéral de midi ; peu importait où ces sentes tracées par le gibier s'égaraient, pour moi une seule chose comptait : l'étincelle de ce corps de cuivre sur cette terre rouge.

Un matin, alors que nous étions étendus nus à l'extrémité de la crique, sur de gros blocs de pierre vermeille cédés à la mer par la falaise, nous vîmes approcher de la côte une barque noire, mouvante de couleurs. Une corbeille de fleurs qui dérivait vers nous.

Elle vint se poser sur le sable, à quelques brasses de là. Quel ne fut pas notre étonnement, voyant sauter sur la plage, l'une après l'autre et le plus gracieusement du monde, une trentaine de jeunes filles dont la plus âgée n'avait pas vingt ans. Le soleil matinal transperçant leurs robes nous apprit qu'elles étaient dessous toutes nues. C'étaient de petites robes de mousseline frémissantes comme des papillons multicolores. Il y en avait des paille, des indigo, des pêche, des lilas, des safran et toute une salve de pourpres dignes des dieux morts qui me sembla être l'âme voletante de cette terre de sang.

Mina s'était assise, comme moi elle était éblouie. C'était la première fois que quelqu'un abordait notre crique, auréolant le mystère de notre amour d'un délicieux mirage. N'était-ce pas après tout la puissance même de cet amour qui engendrait cette vision ?

Toutes brunes, la chevelure libre fustigeant jusqu'aux fesses leur dos, ces adolescentes dispersèrent leurs rires et leurs cris d'un bout à l'autre de l'anse. Pieds nus elles se poursuivaient, faisant saillir leurs jeunes corps sous la mousseline mouchetée d'éclaboussures.

Deux hommes restaient à bord, les seuls ; ils suivaient le spectacle, ou plutôt l'orchestraient à en juger par les gestes brefs qu'ils lançaient vers la plage et auxquels ces nymphes semblaient, sous l'apparente innocence de leurs jeux, se soumettre.

Nous étions, tous deux, de plus en plus troublés par la beauté d'un ballet qui se déployait devant nous avec l'ésotérisme d'un culte et la sensualité diabolique d'un rêve.

L'un des deux hommes sembla se désintéresser du spectacle ; ses yeux s'étaient posés sur nous. Bientôt il ne nous quitta plus, aussi captivé que nous l'étions en sens inverse.

Gênée par l'étrange poids de ce regard, Mina glissa dans l'eau, fit quelques brasses, se hissa sur notre roche et s'étendit près de moi. Loin de se détourner le regard de l'homme s'intensifia. Il dit quelques mots à son compagnon que la joie des filles et le froissement de la mer nous dérobèrent, souplement il sauta sur le sable et, comme s'il entrait en scène à son tour, se dirigea vers nous.

— Hello !... Kalimèra ! nous lança-t-il avant d'atteindre les premiers blocs où nous étions juchés.

C'était un court rouquin en jean délavé et chemisette caca d'oie ouverte sur un torse carotte.

— Bonjour, rétorquai-je.

— Ah ! Français ! Parfait ! Bravo !... Américain ! mâcha-t-il, escaladant vers nous.

Il se planta jambes écartées devant nos nudités. Je resserrai les miennes.

— Très beau théâtre, n'est-ce pas ? annonça-t-il désignant largement la plage. Étonnant, non ?

Malgré qu'il mastiquât chaque mot comme un pneu, il s'exprimait très bien.

— Mariés ?

— Fiancés ! répliquai-je.

— Oh ! bravo, félicitations ! La fiancée est très belle, très fantastic-ment belle ! Éblou-issante !

— Vous me rassurez, dis-je, j'étais en train de me poser la question.

Il partit d'un rire qui n'avait rien à envier à ses cheveux ni à son torse.

— Vous avez beaucoup de chance, je ne connais pas jusqu'ici dans ma vie de femme aussi belle.

Il la dévorait des yeux.

— Nous tournons un grand film : la vie d'Onassis. Aristote Onassis ! Aventurier, vagabond, standardiste, euhhh... En français... Makeur, fabricant ! Yes, fabricant de cigarettes ! Consul en Argentine... Gigantesque fortune avec le pétrole. Supertankers !

Ses courtes mains rouges brassaient le ciel bleu.

— Et les femmes… Les plus belles femmes sur le yacht. Nous préparons une scène vous comprenez ? Toutes ces filles… Je viens vers vous car un premier rôle claque dans mes doigts, vous êtes si… Comment dire… Si pure, si fraîche, si… excep…

— Exceptionnelle ! sifflai-je.

— Yes, exceptionnelle ! J'aimerais vous avoir pour ce rôle.

Il ne s'adressait plus maintenant qu'à Mina, les yeux vrillés sur sa poitrine avec quelques incursions du côté du pubis. Mon pied me démangeait de le foutre à la flotte, lui et ses supertankers.

— Merci, lui dit gentiment Mina, je suis très touchée mais je suis en vacances.

— Vous serez très bien payée, un cachet de grande actrice ; on ne peut refuser la chance, je ne comprends pas…

— Encore merci mais je préfère mes vacances, ajouta-t-elle, avançant sur ses fesses jusqu'au bord du rocher.

Élégamment elle se coula vers l'eau. Pas belle, non, époustouflante ! Si svelte, si noble, si délicate, même à marcher sur le derrière elle possédait mille grâces.

Ah ! il avait l'œil l'Américain. L'avait-il repérée du large à la lunette ? Déployait-il tout ce ramdam pour me la barboter ? Elles étaient, c'est vrai, jolies et enthousiastes toutes ces adolescentes à poursuivre là-bas leurs entrechats au ras des flots, mais aucune j'en étais sûr ne lui arrivait à la cheville, sinon qu'aurait-il fait l'Américain tourné à présent vers la mer ?

Nue, Mina caressait l'eau verte.

Je mourais d'envie de hurler à ce grossier : « Onassis c'est moi ! Aristote ! Tu as vu ma femme, elle n'a pas de prix ! Alors détale ! Va rejoindre ta basse-cour et laisse-nous tranquilles ! Mon milliard il fait la brasse ! »

Mais j'avais déjà trop sorti ma jalousie.

— Vous êtes absolument ce qu'il me faut, bava-t-il, quel est votre prix ?

— Je vous ai dit non, s'exaspéra Mina surgissant de l'eau, je suis très heureuse comme ça, je n'ai aucune envie de faire du cinéma et j'aimerais maintenant que vous nous laissiez tranquilles avant que mon fiancé ne s'énerve !

Puisqu'elle m'ouvrait la porte, pourquoi se gêner. Je me dressai, la cage thoracique pleine. En trois bonds il fut sur le sable.

— Si vous changez d'idée, lança-t-il à reculons, je suis tous les jours à Nissaki pour le tournage jusqu'à la fin du mois... je vous attends — O.K. ?

Sur un geste de lui tout l'essaim rembarqua. Un instant plus tard les pirates repartaient avec leur trésor me laissant la plus pure émeraude.

De quoi était-elle faite pour refuser une offre pareille, alors que des milliers de femmes se seraient lacérées pour faire partie du troupeau de jeunes dindes qui un instant plus tôt voletaient près de nous ? Chaque jour un peu plus elle me bouleversait. Je posai son visage dans mes mains, si précieux.

— Dis donc, Macondo, tu es sûre que ça ne te dit rien de faire du cinéma ? D'être célèbre un jour ? Ça te serait tellement facile, tu as vu... Tu ne le regretteras pas ?

Elle ébouriffa tous mes cheveux, mordit mon nez.

— Mon bonheur il est là, dans cette crique, avec toi. Je ne serais pas plus heureuse connue du monde entier, au contraire, nous ne serions plus seuls.

C'est elle qui me fit l'amour, sous le soleil de midi, dans cette crique, mes yeux dans ses yeux d'ombre.

C'étaient des journées d'automne tièdes et dorées, les chaleurs torrides de septembre discrètement se retiraient et nous en profitions pour plonger au petit bonheur dans le maquis, sous cette brume légère qui annonce les premières pluies. Les collines combinaient plaisamment chênes, châtaigniers, eucalyptus et jujubiers. Parfois nous traversions, loin de tout, un petit champ bien entretenu d'orangers, de figuiers, de citronniers où des fûts de métal, gueule ouverte, attendaient depuis des mois l'eau du ciel. Rarement nous rencontrions quelqu'un, ou alors sur une terrasse plantée d'oliviers un âne gris aux ventre et museau blancs qui nous avait de loin entendus monter dans la bruyère et qui nous regardait, tout ahuri, venir.

Je me livrais alors à quelques facéties : j'embrassais sur la bouche ce petit personnage de plus en plus étonné et brusquement lui sautais dessus ; de terreur il détalait comme un fou. Couché à cru sur son dos, agrippé à ses oreilles, je m'efforçais le plus longtemps possible de tenir le rodéo. Ces terrasses étant de toutes parts cernées par l'impénétrable maquis, mon compagnon de cirque, ventre à terre, tournait en rond. Dix fois nous repassions devant Mina pleurant de rire, au triple galop, avant qu'il ne m'envoie dinguer dans l'herbe.

Tout égratigné je me relevais.

— Pauvre petit âne, s'apitoyait-elle.

Du fin fond de la parcelle il nous observait de son grand œil doux et effrayé, et de toute la journée je ne pouvais plus l'attraper.

Lorsque nous rentrions, tôt dans l'après-midi, Mimis dormait et nous nous installions sous la tonnelle. Les dernières grappes de raisin noir étaient vivantes de guêpes. Nous dévorions une salade de tomates et feta dans le bourdonnement. Mimis ne fermait jamais rien, nous nous servions nous-mêmes à n'importe quelle heure et à volonté.

Lentement le jour tournait sur le petit port immobile et nous nous amusions pour tromper la torpeur à emprisonner des guêpes sous nos verres. Nous les écoutions vrombir jusqu'à ce qu'elles soient folles de rage. De temps en temps j'en guillotinais une qui tentait de s'évader par le verre entrouvert. Mina, meilleure que moi, voulait les relâcher ; c'est elle alors que j'allais enfermer dans la pénombre de la chambre et, quand elle faisait glisser les bretelles de sa robe sur ses épaules, je bourdonnais.

Longtemps nous restions enlacés dans le silence de ce coin perdu de la terre. Je regardais ses yeux s'en aller dans le soir. Un léger vent de mer venait trottiner sur la plage ; on entendait dehors murmurer les tamaris et les lauriers-roses. Un parfum de brochettes traversait les volets, venait nous chercher jusque sous le drap, discrètement Mimis nous faisait signe. Cette heure il l'adorait, l'heure de manger ensemble, d'aller tous les trois jeter les filets, l'heure où il nous montrerait la photo de sa femme morte et de ses filles. L'heure où s'enfoncerait derrière les montagnes toute la gloire du jour.

Des jours qui malgré tout raccourcissaient très vite. Nous partions moins sauter nus de crique en crique et pendant une bonne semaine nous aidâmes Mimis à chauler de frais ses trois petites maisons et toutes les volées d'escalier qui grimpaient au jardin et aux terrasses. Jusqu'à midi la mer miroitait, le travail était très agréable. Sur cette île il fait encore très chaud à cette heure, même en novembre, nous allions nous étendre un moment sous l'ombre de brume des tamaris, si légère qu'on se croirait à l'ombre d'un papillon. Mina me lisait quelques pages de *Cent ans de solitude* puis elle allait renifler du côté des cuisines et échanger avec Mimis quelque bonne recette.

Un beau matin le meltemi se mit à souffler nous offrant un ciel lapis-lazuli. Nous tirâmes de l'armoire le seul pull que nous avions emporté. Puis, le ciel se boucha et une pluie aigre hersa la mer. Nous jouâmes aux dames avec Mimis.

— Tu sais ce que j'aimerais par-dessus tout? me chuchota Mina un jour que nous restions fourrés dans le lit à écouter la pluie tambouriner sur les volets et ce qui restait de la treille. J'aimerais me faire couler un grand bain bouillant avec des savonnettes parfumées à la violette et des serviettes-éponges épaisses comme des édredons. Et puis j'aimerais que nous nous promenions tous les deux dans une belle ville luxueuse tout illuminée de Noël, main dans la main et que tu choisisses avec moi une jolie paire d'escarpins à petits talons, et puis nous chercherions une vieille brasserie réputée avec des banquettes en cuir où on nous servirait du confit d'oie, une salade de foies de volaille chauds et un grand bock de bière liséré d'or. Et après nous irions au cinéma voir un film avec Brigitte Bardot... Et toi, Léo, qu'est-ce qui te ferait envie ?

— Non, moi je commanderais du cassoulet.

— Et comment tu t'habillerais ? me demanda-t-elle se blottissant dans mon cou, ses jambes nouées autour de mon ventre.

— J'achèterais des chaussures souples à semelles de crêpe comme dans les romans de Chandler et peut-être une canadienne en vrai mouton et cuir.

— Et puis nous rentrerions faire l'amour dans un petit hôtel qui donne sur un jardin, avec des tableaux sur les murs, des meubles anciens et une coiffeuse.

— Et des miroirs partout pour que je voie ton corps dans tous les coins de la chambre.

— Et un téléphone pour qu'on nous monte au milieu de la nuit du chocolat au lait et des croissants au beurre. Oh ! Léo, je vais vite préparer les bagages et nous partirons aujourd'hui ; dans quelle ville allons-nous aller ?

— Je ne sais pas moi... À Rome si tu veux ou à Milan, on est entièrement libres, mon petit Macondo, on visitera toutes les grandes villes et à la belle saison nous reviendrons ici faire l'amour dans notre crique.

— Tu ne peux pas savoir comme je suis heureuse, murmura-t-elle, me serrant de toutes ses forces dans ses jambes et ses bras. J'aimerais que cette vie ne s'arrête jamais, visiter le monde entier en te tenant par la main, dormir toutes les nuits dans ton cou. Je me suis tellement habituée à ton odeur... Et pour l'argent, Léo, comment ferons-nous quand nous aurons tout dépensé ?

— Eh bien, nous en trouverons d'autre, comme nous avons fait, avec tout l'argent qui se perd sur la terre tu ne voudrais pas que nous retournions travailler... D'ailleurs je ne supporterais plus que des hommes te frôlent toute la journée dans un bureau ou n'importe où. Ne t'en fais pas, Macondo, j'ai plus d'un tour dans mon sac et ce n'est pas demain qu'on me reprendra à astiquer des vieilles.

— Et Mimis ? Qu'allons-nous lui dire ? Je crois qu'il nous prend pour ses enfants. Jamais je n'oserai lui annoncer notre départ.

— Écoute, Macondo, prépare les sacs pendant que je descends l'avertir.

— Oh non ! J'aurais encore plus honte ; préparons-les ensemble et nous irons tous les deux lui expliquer. J'étais si contente de partir, maintenant je n'ose plus.

Je me levai et poussai les volets, la pluie me griffa le visage et le torse. En quelques minutes les sacs étaient ronds ; Mina fit le lit pendant que je donnais un coup de balai.

Nous trouvâmes Mimis dans la pièce en dessous, réparant ses filets. Quand il nous vit entrer avec nos deux gros sacs, ses yeux et ses mains s'immobilisèrent.

— Mimis, nous partons aujourd'hui, lui lançai-je.

Et pour le rassurer aussitôt j'ajoutai :

— Nous reviendrons bientôt, il faut nous garder la chambre.

Il ne voyait que nos sacs. Enfin il se dressa. Sans un mot, sans un geste il alla chercher le café. Le petit déjeuner fut aussi sombre que le ciel. Il ne toucha à rien.

— Dès les premiers beaux jours nous reviendrons ici, lui répéta Mina, c'est comme si c'était chez nous maintenant.

Ses yeux étaient mouillés ; ils tremblotaient.

— Combien nous te devons, Mimis ? dis-je tirant de mon blouson les billets.

Il les repoussa de la main, faisant « non » de la tête.

— Ah ! non, Mimis, si tu n'acceptes pas nous ne reviendrons plus, le gronda-t-elle.

Il resta un grand moment à réfléchir, puis il disparut derrière son comptoir, farfouilla et revint avec un crayon et un morceau de papier. Il inscrivit un chiffre qu'il me tendit : la somme était dérisoire. Il n'avait même pas calculé, il avait écrit au hasard le premier chiffre qui lui passait par la tête.

Je laissai sur la table ce qu'avaient dû coûter ces trois mois de pension. Il n'eut pas un regard pour les billets ; il était déjà seul.

Ses yeux lentement se noyaient ; je regardai

Mina, les siens aussi étaient liquides. Cela ne servait à rien de prolonger ce moment de douleur, je me levai. Nous embrassâmes tous deux Mimis et je chargeai les bagages. Toujours silencieux il nous avait suivis.

La voiture démarra sans se faire prier et je l'en remerciai. Nous fîmes demi-tour un peu plus loin ; quand nous repassâmes devant Mimis, immobile sous la pluie, ses yeux tristes et doux étaient ceux d'un chien qui regarde partir son maître. Je lui criai : « À bientôt, Mimis ! » par la vitre ouverte et j'enfonçai l'accélérateur.

Très vite nous gravîmes les lacets que nous n'avions pas repris depuis le jour de notre arrivée. Tous les oliviers pleuraient. Parvenus dans un virage qui dominait l'anse, je ralentis pour lancer un dernier signe à notre ami. Nous l'aperçûmes planté à la même place devant sa treille ravagée. Derrière cette immense détresse la crique où nous avions vécu me parut plus minuscule que le premier jour. Sa silhouette bientôt ne fut plus qu'un point sombre dans la brume qui recouvrait le petit port.

Dès le lendemain nous glissions sur l'autoroute, entre les collines de l'Italie. Je pensais à ces trois mois que nous venions de passer nus sur cette terre rouge à mordre nos bouches et dévorer nos corps.

Le soir tombait quand nous frôlâmes Rome ; je donnai un coup de volant. Presque aussitôt nous butâmes contre un colosse, un colosse blessé qui laissait voir le ciel par ses plaies béantes. Dans cette ville nous n'y étions ni l'un ni l'autre jamais venus, mais ensemble nous reconnûmes à l'instant pour l'avoir vu cent fois sur des cartes postales, au cinéma, le Colisée. Rome abattit sur nous son premier coup d'éternité. Le choc était de taille. Ces pierres d'ombre érodées de sang mordaient le ciel rougi par les lueurs de la ville.

J'en fis à toute allure deux ou trois fois le tour puis je plongeai dans les entrailles de l'histoire.

Défilèrent alors devant nous comme en un rêve dômes, palais, clochers, chapelles, obélisques, et dans l'herbe d'un jardin, couchées comme des berbères sous le ciel noir d'Afrique, des colonnes blanches.

Les rues étaient presque désertes et nous roulions toutes vitres ouvertes dans cette nuit étonnamment douce de décembre. On apercevait à travers des jets d'eau irisés de lumière la nudité de statues troubles et blanches, l'eau retombait verte, bleue dans des vasques opalescentes. Tout ici n'était que couleurs et les façades rousses alanguissaient la ville d'un infini soleil couchant.

Avions-nous traversé déjà une ville si belle ? Transportés, nous nous abandonnions aux jeux des places qui éclatent en venelles, jardins et boulevards. Bientôt nous sautâmes un fleuve qui roulait entre deux talus d'herbe noire. Était-ce le Tibre ? Une tour se dressa devant nous, trapue et sombre comme le Moyen Âge, et je pensai que Fabrice aurait pu être enfermé là.

J'entrevis les yeux ardents de Mina : je les trouvai célestes.

Sans un mot, nous fonçâmes entre des petites masures aux briques rongées, des immeubles défilèrent ; on se retrouva après des entrepôts au milieu de prés où chuchotaient des canaux d'irrigation. Des roseaux les suivaient jusqu'au bord des collines. Un paillettement de peupliers devait mener à une ferme, là-bas, ou à quelque villa sous un bosquet de pins parasols. Je fis demi-tour ; j'avais hâte de retrouver cette ville de porphyre et de marbre.

Nous y entrâmes par des ruelles si étroites qu'il fallut faire marche arrière pour ne pas rester coincés. Soudain Mina me cria :

— Arrête ! Regarde le petit restaurant !

Je me garai juste devant. C'était une trattoria illuminée entre le péristyle d'une église et un hôtel de passe. Une treille l'ornait qui devait être au mois d'août aussi fraîche que celle de Mimis. Nous entrâmes. Le service à cette heure était fait par des hommes, de beaux Italiens malicieux.

Mina commanda des spaghetti « alle vongole » et moi des lasagne « al forno » et un « saltimbocca ». Nous arrosâmes cette féerie d'une bonne carafe de vin blanc de Frascati. Par-dessous la nappe je caressais les genoux de mon amour en regardant deux Romaines très chic, pétillantes de bijoux, enfouir une montagne de pâtes fraîches dans leurs bouches écarlates de sauce tomate et de fard. L'orgasme était dans leurs yeux.

Nous bûmes encore une demi-carafe de ce vin délicieux et tanguant un peu jusqu'à notre voiture, nous repartîmes frôler ces palais de dentelle endormis sur des ruines antiques.

Nous croisâmes à certains carrefours des statues qui n'étaient plus que des troncs. À ces mendiants de pierre, nous lançâmes au passage notre menue monnaie. Les siècles nous propulsaient à tous les confins de cette nuit magique. Je traversai Rome en faisant toujours plus haut glisser la robe de Mina ; ses cuisses de lumière incendiaient l'histoire. Qu'auraient été ces deux mille ans sans sous ma main les cuisses brûlantes de la plus belle des femmes ? Je caressais ces deux mille ans ; j'en eusse pétri cent mille.

Nous nous égarâmes dans un jardin que traversait la route ; chaque terrasse était plantée de cèdres, de cyprès, de pins, d'orangers; des escaliers montaient vers les fontaines, des jets d'eau vers le ciel. Derrière chaque bosquet une statue se dérobait. Soudain, dans nos phares, l'une d'elles se dénuda. Ses seins déjà libres, elle fit glisser sur ses hanches une jupe ; nous aperçûmes un homme qui la regardait. Je pilai : c'était un couple. La femme était maintenant presque entièrement nue devant l'homme habillé. La grande lumière que nous jetions sur eux ne les dérangea pas. Lentement elle se baissa pour libérer de sa culotte une jambe puis l'autre. Elle fit demi-tour et s'enfonça dans un bosquet; l'homme tourna vers nous un sourire et l'y suivit. Avant de disparaître à son tour, il esquissa un signe que dans mon trouble je ne sus qualifier d'appel ou d'au revoir. Était-ce une invite ? Je voulus demander à Mina mais j'étais sans voix. Je lus dans ses yeux que son émotion égalait la mienne. Je sortis de la voiture, ouvris sa portière et sans un mot l'entraînai dans le bosquet le plus proche. La nuit était toujours aussi douce. J'attrapai sa robe et de haut en bas, d'un coup, la déchirai.

L'aube était aux portes de Rome, de nouveau nous roulions. Je remarquai à présent partout sur nos têtes, à chaque coin de rue, un médaillon fleuri, une image sainte, un tabernacle éclairé d'une ampoule électrique. Cette ville est une immense église conçue pour les plaisirs de l'amour.

Nous débouchâmes sur une longue place; sur

les marches d'un palais une petite troupe de théâtre donnait un spectacle devant un unique spectateur qui tenait sur son ventre un chapeau ou un chien. Trois fontaines chantaient. En levant les yeux, plus haut, on voyait au bord du ciel encore noir de minuscules terrasses dans la frondaison des toitures.

Mina prit ma main et sous l'ultime illumination de la nuit, nous sortîmes de ce labyrinthe de songes.

Ayant découvert Rome avec Mina, toujours cette ville pour moi sentirait la violette.

Durant cet hiver nous sautâmes entre les Alpes-Maritimes et le Var d'une auberge à l'autre, deux jours là, trois jours ici.

J'étais passé un soir, en coup de vent, dans l'appartement du Vieux-Port récupérer ce qui restait de billets sur la caisse à eau. Mina m'attendait en bas dans la voiture.

En ouvrant la porte Juliette et Pierre avaient bondi dans ma tête ; trois mois que je n'avais pas un traître instant pensé à eux. Aucune trace de pas dans la fine poussière qui ternissait les tomettes. Où Juliette avait-elle bien pu s'envoler ?... S'effondrer ? L'amour rend égoïste. Je fourrai dans un sac tous les pulls que je pus dénicher et claquai, une dernière fois, sur mes talons la porte. Le propriétaire n'avait que le nom de Juliette, il s'adresserait au pape pour son loyer.

Le soir donc, nous nous retrouvions devant un bon feu de cheminée, dans l'une de ces petites auberges de campagne où on vous sert, chaque jour de l'année, une brouillade de cèpes, un civet de porcelet avec son gratin dauphinois ou tout simplement une andouillette grillée.

La population de ces auberges est étrange en hiver, rare, furtive, silencieuse. Avec Mina nous jouions à Maigret en attendant l'heure de monter se blottir sous un replet édredon de plume, dans une chambre en soupente qui domine toute la vallée.

— Et celui-là au fond, qu'est-ce qu'il peut bien faire ? me chuchotait-elle.

C'était un sanguin de deux mètres de haut qui ne voyait que sa soupe.

— Transporteur de bois, répondais-je, non, de cochons, regarde ses petits yeux.

— Et celui-là tiré à quatre épingles dans son costume de communiant ?

— Représentant en machines à coudre ou en engrais chimiques.

Peu de couples dans ces salles basses tapissées de scènes de chasse, de jeunes filles heureuses, jambes en l'air sur des escarpolettes, ou rustiquement crépies et décorées d'une fourche en bois et de trois vétustés aratoires.

— Attends, ne te retourne pas tout de suite... La jeune fille seule, là-bas, derrière le pilier, c'est bizarre une femme encore jeune dans un coin si perdu.

Mes yeux passaient sur elle.

— Elle a l'air d'avoir peur, tu as vu comme elle guette ?

— Oui, elle a pris des médicaments tout à l'heure, juste avant de manger, des gouttes et des cachets, d'ailleurs elle ne boit pas de vin.

— Ça doit être une dépression nerveuse.

— C'est drôle de venir dans un désert pareil... Si j'étais son docteur je lui aurais plutôt conseillé une petite ville très animée, s'inquiétait Mina.

— Peut-être qu'on veut la pousser au suicide... C'est dommage elle est assez jolie.

— Va l'inviter à prendre le dessert avec nous. Je suis si bien avec toi que je n'arrive pas à comprendre qu'on puisse être tout seul.

— Mais elle va sans doute m'envoyer sur les roses ; tu sais si elle est seule c'est qu'elle le veut bien ou qu'elle ne peut pas faire autrement. Tous ces hommes seuls ne demanderaient que ça de l'inviter à leur table ; toi ils te mangent des yeux, mais je suis sûr qu'ils ne lui cracheraient pas dessus.

— Alors tu crois qu'on peut laisser souffrir quelqu'un dans son coin, tu penses qu'on ne peut rien pour les autres ? Il y a un an je le pensais moi aussi, depuis que je suis avec toi, je ne sais plus...

— Justement, c'est très délicat, elle a peut-être plus besoin de vivre une belle histoire d'amour que de se retrouver plantée devant la nôtre.

Et Juliette n'était-elle pas comme cette jeune femme, quelque part à se laisser mourir seule au fond d'une campagne déserte ? Et Bruno, le drogué, où était-il à cette heure ? Souvent j'y repensais. Pourquoi ne m'en parlait-elle jamais ? Pourquoi ne prononçait-elle jamais le nom de celui qui était malgré tout encore son mari ? Me cachait-elle quelque chose ? Ces souvenirs étaient-ils si pénibles à soulever ? La sachant pudique et secrète, je me gardais bien de lui poser ce genre de questions. Elle ne m'aurait d'ailleurs sans doute pas répondu. Elle saurait, me disais-je, le moment venu décharger sur moi les pierres de son cœur. Plus que distante, je la trouvais parfois lointaine ; mais n'était-ce pas pour ça aussi que je l'aimais à la folie ?

Dès le matin nous partions sur des chemins qui traversent des prés, un village et vont se perdre dans un bois de pins où coule, comme un ruisseau, un vent du nord tout bleu.

Nous nous couchions contre un talus d'herbes sèches ou à l'abri d'un reste de pigeonnier roux de soleil, et Mina me disait :

— C'est drôle, avant je ne pensais jamais à la campagne, pour moi ça n'existait qu'au cinéma ou dans les romans ; je ne pouvais vivre qu'à la ville. Maintenant il me semble que je ne pourrais plus vivre ailleurs qu'ici avec tout le ciel rien que pour nous deux.

Sa main glissée dans ma chemise nous regardions filer le ciel.

Quelquefois nous en traversions une de ville. Le temps de voir un film, de choisir une paire dorée d'escarpins, un parfum ou toujours dominait le bleu sourd de la violette, et Mina me tirait par le bras :

— Oh ! la la ! Tous ces gens, ce bruit, ces frites, retournons à la voiture, j'ai envie de manger des écrevisses dans un relais de montagne qui sent la cire et qui craque sous les pieds.

Et nous reprenions au petit bonheur les lacets d'une route.

Col de Vence, Coursegoules, Castellane, Rougon, Moustiers. Le printemps nous attrapa à Forcalquier dans une adorable hostellerie où nous regardâmes pendant trois jours la pluie dégringoler à travers les géraniums qu'on avait déjà sortis sur les fenêtres. Copieusement le diable battit sa femme, gifla les vitres, éreinta les arbres, puis de petits nuages vinrent s'asseoir dans le parc, sur les pelouses et au bord des bassins; on ne vit plus qu'un ciel blanc rôder autour des murs, à quatre pattes sous les fenêtres et la silhouette, quelquefois, d'un cyprès noir au fond du jardin.

C'est juste après ces pluies que nous la découvrîmes, dans une campagne rincée comme une vitre. Nous avions quitté la route deux kilomètres après Forcalquier et nous coupions depuis près d'une heure à travers champs et bosquets quand un ruisseau rageur nous arrêta. Nous le suivîmes sous les saules et il nous promena un moment dans le soleil de midi. Enfin nous rencontrâmes une passerelle : c'était un poteau électrique en ciment, qu'on avait jeté là par-dessus le courant. Je le franchis à petits pas, bras ouverts, et Mina derrière moi à califourchon.

Nous gravîmes alors une colline raide comme un coup de trique et qui embaumait le genêt en boutons. Pas trace de sentier, nous nous accrochions aux branches; mon dos était trempé. Soudain, écartant un balai de genêts, je butai contre une paroi de métal : un portail me barrait la route. Brun de rouille, entièrement tressé de lierre, de ronces et d'asparagus. La respiration courte de Mina me rejoignit, elle s'accrocha à mon bras.

— Qu'est-ce que c'est ?

— Un repaire de brigands, Macondo ! Sors ton sabre, on va leur tomber sur le dos par surprise, chuchotai-je.

Impossible d'ouvrir cette grille que la sauvagerie cadenassait. Nous longeâmes un mur de pierres sèches jusqu'au premier éboulement et nous sautâmes dans une ombre profonde, surprenante après la chaleur de la côte.

C'étaient des cèdres bleus, des marronniers en fleur, des arbres de Judée et des acacias roses. Ici, ça sentait la mousse, l'iris et le lilas sauvage. Un lilas qui avait partout proliféré et que nous écartâmes comme le genêt pour nous frayer un passage.

Nous étions dans une espèce de parc abandonné, que nous n'avions pas soupçonné de la plaine, niché qu'il était dans un froissement du coteau. Le sol ici était plat ; presque trop froide l'ombre.

Brusquement nous eûmes le souffle coupé : une maison rouge se dressait devant nous. Si étrange cette maison, si brutale, que Mina planta dans mon bras ses dix ongles. Un minuscule palais oriental au milieu de la jungle.

Ce qui au premier coup d'œil frappait surtout dans cette façade pourpre, c'étaient les fenêtres pointues, brodées de pierres blanches et les quatre colonnes qui encadraient la porte, pointue elle aussi. Un mélange de Rome et d'Istanbul. Tous les volets étaient clos ; des volets verts avec cette pointe d'argent qui frémit sur l'olivier.

Un vaste escalier démarrait à nos pieds et s'élevait jusqu'à une terrasse qui ceignait la maison. Prudemment nous l'empruntâmes, feuilles et humus le veloutaient. La terrasse en était jonchée, surtout dans les coins où des monceaux accumulés par le vent noyaient presque entièrement les balustres. La végétation était si dense autour de nous qu'une brume d'émeraude flottait, violaçant les murs dans leurs parties plus sourdes.

Mina qui n'avait pas quitté mon bras me murmura :

— C'est tellement beau que ça me fait peur.

— Je suis sûr que nous allons découvrir un trésor, lui soufflai-je, ça n'a pas été ouvert depuis des années.

Nous en fîmes un tour complet. Une seconde petite porte dérobée avait été depuis longtemps digérée par le lierre.

C'est en revenant sur le devant que notre cœur s'arrêta. Un homme nu et blanc surgit devant nous. Elle poussa un cri. Trois secondes nous apprirent que ce n'était qu'une fontaine surmontée d'un neptune que le lierre avait escaladé déjà jusqu'à la taille.

Mina s'assit sur la balustrade, bouche ouverte, la main sur le cœur. J'amenai sa tête sur mon ventre et j'embrassai ses cheveux. Moi aussi j'étais ému ; ce petit palais était en plein maquis comme un galion dressé au milieu du désert.

— Tu sais, Mina, lui dis-je dans les cheveux, cette maison c'est toi, si fine, si mystérieuse, et ses fenêtres sont tes yeux, sensuelles et orientales... J'ai envie de la violer.

Elle leva la tête.

— La violer ?

— Oui, y pénétrer, connaître son mystère. Je suis sûr qu'elle nous attend depuis des années.

— Tu es fou, Léo ! Tu crois que je n'ai pas assez peur !

— Peur de quoi, petit Macondo ? Tu vois bien qu'il n'y a personne. Viens, nous allons fouiller les abords.

Nous découvrîmes au fond du parc une serre remplie de pots de fleurs vides et d'outils de jardin. Une glycine en fleur l'ornait qui avait en se tordant brisé quelques vitres. Derrière la maison, un puits. Deux scorpions noirs glissèrent sous une pierre quand je soulevai la plaque de fer qui le fermait. L'œil d'eau semblait pur au fond. Montait une odeur de cave, de salpêtre et de champignon. Là aussi le lierre avait planté ses dents ; on était sous des pins.

— C'est un conte de fées, tu as raison elle nous ressemble, elle est comme nous, sauvage… On devrait se renseigner, elle est peut-être à louer. Oh ! Tu ne peux pas savoir comme je serais heureuse ici, j'arrangerais tout le jardin, sans presque rien toucher d'ailleurs, il est si beau comme ça ! Regarde cette lumière… J'ouvrirais les volets et je mettrais partout des géraniums. Tu te rends compte si elle était à nous… Le soir nous dînerions sur la terrasse, l'été, et on s'endormirait en écoutant la fontaine. Tu crois qu'elle marche encore ?

— Bien sûr, il suffit d'ouvrir l'eau.

Nous étions revenus sur la terrasse.

— Tu sais, Mina, si cette maison devait être

louée, elle le serait depuis longtemps, merveilleuse comme elle est; non, je crois plutôt à une histoire d'héritage, des gens qui sont morts ou peut-être très loin. Regarde cette couche de feuilles, personne ne vient ici depuis belle lurette.

— Ça ne coûte rien de se renseigner, il doit bien y avoir une ferme dans les environs, sinon ils doivent savoir à Forcalquier, une maison si insolite.

Je mis ses deux mains dans les miennes.

— Écoute-moi bien, jolie Macondo, cette maison nous allons l'habiter, mais sans rien dire à personne, en secret; nous allons y cacher notre amour.

Il y avait dans son regard encore un peu de peur, beaucoup d'étonnement, les premières paillettes de ce bonheur complice. Doucement je la sentais venir sur ces chemins de traverse où farouchement je l'aimais.

— Regarde ce volet, il ne tient que par un fil, on va jeter un œil.

Je cassai une fine branche d'acacia et n'eus aucun mal à faire danser l'espagnolette. Elle sauta sans rouspéter tant le bois avait souffert dans ce coin humide, derrière la maison. Mains en visière, nous collâmes nos têtes contre les vitres : c'était une longue cuisine encore tout équipée.

— Tu vois la poussière partout, sur la table, par terre, personne ne viendra nous déranger. J'ai une envie de te voir nue, tout de suite dans cette maison.

— Moi aussi j'en meurs d'envie.

Comme une flamme de l'enfer sa voix se coucha ; une braise fouilla mon ventre. D'un coup de coude je fis voler la vitre en éclats.

La cuisine donnait dans un immense salon qui devait occuper tout le bas de la maison à en juger par les fils de lumière, pointus comme les fenêtres, qui se dessinaient sur chacun de ces murs. J'entrouvris un volet. Un piano occupait le centre de la pièce, blanc de poussière dessus ; ses galbes noirs brillaient. Deux canapés et une dizaine de fauteuils couraient le long des murs.

— Le motif est superbe, me souffla-t-elle, ce sont des pivoines en toile de Jouy.

Deux ou trois meubles miroitaient doucement ; dans la demi-pénombre ils lançaient des lueurs rouges. Je pensai à du merisier ou à du bois de rose. Posé sur une cheminée, un miroir ovale montait jusqu'au plafond. Le portrait en pied d'une jeune femme occupait toute la hauteur d'un mur ; mystérieusement souriante elle nous observait. Mina reprit mon bras.

Un escalier en pierre s'envolait vers l'étage, nous y grimpâmes. Un couloir desservait ici quatre chambres et une salle de bains, un givre de poussière estompait tout. La baignoire avait des pieds de lion. La plus belle chambre donnait sur le devant, elle possédait un lit à colonnes, sculpté et doré des pieds au chevet ; son plafond était peint.

Un cliquetis me fit me retourner : elle était dans ce clair-obscur entièrement nue, la flaque sombre de ses vêtements autour des chevilles. Ses cheveux liés sur la tête libéraient si haut la nuque que son corps me parut plus flexible et plus long. Debout entre la fenêtre et moi, un fil d'or silhouettait sa pureté. La beauté du crime ! La bouche asséchée j'arrachai la couverture, m'avançai vers elle et la jetai sur les draps brodés du lit. Tout habillé, brutalement, je saccageai ce corps. J'avais encore dans ma tête la voix qu'elle avait eue en bas sur la terrasse, cette voix si troublée : « Moi aussi j'en meurs d'envie. »

Dès ce jour elle se prêta à toutes les folies que le viol de ce lieu étrange avait en nous frénétiquement réveillées. Seuls tous deux dans ce golfe sauvage au fond du palais englouti, nous ne vécûmes enfin que de nous regarder, nous frôler, lécher un coin de peau et tirer de nos corps, soudain, les cris des plus féroces plaisirs.

Et tout d'abord nous nous endormîmes là, dans cette chambre où jamais comme ça avant nous n'avions l'un de l'autre hurlé. Les volets grands ouverts sur le parc, nous vîmes le ciel lentement tourner du rose bleuté au mauve. Sur nos têtes voletaient des angelots en stuc qui tiraient du ciel ses dernières couleurs. Où pouvions-nous trouver décor plus ample pour y déchaîner notre passion ?

— Demain nous irons chercher nos affaires à l'auberge, lui murmurai-je, et nous reviendrons dans notre palais.

Trois jours et trois nuits, volets clos, sur et sous tous les meubles nous tordîmes nos corps. Que quelqu'un passant par hasard sous nos fenêtres puisse entendre au cœur de la forêt vierge nos râles d'amour ajoutait à nos transes le plus diabolique frisson.

Enfin, apaisés, nous fîmes deux fois au lit le tour du cadran. Elle posait ses fesses dans le creux de mon ventre, je m'accrochais à ses petits seins, et mon souffle au profond des cheveux nous galopions dans des sommeils de bout du monde.

L'eau coula d'abord rouillée aux robinets. Elle devait venir du puits qui dominait la maison dans le bouquet de pins. L'électricité était coupée ; nous remplissions la baignoire en fonte en y versant d'immenses marmites d'eau que nous faisions chauffer en bas dans la cuisine. Nous nous installions dans le bain comme dans le lit, ses fesses sur mon ventre ou, les yeux dans les yeux, jambes tressées. Elle me lavait la tête et minutieusement tout le corps, debout puis à genoux dans la baignoire. Dans le miroir, je la regardais s'affairer autour d'un bonhomme de neige.

— À toi, lançait-elle, frotte-moi très fort, mais attention, passe loin de mon grain de beauté, si on l'arrache il paraît que ça peut donner le cancer.

Il était, posé sur son dos, rond comme une perle noire.

Je glissais sur ce dos mince et long, m'attardais sur les fesses dures, remontais... Je donnais un petit coup d'ongle tout près du grain :

— Aïe je l'ai arraché !

Elle bondissait en criant hors de la baignoire, tordait son dos vers le miroir. Quelquefois elle refusait de revenir dans le bain, alors je lui courais après dans toute la maison et nous finissions sous un meuble où nous avions glissé.

Un matin, alors que sous les flèches du premier soleil je sifflotais dans le parc en attendant que Mina pousse les volets de notre chambre, j'aperçus, plus sombre, une perspective de buis filant sous les feuillages. Je m'avançai sous le taillis : il y avait là un chemin entièrement refermé par les genêts et les ronces. Mais oui, comment n'y avais-je pas pensé plus tôt, il fallait bien qu'un chemin arrive jusqu'ici ! Écartant les branches je le suivis jusqu'à ce qu'il se jetât, un kilomètre plus loin, sur une route minuscule où aucune voiture ne passa pendant un bon moment.

Le jour même je me mis au travail : à l'aide d'une machette et d'un couteau-scie que je trouvai dans la serre, lentement je m'avançai sur la piste. Chaque coup de lame était pesé. Il ne s'agissait pas qu'on découvrît le pot aux roses. Je laissai assez de végétation pour que notre voiture puisse au pas s'y glisser, ouvrant des branches qui aussitôt se refermeraient.

Deux jours plus tard lorsque j'eus retiré du boyau tout ce que j'avais taillé, un renard habitant la colline depuis sa tendre enfance n'y aurait vu que du feu.

Le soir même j'allai récupérer la R 8 près de Forcalquier, remplis le coffre de tout ce que Mina adorait, y ajoutai deux petites folies noires en soie que j'aperçus dans une vitrine osée pour ce coin de campagne, au pied d'un clocher. Elle m'attendait assise sur la balustrade, une fleur piquée dans ses cheveux, exactement comme dans les contes de fées. Le roi était loin d'être mon cousin.

Je fus ébloui. Le salon crépitait comme une cathédrale ; cent bougies dansaient partout et chaque meuble que Mina avait astiqué lançait dans le plafond des incendies de palissandre et d'acajou.

— Regarde tout ce que j'ai découvert, s'exclama-t-elle, me désignant la table, cette maison est une île aux trésors : couverts en argent, faïences d'Autriche, verres en cristal de Venise.

J'en soulevai un dans ce concert de flammes; c'était un calice dont la tige supportait une coupe gravée d'une guirlande de roses, si fines qu'on les eût dites prisonnières du cristal. Au milieu de la table trois vraies roses buvaient dans un vase de turquoise.

Je m'assis tant c'était beau.

— Débouche cette bouteille, Léo, je l'ai trouvée dans la cave, les murs en sont tapissés… Et maintenant je vais te raconter une histoire, ressers-moi, je meurs de soif; l'histoire de cette maison.

— Tu as vu quelqu'un ?

— Même pas le jour ! J'ai mené mon enquête de la cave au grenier, c'est un secrétaire Directoire là-haut qui m'a tout raconté ; enfin tout… Il manque un épisode ou un tiroir secret, écoute.

Elle avait le génie de sa beauté ; bien calé dans mon fauteuil je bus à petites gorgées le pétillement de ses paroles. Elle portait ce soir-là sa mini-jupe lamée et un tee-shirt noir très ample qui n'agrafait que le bout de sa jeune poitrine.

— C'est l'histoire d'un général belge, le général Tombeur qui fait la guerre de 14 en Afrique. En 17 il remporte contre les Allemands la grande bataille de Varanda, un fort quelque part en Afrique orientale. Tout le monde l'applaudit, la presse le couvre de gloire ; tous les articles sont là-haut. Ça ne l'empêche pas de rentrer en Belgique avec une sacrée malaria. Épuisé, notre général démissionne et se retire en Provence avec sa fille unique, Louise, qui n'est encore qu'une enfant ; sa femme l'a quitté pour un jeune peintre de Londres pendant qu'il attaquait le fort. Ils s'installent donc tous deux au château de Rousset, entre Vinon et Gréoux. Tu vois où c'est ?... Bien ! Patience on se rapproche. Là, tout le monde les oublie et ils sont très heureux au milieu des vignes... Verse-m'en encore une goutte... Merci. Jusqu'au jour où on se souvient d'eux, alors on le rappelle en Belgique ; nous sommes déjà en 32, Louise a dix-neuf ans. Tu me suis ?... Je ne vais pas trop vite ? Bon ! À contrecœur ils s'y rendent et, pas plus tôt descendus du train, c'est la fanfare et les honneurs. Le roi Albert en personne est là, sur le quai, en grand tralala. Trois jours après, on ne sait trop pourquoi, grande cérémonie : le roi anoblit notre général Tombeur qui devient dès lors « Général Tombeur de Varanda, chevalier de l'ordre du Bain ». Rien de moins ! J'en ai appris des choses pendant que tu te prenais pour Tarzan. Au fait, qu'est-ce que c'est l'ordre du Bain ?

— Jamais entendu parler...

— Aucune importance, c'est la suite surtout qui nous intéresse. La voici : un mois plus tard jour pour jour, Tombeur de Varanda meurt et c'est le trou, pendant trois ans plus rien. C'est le fameux tiroir secret... Que fait la jeune Louise pendant ces trois années ? Motus ! Aucune trace, aucun signe de vie, et pourtant en 35 elle reparaît, ici même, à Forcalquier. Eh oui, nous y voilà ! Tu te demandais où je voulais en venir avec mes histoires de malaria et de chevaliers du Bain ? Là, chez nous. Elle fait construire par un célèbre architecte italien, sous l'empire de je ne sais quelle lubie, cette splendide demeure de style vénitien, plus précisément des environs de Venise, le plan est avec le reste dans le secrétaire, c'est la copie réduite d'une villa palladienne qui existe toujours je pense sur les bords du canal de la Brenta. A-t-elle passé ces trois ans à Venise ? Pourquoi cette villa au milieu du maquis ? Nous sommes au cœur de l'histoire et de cœur justement je n'en vois pas ! c'est bien ce qui me chagrine… En tout cas permets-moi de te présenter la belle et mystérieuse Louise Tombeur de Varanda, née en 1913 à Saint-Idesbald. Notre ange gardien ! Pour l'instant…

Mina me montrait le portrait en pied qui nous avait frappé dans la pénombre lors de notre irruption tant par sa grandeur que par l'étrangeté du sourire. Cette jeune femme blonde debout devant nous semblait respirer du vacillement des cent petites flammes. Elle était vêtue d'une robe blanche en tulle à volants bordés de rubans de satin. Elle tenait sur son bras replié un bouquet de roses ; deux autres roses étaient fixées sur sa poitrine sagement dévoilée. Un nuage croisant derrière sa tête mettait au bleu de ses yeux un voile d'inquiétude, à moins que ce ne fût le regard qui donnât cette sensation de nuage ? Tout dans ce tableau s'ordonnait autour de ce regard, humblement s'y pliait, et si l'ensemble au premier coup d'œil pouvait sembler si romantique, ce seul regard vous glissait dans le dos quelques gouttes de plomb. C'est de lui que le sourire tirait cette lueur énigmatique. Un lévrier russe, blanc comme sa robe, était assis près d'elle. Elle était coiffée comme la reine Astrid. Le peintre avait signé dans le gazon, au milieu des violettes : Bulcke ou Butcke... Nous lui portâmes un toast. À elle, pas à Bulcke.

Que faisait donc à l'instant où nous levions nos verres cette étrange dame ? Peut-être, très seule, eût-elle été heureuse de nous trouver là au retour d'un long voyage. Peut-être aussi était-elle morte, quelque part dans le monde ou dans un coin du parc ?

Les premiers jours nous avions vécu volets tirés dans ce petit palais comme un couple de cambrioleurs, puis nous avons entrouvert un volet du salon au couchant et ceux de notre chambre. Le printemps continuait de passer sur le toit. Toujours personne. Un beau matin nous ouvrîmes tout en grand, dehors les fleurs étaient folles, elles embaumaient tant qu'on se sentit vraiment chez nous.

Quand le soleil par le trou rond d'un nœud qui avait sauté dans le bois du volet se posait le matin sur son œil, Mina me regardait. Il inondait d'abord, giclant dans le miroir, les jambes des anges au plafond, caressait lentement tout leur corps, puis il glissait sur l'une des colonnes du lit comme une araignée d'or sur son fil, faisait exploser sur la coiffeuse le poudrier, reprenait son souffle un instant en équilibre sur le rebord du marbre, comme avant de plonger, puis se jetait avidement sur le chat roulé en boule au pied du lit que formaient les vêtements de Mina. Là, il se vautrait, fouillant chacun des moindres plis, alors, grisé par ce léger parfum de violette, je savais que rien n'arrêterait sa course sur la couverture en damier de couleurs.

Son sommeil éclatait ; elle me regardait et j'apaisais cet œil de l'ombre humide de ma bouche. Le gnome de lumière allait se rouler entre les pieds de la commode où sa colère se feutrait d'une poussière de cinq ans. Un recoin le gobait et c'était de nouveau la pénombre. Seuls les yeux de Mina brillaient encore dans la nuit, comme deux cerises noires dans le soleil d'un arbre.

Un jour de plus dans ma vie où je savais, avant même d'avoir poussé les volets sur ce jardin, que je serais heureux. Un jour de plus où ses yeux seraient une victoire sur ce goût de terre et de mort qui si longtemps avait noirci mon âme.

— Il fait beau ? me demandait-elle.

— S'il faisait gris tu dormirais encore.

J'embrassais délicatement chacun de ses seins et je descendais préparer le café. Quand tout était prêt, je criais :

— C'est prêt !

Un instant plus tard elle apparaissait sur la terrasse, jambes et fesses nues sous un tee-shirt trop grand.

Nous avions sorti une table ronde ; c'est là que nous prenions tous nos repas. Le soleil de juin est délicieux le matin et la façade avait à cette heure la légèreté d'un ciel. Il y avait chaque jour sur la table un bouquet nouveau dans une cafetière émaillée : des iris bleus, quelques branches de genêt en fleur. Le lilas avait défleuri qui embaumait tant, le jour de notre arrivée. Le parfum de la nuit était celui des roses.

Nous découvrîmes un jour en fouillant le grenier toute une collection de revues de jardinage que Louise de Varanda, que nous appelions tout bonnement Loulou lorsque nous parlions d'elle, avait accumulée pendant près de trente ans. Ce parc si profond, si touffu, à qui l'abandon ajoutait une torpeur mélancolique, avait-il été, durant ces trente années, l'unique enfant choyé sinon l'amant de Loulou ?

Mina au fil des jours se prit d'amour pour ce jardin et comme elle ne connaissait rien aux arbres et aux fleurs, des après-midi entiers elle se plongea dans *L'Ami des Jardins et de la maison*, un stylo à la main, nue dans le soleil de la terrasse. Elle cochait et soulignait des nuées de détails dans des rubriques qui s'intitulaient : « Des floralies à vos fenêtres », « Un petit jardin entre quatre murs », « Coins de détente pour jours chauds », « Semer des cactées est un jeu d'enfant » ou tout simplement « Juin dans votre jardin ».

Jusqu'à la nuit nous nous acharnions à extraire, armés de serpettes, de sécateurs et de gants, ici un lilas double, plus loin quelque grenadier nain. Quelquefois dans les coins plus humides le sureau épaulait la broussaille pour venir à bout des massifs et j'attaquais à la machette. Le genêt aussi, partout, tentait par-dessus les murs de submerger le parc.

Tous les deux ou trois jours nous allions faire les courses et chaque fois nous nous arrêtions à la sortie de Forcalquier, dans une pépinière où nous choisissions des plants en godets, tels de nouveaux propriétaires. Nous y ajoutions un sac de terreau, de tourbe ou de terre de bruyère, suivant les conseils de *L'Ami des Jardins* et nous n'avions qu'une hâte : courir au paradis.

Début juillet, aux lueurs rousses de la façade répondirent à chaque fenêtre d'éblouissantes salves de fleurs : pétunias et géraniums au sud et à l'ouest, si friands de chaleur, bégonias derrière la maison ou au levant sur un appui de fenêtre qu'un feuillage voile.

Nous en disposâmes tout autour de la terrasse, sur la balustrade : des grenadiers aux fines fleurs de sang, des géraniums lierres et du jasmin d'Espagne si odorant le soir.

Partout nous avions délivré des bouquets d'iris et selon qu'ils hérissaient le pied d'un cyprès, d'un lilas ou d'un cèdre, ils étaient mauves ou violets. Il y avait aussi, juste sous la balustrade, le bleu si délicat du lin et celui si intense des romarins corses.

Lorsqu'une plante ou fleur nous était inconnue, elles l'étaient presque toutes en ces premiers jours, Mina feuilletait ses planches, comparait.

— Ah ! Voilà, je crois que j'ai trouvé, regarde, ça ressemble étrangement aux roses, ce sont des camélias.

C'est ainsi que nous apprîmes que les fleurs blanches, si fraîches autour de la fontaine, étaient des oléas fragrance et flottant, solitaire et majestueux, un lotus du Nil. Le bassin était plein mais l'eau ne coulait plus à la fontaine ; j'avais malgré tout déculotté de son lierre le neptune. Son équilibre gracieux se mirait dans l'eau. Le velours des violettes sous certains arbres semblait épargné par la sauvagine, la broussaille n'avalait pas tout.

Nous défrichions plutôt le soir, vêtus contre les épines jusqu'au cou, dans la journée nous étions nus. Les rayons du soleil frappant le corps de Mina doraient du jardin toute chose.

Lorsqu'à la mi-juillet souffla sur nous l'incandescence du maquis, nous plongeâmes dans les bonheurs de la sieste, volets tirés sur un silence de coton ; prisonnière, une grosse mouche nous endormait de son litanique bourdon.

Parfois nous allions nous baigner dans une rivière que nous avions découverte en sillonnant la garrigue ; l'endroit était aussi désert que chez nous, l'eau sautait sous les saules dans des vasques, se tordait sur les galets. Toutes les dix minutes Mina entrait dans l'eau, elle nageait sans presque la froisser.

— Viens ! Elle est encore meilleure qu'hier, me lançait-elle.

Je la trouvais glacée. Quelquefois je la rejoignais après bien des simagrées, alors nous redécouvrions tous deux, perdus dans cette solitude, tous les jeux de l'enfance.

— Je vais passer entre tes jambes, écarte-les ! Prends-moi sur tes épaules pour que je plonge ! Accroupis-toi dans l'eau, redresse-toi lentement en me tenant les mains... Tu crois qu'on peut s'embrasser sous l'eau sans boire ? Attends, laisse-moi respirer... Si je bois, tu me lâches tout de suite ?

Je m'amusais beaucoup à disparaître sous l'eau pour la tirer par les pieds.

— Si tu me fais encore boire, je ne me baignerai plus jamais avec toi ! criait-elle.

Cinq minutes après je la tirais encore par les pieds, au fond je lui mordais à belles dents les fesses. Elle jaillissait à la surface en hurlant. C'était de rire.

Puis nous nous endormions du soleil plein la tête dans le murmure du courant, sur cette roche plus fine qu'un drap. L'univers était rouge, désert, brûlant. Paupières closes, je frôlais du bout des doigts sa minuscule toison, douce et noire comme un loup de Chine. Du bout des doigts je partais aux quatre bouts du monde.

L'ombre du soir nous réveillait ; un petit vent brasillait là-haut dans les peupliers, les cosses sèches de l'an dernier cliquetaient dans les acacias. Affamés nous rentrions.

Nous avions nos sentes à travers le maquis, nos repères : le châtaignier vidé par la foudre au pied d'une falaise, le cade que nous avions pris la première fois pour une femme assise en train de pleurer et que nous appelions ainsi : « Ouf ! Voilà la femme qui pleure on est presque arrivés », les deux cerisiers sauvages dans un quignon de mur. Aucun village, pas âme qui vive au fond de ces vallons. Des cris d'insectes et des cris de vent.

Le jardin nous attendait ; nous avions oublié qu'il ne nous appartenait pas, l'aimer au jour le jour nous suffisait.

Nous mangions sur la terrasse dans la douceur du soir en nous racontant des histoires ; on désaltérait quelques fleurs, par-ci par-là, avec un broc en cuivre puis on s'asseyait côte à côte sur les marches de pierre et on écoutait longtemps sous la nuit les régions les plus écartées de notre âme, là où notre amour si loin déjà était allé que tout le vacarme du monde ne faisait pas plus de bruit que les yeux de Mina sur le lotus du Nil. Et si d'ici vingt ans les hommes faisaient sauter leur planète, comme ils semblaient en avoir la géniale intention, il me restait vingt ans pour embrasser à chaque instant ses yeux, ses seins, son ventre ; et à l'ombre du champignon je lui dirais : « Viens me donner ton corps mon amour, le ciel est si drôle ce soir, rentrons. » Et j'aurais au moins le bonheur de me dire : « Je suis le dernier à l'avoir vue marcher devant moi. »

C'est vers la fin août qu'il nous apparut, surgissant du maquis comme un sanglier. Depuis trois jours un vent rouge soufflait du sud, brûlant comme l'Afrique où il venait d'arracher un morceau du désert. Le ciel raclait comme du papier de verre.

Nous achevions la salade de fruits quand il se planta devant nous; plus justement quand il y tomba. Il avait dû arriver par-derrière la maison sans faire craquer une brindille. Nous restâmes bouche bée, cuillère en l'air. Quatre mois que nous étions là sans voir passer figure humaine. D'humain d'ailleurs il n'avait que les yeux, si pointu son regard que nous pensâmes à une créature du vent. Un regard abrasif.

Il portait un bleu de chauffe fermé jusqu'en haut, des bottes en caoutchouc et tout un attirail de pêche. Trapu, sans cou, plus rugueux qu'une porte de grange, des bouquets de poils sortaient de ses oreilles comme la bourrache d'un mur.

— Bonsoir, grogna-t-il, excusez-moi de vous déranger mais c'était mon chemin… j'ai vu tous les volets ouverts alors je me suis dit, tiens, c'est bizarre…

Sa denture n'enlevait rien au chaos du crâne. Un setter blanc taché de noir l'accompagnait.

— Bonsoir, répondis-je, très embêté.

Il dansa d'un pied sur l'autre ; ses yeux coururent le long de la façade n'osant se poser sur Mina qui ne portait qu'une imperceptible culotte. Elle s'éclipsa à l'intérieur.

— Alors comme ça vous avez un peu aéré la maison, elle devait en avoir bien besoin depuis cinq ans tout ronds… Le parc aussi d'ailleurs, il y a eu du boulot par là tout autour.

— Si ma tante voyait ça, elle serait ravie, tentai-je sans trop m'engager.

— Votre tante ?

— Eh bien, oui, Mme de Varanda, la sœur de mon père.

Ses yeux de chat fouillèrent mon visage à la recherche de quelque chose qu'à l'évidence ils ne trouvèrent pas.

— Ça alors ! Mme Tombeur de Varanda… Un frère ? Personne dans la région n'en a jamais parlé.

Il semblait tomber de la lune ; peut-être ne faisait-il que semblant.

— C'est une histoire compliquée, ajoutai-je plus bas comme si quelqu'un eût pu nous entendre, une histoire de famille. Mon père est né en Provence, sa mère habitait Gréoux, elle était infirmière, c'est comme ça qu'elle a connu le général au début des années 20 en lui faisant des piqûres contre la malaria. N'ayant jamais divorcé mon grand-père ne s'est pas remarié, je crois d'ailleurs qu'il n'en avait aucune envie, c'est en tout cas ce qu'on a dit, je ne l'ai pas connu. Ils ont vécu quelque temps, comme ça, discrètement, et puis mon père est né... Voilà en trois mots toute l'histoire. Mme de Varanda est la demi-sœur de mon père et moi, ma foi... son demi-neveu.

— Ah ! dit-il perdu dans cette histoire à dormir debout.

Mina était revenue dans une robe verte et il osa la dévorer. Ça tombait bien car j'avais donné tout mon jus.

— Et vous êtes là en vacances ?

— Nous le pensions, répondit Mina avec brio, mais nous sommes si bien ici que nous allons essayer d'y vivre un an en descendant à Aix deux ou trois jours par semaine pour les cours importants. Nous sommes tous les deux étudiants.

— Ah ! répéta-t-il, de plus en plus dérouté.

Il avait abandonné la ligne sinueuse de notre histoire pour celle plus pure de Mina. Ses yeux étincelaient drôlement sous l'asparagus des sourcils. L'homme paraissait assez sauvage, un bon demi-siècle de frottements contre tous les vents, éboulis et ruisseaux de collines, n'avait planté sur son cuir que très peu de crin blanc. Je me tins sur mes gardes, le chien semblait toujours aussi doux.

— Vous boirez bien un petit café avec nous, lui proposa Mina.

— Jamais le soir ! Mais si vous avez quelque chose d'un peu fort ce n'est pas de refus, j'ai marché tout le jour.

— Une petite goutte de poire ? Du cognac ?

— Va pour le cognac.

Pendant qu'il se désharnachait, j'allai lui chercher une chaise.

Elle servit trois cognacs dans des verres bleus et nous demeurâmes un bon moment, mi-figue mi-raisin, à observer nos mains.

— Vous avez attrapé quelque chose ? lui demanda-t-elle histoire de rompre la glace.

— Douze truites, que voulez-vous il n'y a plus rien.

— Douze truites ! Mais c'est énorme ! s'exclama-t-elle.

Il eut un petit rire de plaisir en dessous ; ses yeux de chat flambèrent. Bien joué. Il mordait :

— Oh, bagatelle, si vous aviez connu ces rivières il y a de ça seulement vingt ans, on les attrapait à la main par poignées sous les souches et les écrevisses n'en parlons pas, vous n'aviez qu'à soulever les pierres en avançant dans le courant, vous étiez étonné quand il n'y en avait pas. J'en ai tellement mangé, voyez-vous, des truites qu'il m'arrive maintenant de les donner au chien. Quand j'en ai un peu plus, je les vends aux *Quatre Reines* ou aux *Ormeaux*.

— Vous devez les connaître comme votre poche alors, dis-je, toutes ces collines, ces vallons.

— Mieux que ma poche ! Si vous me demandez ce qu'il y a dans ma poche, là maintenant, à part mon couteau je ne pourrais pas vous répondre, mais demandez-moi ce qui a bougé sur tel ou tel chemin depuis ce matin ou dans ces ginestes là-dessus, alors là les yeux fermés je vous répondrai. S'il manque quelques graines sur un genévrier ou si quelque herbe a été couchée, c'est comme le nez au milieu de la figure, je sais tout de suite où chercher ; j'y ai grandi dans ces collines. Mon père était garde-chasse et moi voyez-vous un peu braconnier ; jusqu'à quatorze ans je l'ai suivi partout, il m'a beaucoup appris puis on s'est foutu sur la gueule et j'ai filé de la maison. Ah ! il le connaissait son métier, mais c'était un couillon ! Il aurait pu se faire des mille et des cents s'il avait eu trois sous de jugeote, du gibier il y en avait pour tous et il en restait... Va te faire fiche, il se prenait pour Pandore ! Moi j'ai toujours eu une tête de cochon, on ne pouvait pas s'entendre. En attendant il m'avait appris à voler... Je veux dire de mes propres ailes, je ne prends que ce qui appartient à Dieu, c'est-à-dire à personne. Lui était toujours prêt à se signer avec le coude ; un naïf quoi !

Maintenant qu'il était parti on se sentait plus tranquille, Mina nous resservit. Sautaient de ses yeux des feux follets de joie ; il appréciait l'alcool et la compagnie, l'animal.

— Oh ! Je vous raconte ça parce que dans le pays tout le monde sait que je braconne, secret de Polichinelle ; personne n'a jamais pu me coincer ; ça n'est pas faute d'avoir essayé... Combien de fois ils m'ont attendu les gendarmes un peu avant ma maison, sous le pont du moulin, bougres d'andouilles ! À un kilomètre je les reniflais. Quand je passais devant eux, le carnier était sain comme l'œil. Ils n'ont jamais essayé de me serrer dans les bois, je ne suis pas manchot, ils le savent et ce qu'il y a dans mon fusil ce n'est pas de la poudre d'escampette, c'est moi-même qui les fais mes cartouches ! C'est comme ça qu'un beau jour je l'ai aperçue Mme de Varanda, enfin, votre tante... Ici même sur cette terrasse, là exactement, elle regardait le soir comment dire... Avec toute son âme ; moi j'étais là-bas caché derrière le mur, il n'y avait pas tous ces lilas à l'époque, je venais de poser des pièges, oh ! je vous parle de ça juste après la guerre, j'étais guère plus qu'un gosse... je ne l'ai jamais oubliée cette première fois. Chaque fois que je pense à elle, même aujourd'hui, c'est là que je la vois, debout dans sa robe d'ombre, ce premier soir. Jamais je n'avais vu une femme aussi belle !... C'est peut-être à cause d'elle que je me suis battu avec mon père. Le soir je ne rentrais plus à la maison, je restais des heures derrière le mur dans la nuit à attendre qu'elle sorte dans le parc ou, si c'était l'hiver, qu'elle passe devant la fenêtre... Dans le pays on l'appelait la « demoiselle de Venise » mais tout le monde pensait « la folle de Venise » parce que c'était une Belge qui ne parlait qu'italien et encore, juste pour faire ses courses, ou à la poste. Elle a vécu plus de trente ans ici, même un kilo de pommes elle vous le demandait en italien ! Sorti de là elle n'a jamais parlé à personne ; elle filait à travers la campagne dans une voiture de sport rouge comme un coquelicot en soulevant des nuages de poussière... Ah ! non, ça elle n'était pas aimée, détestée même, mais tout le monde la craignait à commencer par les huiles qui ne savaient pas par quel bout la prendre : une fille de général, cette maison insensée et puis la particule… C'est surtout la particule qui les glaçait, il y en a peu par ici. On ne tape pas sur le ventre d'une particule, surtout celle-là ! Elle passait en coup de vent et elle rentrait ici ; de temps en temps elle disparaissait trois mois, où ? Personne ne savait. Pas d'homme, ni parents, ni amis, rien ! C'est ça qui faisait peur, ce rien… Cette force, cette solitude, certains appelaient ça de l'orgueil, du mépris, surtout les femmes, hou la la ! Un sacré numéro ! Tout le monde filait doux.

Lui-même en parlait avec un respect tout de tendresse et de vénération, les feux follets de ses yeux jubilaient à présent dans tous les coins tannés de ce visage. Et l'amour, peut-être, à la sauvagerie du premier regard ajoutait une malicieuse et douce complicité. Lui non plus ne devait pas les aimer tous ces gens du pays ; ses yeux avaient dû mettre un demi-siècle d'errance et de solitude pour atteindre ce micaschiste.

Cela faisait quelques petits verres que nous sirotions en écoutant ce sanglier dont le regard en disait long. Je trouvais plutôt sympathique cette façon d'avoir toujours marché à côté des hommes. N'était-ce pas un peu ce que j'avais toujours fait ?

Le vent était tombé et l'air était très doux sur la terrasse. Nous avions tous trois un petit coup dans l'aile. Mina jouait sous la table, du bout de son pied, à frôler les poils de mes jambes pour les sentir se dresser. Et plus il parlait de « la demoiselle de Venise », plus je pensais à Mina. Elles avaient en commun cette beauté distante qu'on pouvait prendre pour du mépris et qui n'était sans doute qu'une manière de s'éloigner du monde pour mieux s'en protéger. Comment pouvait-on ne pas mourir d'envie de la dévorer ?

Sous le silence de la lune cliquetaient ses boucles d'oreilles et bracelets ; elle n'adorait que l'or ou les babioles à vingt francs, elle ne portait ni bagues ni colliers. Le parfum roux de ses cheveux au henné passait sur moi mêlé à la force aride du maquis. Oui, sensuelle elle l'était plus qu'aucune femme que j'avais connue avant elle, mais douce, même avec moi, jamais elle ne fut. Et de son enfance écourtée, pourquoi ne m'en parlait-elle toujours pas ? Outre la mort de ses parents avait-elle, si jeune, comme « la demoiselle de Venise » un étrange secret ?

Le braconnier se dressa :

— Bon, ce n'est pas tout, moi je ne suis pas rendu, tenez je vous laisse les truites, ce sera ça de moins à porter.

Il les déposa sur la table et se chargea. Il paraissait à la fois plus vieux et plus intelligent que lorsqu'il avait surgi, entre chien et loup, quelques heures plus tôt.

— Bonne nuit, les amoureux, nous lança-t-il disparaissant sous l'obscurité des arbres au bas de l'escalier, vous devriez peut-être remplacer la vitre de la cuisine au cas où votre tante rentrerait et puis les nuits sont fraîches en automne par ici.

Nous nous regardâmes. Il avait donc vu la vitre cassée en arrivant par-derrière et cependant, toute la soirée, il avait feint de croire à nos salades. Cet homme bourru au visage minéral était encore plus malin que ses yeux.

Pourtant nous montâmes nous coucher heureux. Étaient-ce ces quelques verres dans le nez qui nous rendaient confiants ou ce qu'il nous avait dit des gendarmes ? Non, cet homme lointainement nous ressemblait, ressemblait à Loulou, comme nous il avait ce goût éperdu de la fuite et, derrière ce bonheur que secrètement nous cachions au fond des bois, il avait reconnu le souffle des grandes solitudes.

La beauté de Mina, aussi, profondément l'avait troublé tout au long de la soirée. Depuis longtemps j'assistais à la métamorphose des hommes en sa présence, elle ne m'étonnait pas plus que le tonnerre après l'éclair bien que j'en ressente chaque fois la morsure ambiguë : leurs voix, leurs yeux, leurs mains, tout s'affolait, s'accélérait, flambait. Le magnétisme de Mina n'avait pas épargné cet ours.

Peut-être avait-il retrouvé brusquement, là, sur cette terrasse, l'énorme émoi qui l'avait ébranlé ce soir si lointain de son adolescence où il avait aperçu sous la nuit l'inoubliable silhouette de Mme de Varanda.

Doucement l'été glissait vers la mer. Jamais nous ne nous étions sentis aussi près l'un de l'autre. Quelquefois nous nous réveillions à l'aube pour voir le soleil sauter dans nos bols et effacer sur nos bras la première chair de poule, d'autres fois à onze heures ou midi parce que nous avions bavardé toute la nuit et fait l'amour au point du jour. L'après-midi nous partions au petit bonheur sur des chemins de campagne et très vite nous étions torse nu sous un soleil encore brûlant. Mina attachait avec un élastique ses cheveux droits sur sa tête en queue de cheval vers le ciel et je pensais à ces petits palmiers d'Égypte qu'on appelle palmiers doums. Qu'elle était jolie devant moi sous son palmier doum ! Cela allongeait encore son dos noir et rendait plus aigus lorsqu'elle se retournait ses seins que le soleil griffait.

Parfois, pour m'amuser, j'emportais un fusil que j'avais découvert dans la cave et je tirais sur des vols de corbeaux. Ils sont nombreux en cette saison près des champs de maïs. Nous tâchions de les surprendre au sommet d'un mamelon, avançant courbés d'arbre en arbre. Chaque fois ils s'envolaient à la distance exacte où le fusil ne portait plus. Malins comme des singes ils connaissaient mieux que moi les armes à feu, car si je découvrais la ruse de ces oiseaux, il y a belle lurette qu'ils avaient tout appris de l'homme.

D'un tertre à l'autre ils nous narguaient : je lâchais mes deux coups et flegmatiques ils s'arrachaient du sol, croassant l'ennui et le dédain d'être dérangés par ces enfantillages. Mina riait de bon cœur, elle me disait :

— Je n'aime pas ces bandes de croque-morts, j'ai entendu dire que ce n'est pas si mauvais que ça la soupe de corbeaux... Tu pourrais en manger, toi ?

— Si j'en tue un on verra bien, je veux tout

essayer avec toi mais ça me paraît plus facile d'avoir du lièvre. Si notre braconnier nous voyait, il se tordrait de rire.

Alors nous nous mettions tout nus et nous faisions l'amour sur le mamelon. On devait nous voir des quatre coins de l'horizon. J'adorais en ces premiers soirs d'automne le parfum de ses seins et de l'herbe foulée, les premiers feux s'allumaient au fond de la campagne et nous offrions au monde, sous un ciel calmé, ce que nous avions de plus beau.

Nous croisions aussi de petits cimetières endormis dans la torpeur de ces après-midi, bien entretenus à la sortie d'un village ou à moitié abandonnés près d'un hameau perdu. Là aussi nous faisions l'amour sur une tombe pour que la mort voie bien, dessous, que nous étions inattaquables. Je soulevais son tee-shirt, une lumière d'or était là, sur son ventre ; le temps s'arrêtait à mes yeux. Je mettais entre la mort et moi l'infinie pureté de Mina. Que pouvait le temps sur ce corps plus lisse et dur que le marbre où je le dévêtais.

J'avais passé tant d'heures à le dévorer du regard et de toutes mes mains, qu'il était debout en moi, j'en sentais chaque muscle, chaque nerf.

Combien de mois, d'années, que nous vivions hors du monde ? Que nous n'avions pas ouvert un journal, la radio ? J'aurais pu les yeux fermés dire le dessin de son front, de ses mains, le rire sur ses dents, la nacre de ses seins, le goût de ses lèvres muscades, mais dire si le président avait changé, j'en étais tout à fait incapable. Et j'étais bien content.

Nous vivions comme des enfants; non, les enfants sont bourrés de contraintes, nous vivions comme un rêve d'enfant et nous quittions le cimetière en emportant des roses, des pétunias ou un pot de jasmin.

C'est l'époque où nous partîmes quelques jours à Venise pour découvrir l'original de notre maison et peut-être, sur les bords du canal de la Brenta, le secret de Loulou, mais nous ne vîmes sur les ponts, les placettes et au bord des canaux, que le reflet de notre amour. Nous en fûmes éblouis.

Le braconnier réapparut un soir alors que Mina me lisait les *Mémoires de Tennessee Williams.* Nous étions installés dans les fauteuils aux pivoines, devant un feu de cheminée; l'ultime clarté qui tombait sur le livre s'éteignit soudain, la flamme s'empourpra, je ne vis plus le visage rieur de l'écrivain sur la couverture que je fixais depuis un moment. Il était là, immobile dans la porte, seule sa tête se découpait sur le ciel d'automne telle une tête de cerf sur un mur d'auberge.

— Je vois que je dérange, grommela-t-il de la même voix bourrue que la première fois. Je vous ai apporté quelque chose.

Il souleva dans le reste de jour un lapin par les pattes de derrière.

— Un de plus qui n'attrapera pas la maladie, ajouta-t-il s'avançant jusqu'à nous.

Je tirai un troisième fauteuil devant le feu où malgré quelques grimaces il posa le bord de ses fesses. Il avait jeté le lapin sur la dalle de pierre de la cheminée. En apportant les trois petits verres bleus et le cognac nous nous heurtâmes à son regard comme à une barre de fer en travers de la pièce, il ne parvenait pas à s'arracher au portrait en pied de Loulou ; lentement il se dressa et comme s'il allait bondir sur un autre lapin dans un coin du salon, à pas de loup il s'approcha d'elle. Ce regard contenait tout l'immense et mystérieux silence que nous avions trouvé là le jour de notre effraction, un silence sourd comme un œuf.

— C'est extraordinaire ! articula-t-il, extraordinaire !

Il se tourna vers la pièce.

— C'est la première fois de ma vie que j'entre ici...

Comme un somnambule il alla au piano ; sa main droite, l'index en avant, s'approcha du clavier, hésita, repartit, avant même d'avoir frôlé la touche elle sauta en arrière comme si le courant eût traversé l'ivoire.

— Non, je ne pourrai jamais, dit-il se parlant lui-même et presque à reculons revint s'asseoir sur le bord du fauteuil.

Le silence et la nuit se partagèrent la salle. Le merisier flambait contre les murs.

— À la vôtre, dis-je soulevant avec mon verre un pan de ce silence.

Il remua le sien.

— Pendant trente ans j'ai écouté ce piano... Trente ans ! Et maintenant quand je passe la nuit au fond du parc je n'entends plus rien... Ça me fait plaisir que vous soyez là, de loin à travers les arbres je vois sa chambre allumée, une seconde je me dis : « C'est elle ! »

— Elle jouait souvent ? demandai-je.

— Toutes les nuits... Elle ne jouait que la nuit. C'était beau comme une pluie d'étoiles. Et moi je venais presque chaque nuit là-bas derrière le mur, je m'asseyais, j'écoutais ; c'était tellement beau qu'il me venait des larmes... Une nuit j'ai voulu la voir jouer, j'en mourais d'envie depuis des années ; je me suis approché jusque sur la terrasse, mon cœur ne battait plus, j'allais voir un miracle... Elle s'est arrêtée de jouer, je suis parti en courant. J'ai sauté le mur et j'ai couru jusqu'à la rivière. Elle avait senti quelque chose. Je me disais : « Mon Dieu je lui ai fait peur ! Je lui ai fait peur ! » Pendant un mois je ne suis pas revenu ; c'est le mois le plus triste de ma vie... Pendant des années j'ai écouté cette musique, l'hiver, l'été, sous la pluie, je connaissais tous les morceaux par cœur, je n'ai jamais pensé qu'ils pouvaient avoir un nom, une vie ailleurs ; pour moi cette musique c'était elle, un point c'est tout... Et puis un beau jour je suis allé à la cathédrale, c'était l'été, on donnait un concert gratuit ; c'était la première fois de ma vie que j'allais au concert, je suis resté au fond de la salle juste à gauche en entrant plaqué contre le mur. C'était bourré ; j'avais l'impression que tout le monde me regardait. Ils ont commencé à jouer et tout de suite j'ai reconnu le mouvement, je me le suis fredonné en même temps dans la tête ; ça avait une force ! On aurait dit que ça allait soulever toute la cathédrale, la foule, les piliers. Personne ne respirait. J'ai pensé que Mme de Varanda était peut-être là quelque part, qu'elle chantait dans sa tête en même temps que moi ; j'étais heureux comme un roi ! Alors j'ai regardé le programme qu'on m'avait donné en entrant : c'était du Bach, une fugue. Du Bach, vous vous rendez compte ! Et moi je le savais par cœur ! J'ai été obligé de sortir tellement j'avais la gorge serrée, j'avais peur qu'on me remarque. Du Bach !...

»À partir de là, je n'ai plus raté un seul concert, il y en a beaucoup l'été dans le pays pour les estivants ; j'allais partout quand ce n'était pas trop cher, c'est affiché au syndicat d'initiative, à Manosque, à Riez, à Sisteron, partout. Je sautais sur mon vélomoteur et hop ! en avant la musique ! Je suis allé écouter Vivaldi ! Albinoni ! Haendel ! Scarlatti ! Mozart ! Brahms ! Je les connaissais tous par cœur, pensez depuis vingt ans ! Je n'avais plus qu'à mettre le nom sur la musique, à chacun son chapeau ; elle m'avait tout appris Mme de Varanda, sans s'en douter, tous les plus beaux morceaux. Ça a changé ma vie !

»Quand je venais m'asseoir derrière le mur là-bas, je me disais : « Tiens, voilà Mozart ! *Fantaisie en ut mineur* » ou alors « Ah ! Rossini ! *L'Italienne à Alger* ». Là j'entendais sa voix, elle chantait... Je n'ai jamais osé aller à l'opéra, je suis tombé sur *L'Italienne* par hasard deux fois à la radio ; ou bien alors je pensais : « Tiens, ce soir nous avons une sonate de Beethoven » et là je perdis un peu les pédales, il y en a tellement de sonates... Ça ne m'empêchait pas d'être dans la nuit le plus heureux des hommes ; à la fin de chaque morceau j'applaudissais doucement, deux doigts dans le creux de la main, un palpitement de feuilles. C'est encore plus beau qu'un concert cette musique dans le parc, sous les arbres; plus beau que tout le vent des plateaux qui se sert des vallons comme d'un orgue.

»Et quand je marchais dans les bois, tout seul, j'avais toujours un air qui m'accompagnait dans la tête et là aussi je me disais : « Ah ! voilà la *Petite musique de nuit* » et je cheminais sous les érables à côté de Mozart, puis sous les hêtres, je plongeais dans des combes, je remontais, je pouvais faire trente kilomètres comme ça derrière un sanglier ou derrière personne; rien que moi et Mozart. Ça faisait chanter les éboulis et les grands corridors noirs de chênes. Depuis les collines ne se sont plus arrêtées de chanter. La cathédrale pour moi elle est partout, de Saint-Martin au sommet de Néoumes.

Il cessa de parler et son regard qui n'épiait jusque-là que l'intérieur de sa tête, ainsi que les mains d'ailleurs qui avaient sauté plusieurs fois sur la mesure à l'évocation de Verdi et de Mozart, son regard erra soudain dans la pièce comme si à la seconde il la découvrait. Il se leva, fit quelques pas vers la porte.

— Vous savez à force de vivre seul j'ai pris l'habitude de me parler tout haut, il fallait m'arrêter, vous n'avez sans doute pas soupé ?... C'est drôle, quand je rencontre du monde je n'ouvre pas la bouche : Bonjour, bonsoir, quand je suis coincé; avec vous c'est différent, j'ai l'impression qu'on se connaît depuis toujours... Ça doit être à cause de la maison, depuis tant d'années que je rôde autour, je n'aurais jamais eu le courage d'entrer, je vous remercie... Pour le piano.

Le setter l'attendait assis sur la terrasse ; il n'avait pas osé, lui, aller plus loin. Le rosier ployait comme un arbuste sous une neige rose, il caramélisait juste avant de mourir la nuit phosphorescente d'automne.

On se salua, et l'un derrière l'autre ils se glissèrent sous la nuit. On ne vit plus, un instant sous les branches, que la queue claire du chien comme un mouchoir qu'en partant on agite.

L'automne arrosait les nuits et verdissait les soirs ; beaucoup plus courts les jours restaient tièdes. Quelquefois nous allions passer une semaine dans une auberge de montagne ; par les fenêtres encore ouvertes de la salle à manger nous regardions la rivière sauter sous les rhododendrons, les derniers campeurs plier bagage au fond d'un pré.

Mal chaussés nous partions faire des balades à l'heure où d'autres reviennent harnachés comme des guides, ils se retournaient sur nous, souriaient. L'amour exaltait nos jambes. Nous escaladions des pentes noires de sapins aussi fiévreusement qu'un étage d'hôtel pour atteindre une chambre, nous nous accrochions aux ultimes fayards sous des entablements de granite et Mina s'asseyait nue au milieu d'un torrent où je n'aurais pas mis le bout du pied. L'eau cinglait son dos de ses cordes glacées tandis qu'agrippée aux galets pour ne pas être emportée elle riait de peur, de surprise et de joie, fragile comme une feuille que le gouffre appelle et rudoie du souffle de sa cataracte.

Nous reprenions le sentier, toujours plus haut, elle devant. Nous découvrîmes enchâssés dans l'alpage des lacs ronds et verts comme l'iris de l'œil où l'on voyait en se penchant la pointe blanche des glaciers et le voyage d'un nuage. Nous nous étendions sur l'herbe entre les crottes des troupeaux, sous les coups de sifflet de la marmotte plus affolée qu'un chef de gare à l'apparition d'un train qui n'existait pas jusque-là ; une buse se chargeait de la faire taire avec son cri de chat. Il n'y avait plus sur nous que la paix du soir.

En redescendant nous cueillions juste au bord de la nuit des œillets, des lys orangés et des géraniums sauvages. Un soir avant d'atteindre la vallée je l'appelai « Fenouil » pour la finesse parfumée, la flamme de ce mot qui l'évoquait si bien. Elle aima ce nom. Dès lors je ne l'appelai plus qu'ainsi.

En octobre, soudain, nous eûmes une envie folle de cinéma ; souvent nous descendîmes à Aix voir dans une petite salle déserte deux ou trois films dans la journée. La nuit nous attendait sur le trottoir. Nous allions manger un chili con carne sous les platanes encore verts du cours Mirabeau où des milliers d'oiseaux assourdissaient la ville. J'entendais à peine sa voix me parler du film, ses yeux n'en étaient que plus beaux.

Ces soirs étaient très doux et elle en profitait pour porter encore un peu ses petites robes d'été qu'elle avait coupées et cousues elle-même sur la vieille Singer à pédale à Mme de Varanda. C'étaient des tissus exotiques aux motifs très chauds où l'on voyait toujours des perroquets, des tigres et des girafes au milieu de palmiers, bambous et tranches de pastèque. J'adorais ces morceaux de coton à quatre sous gorgés de lumière qui plongeaient très très bas dans son dos et ne dissimulaient légèrement que la partie très privée de ses cuisses.

La plupart des femmes autour portaient des robes et tailleurs achetés dans les belles boutiques derrière le cours, mais toutes la regardaient avec envie. Les hommes ne voyaient plus leurs femmes et les serveurs, comme dans *Nadja*, avaient du mal à retenir leur plateau. Ils prenaient tous plus de plaisir à la voir porter une Camel à ses lèvres qu'à faire l'amour dans le lit conjugal.

Quand nous nous éloignions je jetais un coup d'œil par-dessus mon épaule, pour m'amuser, car je savais très bien au silence que toute la terrasse était pétrifiée telle une seule tête écarquillée vers nous. Et ainsi jusqu'au bas du cours où toutes les terrasses suivaient ce corps comme un événement qui passe. Elle n'avait sur elle, en tout et pour tout, que cent francs de bijoux et autant de tissu : j'étais un milliardaire à deux cents francs et je pensais, caressé par le vent, que la nuit serait encore trop courte.

Un après-midi d'octobre que nous flânions dans le Vaucluse, nous rencontrâmes au fond d'un bistrot un jeune couple de brocanteurs qui jouaient au flipper, chacun d'un côté de la baraque en écoutant Bruce Springsteen. Ils étaient rock et sympathiques : cuir, clous et joints. Nous bûmes quelques demis, secouâmes ensemble le flipper. Toutes les cinq minutes ils fonçaient dehors rattraper leur chien qui filait sur la route, un bâtard barbu et cinglé qui ne comptait plus les coups qui pleuvaient sur sa tête.

La fille, grassouillette, en laissait voir beaucoup : elle portait une minijupe fauve pas plus haute que la main et qui entravait si bien le haut des cuisses et les fesses qu'à chaque poussée du ventre contre la machine la fermeture Éclair menaçait d'éclater au beau milieu des globes ; un bustier minuscule peinait autant pour contenir des seins qu'un laçage croisé sur le devant emprisonnait et laissait entrevoir.

Lui sortait juste de prison un tatouage rose et bleu sur l'épaule, du gris au fond des yeux.

Il ne me restait, en tout et pour tout dans la poche, que deux ou trois billets du coffre ; les liasses avaient fondu plus vite que prévu. Cette rencontre tomba à merveille, assis tous les quatre à la terrasse du bistrot sous un soleil qui faisait l'abricot, nous nous entendîmes assez bien, à demi-mot, pour ne pas retourner ni les uns ni les autres un peu trop vite au travail. Pour ma part, pas une seconde je n'envisageais d'y retourner ne serait-ce qu'un jour, de m'écarter de quelques pas de la lumière de Fenouil. Ces deux-là ne paraissaient pas bêtes, en tout cas dégourdis, et il faisait si doux à trois heures dans ce petit village roulé en boule au pied du Luberon.

Nous commandâmes pour fêter ça une dernière tournée, dehors, et Jeannine nous livra encore un peu plus ses appas, ce qui, compte tenu de ce que nous avions déjà vu, devenait un exploit. Mina souriait de tendresse amusée devant tant de candeur; elle aimait les natures généreuses, c'était le cas, de toute évidence.

Dès le lendemain je troquai dans un garage notre R 8 contre un fourgon Toyota et durant nos longues promenades à travers la campagne j'avais un œil sur la grâce de Fenouil, l'autre sur les petits châteaux qui se profilent à l'horizon en haut d'un vignoble ou se laissent deviner au fond d'un bois de cèdres par un coin de toit ou un vieux clocheton. Comme deux amoureux qui ne cherchent, main dans la main, qu'un nid de verdure où s'aimer, en toute innocence nous nous en approchions.

Ce jeu, les premiers temps, nous amusa beaucoup ; comme nous avions découvert au printemps la maison rouge de Venise, nous frôlions les murs, scrutions le parc, nous nous enlacions sur des perrons déserts, les yeux derrière et devant.

Ils sont souvent fermés, dès septembre, ces vieux petits châteaux, pavillons de chasse blasonnés, maisons de maître à quadruple génoise et fenêtres à meneaux, anciens couvents restaurés flanqués d'une piscine, pour Parisiens, Belges, industriels dont la fille peint, poètes d'août, pâmés de Jean Giono sur matelas gonflables, experts en chlore.

Les trois serpillières trouées étendues derrière la maison et les volets grands ouverts au second ne nous trompaient guère : partout la même mise en scène. Lorsque c'est habité deux molosses vous digèrent avant même de vous avoir repéré. Je ne me faisais pas trop de souci pour les armuriers, la 22 long rifle fait florès dans les grosses pognes du gardien-jardinier ; il s'est même payé de sa poche la lunette et le silencieux, il fait des cartons au fond du parc, un doberman de chaque côté.

Amoureusement le jour nous repérions ; nous opérions la nuit.

Nous attendîmes minuit pour attaquer la première de ces bâtisses ; garés au bord de la route, vitres ouvertes, nous écoutions la calme nuit d'octobre. Partout la campagne dormait. Une poignée de grillons encore sifflotait en désespoir de cause et quelques fermes piquaient l'obscurité plus sombre des vallons de la lumière avare et jaune de leur porte. Un chien aboyait sans raison pour justifier sa soupe. Ça sentait encore un peu le melon.

Quelquefois une voiture passait et nous nous embrassions sous le pinceau des phares ; Fenouil claquait légèrement des dents, ses membres étaient tendus. À minuit vingt je lui dis :

— Je crois que c'est bon, j'y vais ; toi tu m'attends là, s'il y a quoi que ce soit de suspect tu klaxonnes trois fois et tu files, surtout ne m'attends pas je couperai à travers champs, rendez-vous au village que nous avons traversé en venant, derrière le cimetière, tu l'as vu en passant ?

— Non ! Pas le cimetière ! s'étrangla-t-elle.

Je lui pris le menton :

— Bon, derrière l'église.

— Non ! Pas derrière l'église !

— Disons devant la mairie.

Elle ne répondit pas ; ses yeux étaient fixes sous

des paupières qui ne battaient plus. Je l'embrassai une dizaine de fois sur le nez, attrapai mon matériel de fortune, refermai la portière tout doucement et m'engageai sur le chemin de terre, plus clair que les prés, qui menait au château, noir là-bas sous son bouclier d'arbres.

Tout était silencieux; rien n'avait bougé. Je fis un tour complet de la bâtisse et des annexes : aucun véhicule. Une croix se découpa brusquement sur le ciel : c'était une petite chapelle que nous n'avions pas remarquée l'après-midi ; un instant mes poils se soulevèrent comme la robe de Marilyn sur la grille du métro.

Je n'eus pas grand mal à fracturer un volet. Lorsque la vitre éclata je pensai à Fenouil qui avait dû entendre, seule là-bas, crier la nuit. Un moment j'écoutai si elle n'appelait pas… Rien ne bougea du côté de la route.

Très vite je fis le tour des pièces, regroupant en bas dans le salon tout ce qui, peu encombrant, pouvait avoir une valeur. Je regrettai qu'elle ne fût pas là, bien mieux que moi elle connaissait les tapis, bibelots, meubles anciens et tableaux. Quand je jugeai que le fourgon n'en contiendrait pas plus, je déverrouillai de l'intérieur les deux battants d'une porte qui donnait sur le parc : l'ovale d'un bassin était empli de lune. Je repris le chemin; on voyait de très loin la tache claire du Toyota.

J'ouvris et m'installai au volant; elle n'avait pas bougé d'un millimètre.

— Ça y est, c'est un jeu d'enfant, il n'y a plus qu'à charger et on rentre.

Elle ne répondit pas : je m'approchai de ses yeux.

— Ça va ?

Je ne voyais dans la nuit qu'un regard, fixe et brillant. Je la touchai : ses bras glacés s'étaient encore raidis.

— Fenouil ?... C'est fini...

Je compris qu'elle était terrifiée. Délicatement je tentai de la tirer vers moi. C'était un bloc de marbre. Je soufflai dans son cou, baisai ses yeux, son menton, sa bouche, à travers le tissu je mordillai ses seins. Elle ne bougea pas plus.

— Fenouil ? Tu veux rentrer ?...

Silence.

Je mis le contact et je fis demi-tour ; tant pis pour le butin. Des châteaux il y en avait d'autres.

Et d'autres il y en eut, nocturnes et silencieux au fond de parcs lugubres. Mais désormais j'opérais seul, elle m'avait fait plus peur que toutes ces demeures perdues dans la campagne aux confins des ténèbres.

Pour ne pas la laisser à la maison, nous dînions dans un restaurant puis je filais dans la nuit pendant qu'elle buvait un café en feuilletant un livre. Une heure après j'étais là, le fourgon plein du hasard de mes courses.

Le soir même, par de petites routes retorses où nous ne risquions pas d'être arrêtés, nous roulions vers ce village du Vaucluse où nous recevait à n'importe quelle heure de la nuit le jeune couple de brocanteurs.

Je garais le fourgon dans leur cour intérieure aveuglée de hauts murs et un verre à la main nous dressions l'inventaire. Ils avaient acheté pour rien à un particulier une cave tapissée de vins ; nous goûtions des pommards de vingt ans en devisant, sous l'ampoule nue qui pendait d'une treille, sur l'époque d'un guéridon à trois pieds, le bois blond d'une commode aux motifs d'amarante, ou rouge décorée de bois clair.

Et eux qui n'avaient fait aucune espèce d'études pouvaient nous parler jusqu'au matin, passionnément, de style néo-gothique dit : « troubadour » ou « à cathédrale », de faux meubles Boulle ou Second Empire en poirier noirci aux motifs de nacre, de cuivre et d'écaille d'étain. Ils nous montrèrent des paons, des papillons, des femmes cygnes, des ombellifères et des volubilis sur certains meubles 1900 qui me parurent dans leurs yeux exaltés d'une beauté encore plus grande. Ils lurent pour nous dans l'aube des poèmes incrustés.

Nous repartions sous la brume du matin rosie par un soleil d'automne. Que ces routes étaient gaies à travers les labours. Nous prenions le petit déjeuner sur la terrasse d'un hôtel pendant qu'un garçon tirait d'un vivier des truites étincelantes comme ces labours neufs.

Jamais nous n'avions été si heureux, si près l'un de l'autre et loin de tout dans notre maison rouge. Les matins de pluie, nous restions blottis dans le lit à écouter les gouttes sur les dernières feuilles du parc, nous savions que de la journée personne ne viendrait, personne n'appellerait. J'entrouvrais les volets : un chasseur marchait dans la plaine, une montagne de cages sur les épaules, avec un parapluie et son chien.

La brume passait dans les arbres et je refermais les volets. On prenait le petit déjeuner dans le lit, on se rendormait... On se lisait entre deux sommes un roman à haute voix. Les yeux fermés je caressais ses fesses en écoutant sa voix et je confondais dans le bonheur du lit la douceur de l'une et des autres. J'ouvrais un œil, et comme le soleil que l'on regarde à travers la chair d'un fruit je voyais son sein traversé par la lumière d'une lampe « mandarine ».

Vers trois heures nous partions nous balader dans des chemins trempés où s'égouttaient les arbres. Sous la brume on voyait des oiseaux masqués de jaune et de noir qui attendaient le soir en basculant leur tête. Elle s'arrêtait brusquement me saisissant le bras :

— Jure-moi que tu ne m'abandonneras jamais !

Ses yeux soudain étaient emplis d'angoisse ; sa voix brisée.

— Pourquoi t'abandonnerais-je ? Jamais je n'ai été si heureux.

Elle scrutait mes yeux, ses doigts plus crispés sur mon bras.

— Jure-le-moi !

J'étais étonné de ses états subits, si nouveaux chez elle. Attendri je la serrais contre moi. Violemment elle mettait entre nous ses deux poings, me repoussait.

— Jure-moi que nous ne nous disputerons jamais !

— Je te le jure, Fenouil ! Pourquoi as-tu peur ?

Elle baissait la tête.

— Je n'ai que toi au monde, que toi, si tu me quittais je serais perdue, je mourrais.

— Moi aussi, Fenouil, je mourrais, je t'aime plus que tout, plus que moi-même.

À nouveau elle me tendait son regard :

— Tu me défendras toujours, quoi qu'il arrive ? Tu ne laisseras personne me faire de mal ?

— Si quelqu'un tirait un seul de tes cheveux je l'abattrais sur-le-champ !

Je la prenais par le cou comme un copain d'école et nous repartions dans le soir à travers la campagne.

Rien ne pouvait expliquer après des journées si belles une telle inquiétude. Mais au fond de moi j'étais heureux de cette preuve d'amour.

En silence nous traversions des champs bleus, de loin en loin des cheminées commençaient à fumer dans les fermes ; dans un moment nous serions chez nous et j'allumerais moi aussi un grand feu. J'étais si ému près d'elle au débouché d'un bois, que je laissais la nuit dissimuler dans mes yeux quelques larmes.

Oui, ces journées étaient belles, sans doute les plus belles quand j'y repense que nous ayons vécues. La douce lumière d'automne et la fraîcheur des soirs nous rapprochaient encore, nous regardions le feu danser, les pieds dans l'âtre, ou allongés sur le tapis, sa tête sur mon ventre. Les premiers froids allaient arriver et j'éprouvais un vif plaisir à barricader portes et fenêtres ; moins contre le vent du nord je l'avoue que pour isoler notre amour du reste du monde ; pour le couper enfin de tout.

Ai-je eu raison ? N'aurais-je pas dû plutôt emmener Mina partout aux quatre coins du monde ? L'enivrer de voyages en bateau, d'hôtels, de villes orientales ? Aurais-je pu alors la distraire de cette angoisse qu'en elle je sentais monter ? Était-il déjà trop tard ? Comment le saurais-je ?

Ces questions mille fois depuis je me les suis posées. Dans cette maison noyée au fond des bois où personne jamais ne passait, même le braconnier ne venait plus qui avait senti mieux que quiconque l'ardeur farouche que nous mettions à isoler notre amour, lentement, dans le lit à colonnes de Mme de Varanda, Mina perdit le sommeil. D'abord elle me parla de lune ; elle n'avait, me dit-elle, depuis toujours, jamais pu dormir les nuits de pleine lune. Mais en regardant les nuages d'octobre passer devant un fil d'argent, très vite je m'aperçus qu'elle ne dormait plus même sous des ciels d'encre. Il fallait alors que je l'aide à traverser la nuit en lui racontant des histoires, main dans la main, jusqu'à ce que l'aube nous mette des draps bleus.

Parfois au détour d'une histoire je m'arrêtais, écoutais... Elle s'était endormie. Aussitôt je sombrais. Un cri d'épouvante déchirait la nuit, je bondissais sur mes pieds, allumais : elle était assise dans une écume de draps, raide de terreur, en nage, le visage égaré.

— J'ai fait un cauchemar atroce, tu me quittais

pour partir avec une naine et quand je t'appelais vous poursuiviez votre chemin en éclatant de rire ; plus j'appelais et je pleurais, plus ça vous faisait rire ; à la fin vous vous êtes embrassés.

D'autres fois elle était sur un balcon au dix-septième étage, elle enjambait la balustrade et fixait le vide, retenue d'une seule main. Lorsque sa main s'ouvrait elle poussait un cri.

Bientôt elle eut si peur des cauchemars qu'elle ne se coucha plus. Des nuits entières nous lisions devant le feu, chacun son tour, et nous nous endormions sur le tapis, épuisés, pendant que claquaient au loin, feutrés par la brume, les premiers coups de fusil.

Pensait-elle à ses parents morts quelques années plus tôt dans cet accident de voiture ? Revoyait-elle avec mélancolie cette maison de Bandol, au bord de l'eau, où durant toute son enfance elle était allée ? Portait-elle secrètement, au plus profond d'elle-même, la culpabilité de cette double mort, comme il m'avait semblé le comprendre la seule fois où, si brièvement, elle m'en avait parlé, ce premier jour où ensemble nous étions allés au bord de la mer, dans cette petite crique d'où l'on voyait Marseille.

Plusieurs fois je tentai, le plus délicatement possible, d'approcher cette enfance ; comme par hasard je glissai dans la conversation le nom de Bandol, lui racontai mes grandes vacances en banlieue où je me baignais, accroché à une corde dans un canal parce que la mer était trop loin. J'aurais tant aimé, lui dis-je, grandir au bord de la mer. Je n'avais appris à nager qu'à douze ans, dans un bassin d'arrosage.

Assise près de moi elle écoutait, me posait quelques questions ; pas une seule fois elle ne me parla d'elle, comme si jamais elle n'avait eu d'enfance. Voulait-elle désespérément tout oublier ? Avait-elle enseveli, déjà, par un effort quotidien de silence, les labours sans fin de la mémoire ?

Durant ces journées de novembre tout alla encore assez bien. Je l'emmenais faire des promenades de plus en plus longues à travers bois. Une pharmacienne de Forcalquier nous initia aux champignons ; chaque soir nous lui en ramenions un panier qu'elle triait devant nous, sur le comptoir au milieu des clients, nous désignant par leur nom les comestibles, les indigestes, les dangereux. C'était sa passion, chaque dimanche en cette saison elle allait dans les environs de Grenoble en remplir le coffre de sa voiture. « Je les mange presque tous, disait-elle, très peu sont dangereux, je suis si heureuse en liberté que je digère tout. »

Au sourire qui l'illuminait dès que nous entrions les genoux roux d'humus, tout imprégnés de nuit, déjà, en ces journées si courtes, nous savions qu'elle nous attendait.

— Vous êtes la beauté des bois, lançait-elle, quand vous ouvrez la porte c'est toute la forêt qui entre ici, je revis.

Ses seins soulevaient la blouse blanche. Elle abandonnait tous les autres clients pour courir vers nous. Elle était d'une grande douceur mais très vite la froideur des nuits ne laissa plus un seul champignon qui ne soit pas pourri.

Il fallait à tout prix occuper Fenouil, ne pas laisser un instant l'angoisse s'approcher d'elle. Un jour j'entrai dans un magasin de musique et achetai quelques brochures pour apprendre à jouer du piano. On me conseilla la Méthode Rose, le Déliateur et le Petit Bach. Le soir même, chacun d'un côté du clavier nous fîmes un beau bastringue ; à quatre mains nous abattîmes tour à tour : *Ainsi font les marionnettes, Dodo l'enfant do ! Ô ma tendre musette, Marie tremp' ton pain* et *Le Roi Dagobert.*

Si l'amant de Mme de Varanda avait été ce soir-là accroupi derrière son mur, il courrait encore aujourd'hui en hurlant à travers la campagne. Il y avait plusieurs mois qu'elle n'avait pas ri d'aussi bon cœur ; à tour de bras je massacrai les notes, chantai à tue-tête, m'allongeai sur le clavier. J'écoutais son rire ; j'étais heureux.

Dès le lendemain, pourtant, j'assistai à la première crise. J'avais décidé d'aller faire un tour au marché de Forcalquier, et Fenouil n'avait pas voulu m'accompagner. Je venais de sortir et me dirigeais vers le fourgon lorsqu'un cri me transperça. Ça venait de la maison… Mina ! Que lui était-il arrivé ? D'un bond je fus dans le salon : elle était debout près du piano, hagarde et la bouche si tordue que je crus un instant qu'un serpent venait de la mordre ; elle poussait maintenant des petits cris de portes, des plaintes si pointues que sa voix se cassait. Je lui attrapai les bras : elle était encore plus raide que la nuit où je l'avais laissée seule un moment au bord de la route, j'avais dans les mains du bois sec.

— Mina ! la secouai-je. Mina ! Parle-moi ! Que s'est-il passé ?

Muette, elle s'étouffait. Son visage inondé de larmes vibrait. Ses yeux ne voyaient rien. Elle se noyait.

Alors j'aperçus ses mains : ses doigts étaient comme agrippés au vide, ses phalanges si crispées qu'on voyait sous la peau blanchie par l'effort le dessin de chaque os. À une allure folle elles tremblaient. Je tentai de les ouvrir : c'étaient des mains de statue ; forçant je les aurais brisées.

La panique s'empara de moi.

— Mais parle-moi, bon Dieu ! Dis quelque chose ! Mina ! C'est moi Léo, tu me reconnais ? Mina, Mina !

Je la secouai comme un prunier. Les spasmes avaient gagné sa bouche ; son menton sautait ; les contractures paralysaient tout le corps.

— J'ai peur ! meugla-t-elle, j'ai peur !

— Peur de quoi, Mina ?... De quoi ! Vas-y, parle !

— J'ai peur ! J'ai peur !

Sa gorge était si serrée que chaque mot sortait dans un bouillonnement de bulles ; son kimono chinois était trempé de salive et de larmes.

— Serre-moi dans tes bras ! Serre-moi dans tes bras, j'ai peur, Léo ! J'ai peur !

À la rompre je la serrai. Un tronc d'arbre qui claquait contre mon corps.

Longtemps je l'étreignis.

— Plus fort, Léo ! Serre-moi plus fort ! J'ai tellement peur !

Allais-je la briser ? Mes bras me faisaient mal. Lentement elle mollit, ses muscles s'effondraient.

— Voilà, Mina, c'est passé... C'est fini... Je reste avec toi... Jamais plus je ne te quitterai ; là, tu es contente, il ne peut plus rien t'arriver.

Si j'avais ouvert les bras, à présent, elle eût coulé par terre. J'embrassai son cou et ses cheveux trempés. Les cris avaient fait place à des petits sanglots, son corps se soulevait. Bientôt je sentis filer sur le mien les derniers ricochets de l'angoisse. Était-ce ma promenade à Forcalquier qui avait provoqué cet état ? Ma gorge était aussi nouée que la sienne. Pour le voir je m'écartai un peu de son visage, ramenai sans la lâcher ses cheveux en arrière ; à travers une vitre de larmes sa bouche se détendit : rictus ou sourire, elle me fit un signe. Des mots très tendres étaient dans ses yeux. J'y posai mes lèvres.

Fin novembre une mer de nuages arriva d'Italie, déferla sur nous, noya le parc. Des trombes d'eau et de vent claquèrent contre les murs, couchant les arbres. À midi il faisait nuit noire dans la maison. J'allumais un bon feu, posais des bougies partout, observant du coin de l'œil mon amour. Épuisée, trois jours et trois nuits elle avait dormi après sa crise ; maintenant, silencieuse, elle allait d'une pièce à l'autre, s'asseyait devant la Singer pour reprendre une jupe, retailler un jean ; d'un rideau fleuri en deux heures elle tira une robe ; elle plia dans un carton toutes ses affaires d'été, recensant sur le lit celles d'hiver.

Dans la soirée elle s'installait au piano, chauffait ses doigts en exécutant de petits exercices ; le solfège qu'elle avait appris au lycée revint assez vite. Elle jouait les premiers temps d'une seule main des airs que je trouvais très jolis et qui s'intitulaient : *Carnaval de Venise, Hiver, adieu ! Air d'autrefois.* Elle était comme ces quelques notes, fragile, lointaine et mélancolique. Parfois sa main trébuchait, blessant la mélodie et ma gorge se serrait ; pareille à cette main je la sentais si seule, si désemparée.

Je m'approchais, m'accoudais sur le piano :

— C'est très beau ce que tu viens de jouer, c'est mon morceau préféré, rejoue-le-moi.

— Tu dis ça pour me faire plaisir ?

— Non, je te jure, Fenouil, c'est aussi émouvant qu'un très grand concerto, tu es si belle lorsque tu joues.

Heureuse et gênée, elle dissimulait ses yeux.

— Veux-tu que je te joue un menuet de Bach ?

Son visage s'ouvrait ; tant bien que mal elle l'exécutait.

— Non, tu vois, quand je sais que tu m'écoutes, je perds tous mes moyens, jamais je n'ai aussi mal joué !

— Mais non, tu n'as fait qu'une petite erreur, vas-y reprends !

— Tu sais, il faudra que tu m'achètes un métronome, je ne sais pas du tout si je respecte les temps ; sois sincère, ça ressemble vraiment à du Bach ce que je joue ?

— Évidemment ! Tout à l'heure j'étais là-haut et tu jouais cet air que j'aime tant...

— *Chant du soir*?

— C'est ça ! J'aurais juré que c'était la radio.

Incrédule et contente elle fouillait mon regard. Alors je prenais sa place et tentais de déchiffrer la portée, je tirais du clavier quelques sons lamentables ; personne n'aurait reconnu *Au clair de la lune.* Mina riait.

Elle voulut suivre des cours de piano et je l'y encourageai. Je préférerais que ce soit une femme, me confia-t-elle ; je fus là-dessus entièrement d'accord. Nous n'eûmes pas le choix, il n'y avait qu'un homme d'une quarantaine d'années.

Nous convînmes avec lui que deux leçons par semaine seraient très bien pour commencer : mardi matin et vendredi après-midi. Il était assez charmant, tant pis, la santé de Mina avant tout.

Elle parut heureuse de s'y rendre ; entre deux leçons elle travailla beaucoup. La nuit des fois, doucement, elle se glissait hors du lit, un instant plus tard je l'entendais jouer en bas dans le salon. Elle avait toujours aussi peur de s'endormir, se tenait sur ses gardes. Durant quelque temps les cauchemars ne surent comment la saisir. Elle retrouva son sourire :

— Tu sais ce que mon professeur m'a dit ?

— Non.

— Il m'a dit que j'étais très douée, la plus douée de ses élèves, si je continue comme ça dans un an je pourrai jouer des petits morceaux classiques ; à la fin de chaque cours il m'apprend quelques accords de jazz, c'est sa passion, nous avons même joué un peu à quatre mains, c'était très réussi, j'aurais aimé que tu nous entendes.

Depuis si longtemps que le « nous » n'englobait qu'elle et moi, celui-ci me fit mal ; je n'y participais pas, je n'en étais que le témoin. Pour la première fois depuis si longtemps elle avait du plaisir avec quelqu'un d'autre, quelqu'un qui n'était pas moi lui apprenait quelque chose, lui donnait des rendez-vous auxquels elle se rendait avec joie ; longuement elle s'y préparait, retravaillant cent fois ses exercices ; à l'instant de me quitter je la trouvais radieuse. Avait-elle passé plus de temps à se maquiller ? Et cette minijupe en cuir qu'elle ne mettait plus depuis longtemps, pourquoi la ressortait-elle ? Elle était tellement désirable que j'en reçus au ventre une vive douleur.

Assise devant le piano sa jupe serait encore plus courte... Jusqu'où verrait-il ses cuisses ? Si longues, si dorées. Se pouvait-il qu'un homme pense encore à la musique devant une telle beauté ? Impossible ! À sa place mes mains auraient manqué le clavier ; pourtant j'imaginais les siennes caressant de façon sublime l'ivoire. Et elle, le regard sur ces mains, si intelligentes, si proches. Il devait en connaître l'immense pouvoir et observer cette légère chair de poule sur les cuisses de Mina, comme une imperceptible volupté sous l'effleurement des notes.

Ces mains fouillèrent mes entrailles ; je reconnus les dents aiguës de la jalousie. Et lorsqu'il lui disait : « Vous êtes la plus douée de mes élèves », je l'imaginais bien debout, si près d'elle, son sourire charmeur et ses yeux qui criaient : « Vous êtes la plus belle de toutes ! »

À mon tour je perdis le sommeil ; je pensais en

tournant dans le lit : « C'est moi qui l'ai poussée dans ses bras et c'est vrai qu'elle est mieux depuis. » Je retenais mon souffle pour écouter le sien : je l'entendais à peine, depuis un moment elle n'avait pas bougé, elle dormait. Alors je me disais : « Mais non, tu dérailles ! C'est la musique qui lui fait du bien, comment pourrait-elle être amoureuse de cet homme qu'elle ne connaît pas, il pourrait être son père. » Et je la revoyais devant moi quelques jours plus tôt, lorsqu'elle m'avait dit dans le noir au milieu des champs : « Je n'ai que toi au monde, que toi, si tu me quittais je serais perdue, je mourrais. »

Comment avais-je pu penser le contraire ? La soupçonner un seul instant, elle si fragile, sincère ? Mais aussitôt je pensais : « Fragile oui, justement, peut-être trop, il l'aide mieux que moi à vivre, mieux que moi il l'apaise, la rassure ; la preuve : elle dort. »

Et je faisais sur moi un tour complet. Épuisé, je m'endormais avec le jour.

Le mardi matin comme si de rien n'était je l'observais. Comment s'habillait-elle ? Je faisais semblant de balayer mais je scrutais le moindre de ses gestes lorsqu'elle se maquillait. Insistait-elle un peu plus sur les yeux ? Et son bâton de rouge à lèvres, allait-elle le laisser sur la coiffeuse comme d'habitude ou le glisserait-elle dans son sac ? Si elle embrassait cet homme, il faudrait qu'elle se remaquille avant de rentrer. Je photographiais chaque mèche de ses cheveux ; ce n'est pas en jouant du piano qu'elle se décoifferait, pas à son niveau en tout cas. Oui mais, si elle roulait vitres ouvertes ? Le rouge à lèvres était mon meilleur allié : un petit privé dans sa main ; je ne le lâchais pas des yeux.

Elle piquait mon nez d'un baiser vermeil et je la regardais descendre le perron et entrer dans la brume. Avant de disparaître la Méthode Rose sous le bras elle se retournait souriante, lançait :

— Tu veux que je te ramène quelque chose de bon ? Un framboisier, un baba ?

— Non, reviens vite, je me languis déjà !

Son bras sortait de la brume, m'envoyait un dernier baiser.

J'entendais le moteur du fourgon hennir, crachoter, vrombir. Longtemps je l'écoutais décroître et c'était le silence. Seul au milieu des bois. Le soleil perçait et je regardais ma montre : un quart d'heure pour y aller, une heure de cours, un quart d'heure pour revenir. Une heure et demie où je ne pourrais ni lire, ni dormir, ni penser, sinon à elle.

Je sortais les géraniums que nous rentrions chaque soir, balayais les terrasses. Ce qui m'aidait le mieux dans ces moments d'attente, c'était de fendre du bois. J'allais derrière la maison, retirais mon pull et je tapais comme une brute, aussi fort que sur ce coffre où j'avais éclaté mes mains pour qu'on parte en voyage.

M'aimait-elle alors plus fort qu'aujourd'hui ? Aurait-elle eu besoin de suivre des cours de musique ? Et cette angoisse qui l'étreignait, n'était-ce pas la preuve que son amour pour moi, si exclusif lorsque je l'écoutais, ne l'aidait plus à vivre ?

De tout le poids de mon corps j'abattais ma hache, les secondes volaient en éclats. Sur ma solitude je frappais comme un sourd. Quand une heure et demie s'était écoulée, planté dans le soleil d'hiver, en nage je cessais de vivre.

Combien de matinées, d'après-midi d'hiver je l'attendis ainsi, regardant les nuages courir aux quatre coins du ciel, le soleil rosir la façade puis disparaître, noircissant tout le parc ? Combien d'heures à imaginer chaque geste, chaque mot là-bas, chaque regard où je n'existais pas ? Je ne pensais qu'à elle, férocement, mais elle, tant occupée, pensait-elle à moi ?

Non, j'avais eu tort de la pousser à se distraire, à sortir ; ne la préférais-je pas plutôt tordue d'angoisse dans mes bras qu'heureuse, peut-être, dans ceux d'un autre ?

Que cette scène me paraissait belle à présent où elle m'avait crié en proie à la plus atroce douleur : « Plus fort, Léo ! Serre-moi plus fort ! J'ai tellement peur ! » Elle n'avait que moi, partout dans le monde que moi et j'étais tout pour elle, mais maintenant...

Je ne possédais comme preuve, comme indice, que la joie qu'elle avait à se rendre là-bas, ses yeux d'or si longs et sa jupe si courte, ses jambes... À vrai dire rien. Et pourtant tout. Mais n'était-ce pas le fruit véreux de mon imagination malade ? De ces deux années qu'ensemble nous avions vécues seconde après seconde, partageant chaque rire, chaque chambre d'hôtel, chaque chemin, départ, nuit sur la route, crique déserte, café italien, soleil, averse, bonheur, chaque auberge, matin, caresse, cri de douleur, chaque pépite de son corps. Tout !

La jalousie me grignota.

Dès qu'elle tournait le dos, sortait dans le parc, je bondissais sur son sac, y plongeais mon bras, fouillais. Qu'espérais-je ? Une photo de leur couple nu sur le piano ? Un mot d'amour ? Peut-être tout simplement qu'elle me surprenne et que je lâche tout. Plus elle retrouvait le calme, plus la bête en moi mordait. Un jour je n'y tins plus :

Dès que le fourgon eut disparu dans le petit chemin, sans réfléchir je m'élançai dans la broussaille, dévalai, fouetté par les branches, la colline, franchis la rivière, à toutes jambes traversai prés, champs et jardins, n'ayant pour point de mire que le clocher de Forcalquier.

Le Toyota était garé contre l'église. Je gravis la ruelle, atteignis la place où il vivait : c'était une porte ronde du XVIIIe, sculptée, blonde et cirée, ses fenêtres étaient au premier, blanchies à mi-hauteur de brise-bise. Je me noyai dans l'ombre d'un porche et j'attendis. Mon cœur était dans ma bouche, la course n'y était pour rien.

J'eus beau tendre l'oreille, aucune note de piano n'arriva ; je les savais pourtant là, dans cette longue pièce donnant sur la place, tapissée de tableaux et de livres, où la première fois il nous avait reçus. Le fracas de mon cœur couvrait-il la musique ?

Vingt minutes plus tard la porte s'ouvrit, elle apparut, je me plaquai contre la pierre, regardai ma montre : onze heures cinq. Elle était dans les temps. Elle s'éloigna.

À l'instant où je sortis il me sembla qu'un rideau bougeait à l'une des fenêtres, une ombre était derrière. La regardait-il s'en aller ? M'avait-il aperçu ? De loin en loin je la suivis. Elle entra dans une boulangerie, en ressortit mordant dans une pizza ; observer ses lèvres à présent ne voudrait plus rien dire. Un moment, elle regarda des enfants sur la place de l'église, ils jouaient au foot avec un marron. Elle alluma une Camel.

J'étais accroupi derrière une fontaine, depuis dix minutes je faisais semblant d'attacher ma chaussure. Au milieu de ses cagettes, mains sur les hanches, une épicière m'observait ; qu'importe, ce n'est pas là que nous nous servions. Elle jeta sa cigarette et monta dans le fourgon.

Une heure plus tard je la trouvai assise devant son piano ; elle parut étonnée de me voir. Je lui expliquai que j'avais eu envie de faire une balade dans les bois, mes vêtements étaient trempés de sueur ; je lui dis que c'était la rosée.

— Regarde ce que j'ai appris, me répondit-elle, assieds-toi !

Elle se mit à jouer ; son dos était mince, droit, ses jambes nerveuses agaçaient les pédales. Pour la première fois j'eus envie de la violer vraiment, de la faire crier jusqu'au sang.

Ma course à Forcalquier n'avait rien arrangé, bien au contraire, l'incertitude décuplait l'anxiété. Que se passait-il derrière ces brise-bise ?

Mina dès ce jour dut sentir mon état, elle fut plus rétive. Sans m'en rendre compte je lui posais des petites questions l'air de ne pas y toucher, scrutais ses moindres faits et gestes, réclamais d'elle plus d'étreintes, de caresses, d'amour.

— Mais qu'as-tu, Léo ? s'exaspéra-t-elle un jour revenant de son cours alors que je m'empressais de la déshabiller afin de mesurer son désir. Je ne te reconnais plus, tu es inquiet, jaloux, tu ne t'en rends pas compte mais je t'observe tu sais, depuis deux mois tu me persécutes ; tu voudrais que j'abandonne le piano ?

J'étais abasourdi.

— Mais non, Fenouil, que vas-tu chercher, balbutiai-je, je suis inquiet pour ta santé c'est tout.

Un moment elle me dévisagea :

— Tu te rends compte que le piano me fait du bien, depuis que je joue je ne fais presque plus de cauchemars, je dors comme avant, c'est toi qui ne fermes pas l'œil, tu tournes toute la nuit.

Eh oui, la nuit je tournais et sa lucidité n'était pas faite pour m'apaiser. Elle avait tout senti, tout compris, je la persécutais. Nous étions-nous trompés ? Avions-nous eu raison de tant nous isoler ? Que pouvions-nous faire à présent ? Tenter une autre vie ? Celle de tout le monde ? Non, c'était trop tard, jamais je ne pourrais me séparer de Mina.

En février nous eûmes des pointes de moins quinze, une canalisation éclata. Je priai pour qu'il fasse moins trente et que le fourgon ne bouge plus, enchâssé dans la glace. Je savais que j'avais tort, que le printemps reviendrait, pour l'instant le feu nous rapprochait, je lui faisais l'amour par terre à trois heures de l'après-midi, tordant dans mes mains son corps comme une flamme. Le cuivre de ses cheveux fouetta l'air devant mes yeux et je revis l'été, la Grèce, notre bonheur sur le sable. J'aurais aimé hurler mais le printemps revint.

Seul sur la terrasse je l'attendais, un soleil tout neuf sur la tête, la trotteuse sautant devant moi. Quand la sirène de la ville bramait, mon cœur se figeait : avait-elle eu un accident de la route ? Je courais ouvrir la radio. Gestes absurdes. Son absence m'envahissait.

Un soir nous eûmes une dispute terrible, elle éclata en sanglots. Le lendemain elle n'alla pas à son cours, ni les jours suivants. Brusquement je fus rassuré. Mais un après-midi que j'avais bêché torse nu les rosiers autour de la terrasse, je la découvris en rentrant coincée entre le mur et une armoire où jamais je n'aurais pu imaginer qu'il y ait place pour son corps. Elle était fermée et dure comme un poing, le visage sous les larmes. Sa grimace était d'une telle douleur que n'importe qui aurait cru en la voyant qu'un poignard était dans son dos jusqu'à la garde. J'avais déjà vu le drame de cette bouche tordue, de ces yeux ; je fus atterré.

À cette minute je compris que notre solitude était terminée, terminées les années féeriques. Notre bonheur s'arrêtait là, entre ce mur et cette armoire.

Cette maison rouge sous les feuilles que nous avions tant aimée au début, qui si bien avait caché notre passion, devenait je ne sais pour quelle obscure raison un piège. Notre couple était une branche de géranium qu'on a coincée en refermant la fenêtre et qui meurt doucement à l'intérieur alors que la plante s'épanouit dehors, au soleil.

Quelques jours plus tard, Mina s'inscrivit à un cours de danse africaine que donnait un jeune Noir chauve et féminin. Elle oublia complètement le piano, se passionna pour la danse, quitta la maison à n'importe quelle heure du jour pour enivrer son corps de bonds, de tam-tam et de cris.

Le soir elle rentrait épuisée, les yeux calmes. Nous mangions en silence et j'étais triste, je faisais semblant d'avaler.

— Tu ne m'aimes plus, lui dis-je.

Avec tendresse, longuement elle me regarda :

— Je t'aime comme jamais je n'ai aimé, comme jamais je n'aimerai personne, je t'aime à la folie, Léo, mais j'ai peur, nous sommes tellement seuls, tellement loin du monde... Avec toi je suis inquiète, j'ai envie de sortir, de danser, de rire, je voudrais tout oublier, être comme à quinze ans.

— Oublier quoi, Fenouil ? Notre amour ? Ton enfance ?...

Sa lèvre inférieure rentra ; ses yeux se mouillaient.

— Je voudrais tout oublier... J'ai si peur de te perdre. J'aimerais partir en voyage loin de tout et ne plus jamais rien commencer, jamais ! J'aimerais voyager chaque jour sur une terre que je ne connais pas, où personne ne me reconnaît, j'aimerais vivre sur des bateaux et dans des trains le reste de ma vie.

Le jour n'était pas encore levé que nous roulions vers l'Italie. De la brume surgirent à notre droite les Maures bleus puis le soleil parut ; l'Estérel éclata. Nous étions aussi heureux que lors de notre premier voyage, ses genoux près de moi n'avaient jamais été si émouvants. Elle regardait courir le paysage de ces campagnes encore endormies, elle fredonnait :

« Une petite cantate du bout des doigts, obsédante et maladroite *si sol do fa*, une petite cantate que nous jouions autrefois, seule je la joue maladroite *si mi la ré sol do fa...* »

Du bout des doigts je pensais à ses cuisses ; l'air était déjà doux.

« Un beau jour ou peut-être une nuit, près d'un lac je m'étais endormie, quand soudain... »

Sur les hauts de Nice la mer nous aveugla. Après la frontière nous nous arrêtâmes sur la plus proche aire de repos pour boire notre premier café italien en écoutant les routiers parler cette langue que nous aimions et que nous comprenions sans l'avoir apprise.

Heureuse elle l'était, mais de façon instable, un rien pouvait encore l'obscurcir. Je pensais à ces tunnels incessants qui hachent l'autoroute entre Menton et Gênes, elle passait de la lumière à l'ombre, de la nuit au soleil. Oui, fragile, mais je l'emportais loin de tout, dans une heure la mer lui rendrait son sourire.

Nous visitâmes Camogli, Santa Margherita et l'inoubliable Portofino. Là elle se glissa dans la mer, entre deux barques, pendant que le soleil touchait de l'autre côté du port ces minuscules façades safran. Nous prîmes le petit déjeuner sur cette place de galets où même en été pousse une fine mousse tant est profonde sous les arbres cette crique de pêcheurs. Le regard dans l'eau elle me dit :

— Avant quand je voyais un coin aussi bouleversant je me disais : c'est là que je veux vivre, c'est le plus bel endroit du monde, maintenant je sais qu'il y en a tellement que je voudrais être partout, un jour ici, un autre là.

— Nous pouvons nous renseigner, il doit bien y avoir quelque chose à louer sur ce port… Tiens choisis ta maison, on ne demande même pas le prix.

Un sourire glissa sur ses yeux.

— Mais non, Léo, que ferions-nous ici, c'est le paradis des milliardaires, il faudrait faire une banque par jour et puis il ne faut pas croire, je les ai connus ces gens, il n'y a pas plus ennuyeux ; c'est un décor, une carte postale, on ne vit pas dans une carte postale.

— Avec toi, Fenouil, je vivrais dans une enveloppe.

Un voilier quitta le port hissant ses voiles et nous grimpâmes jusqu'au petit cimetière où les morts sont les uns sur les autres dans des tiroirs de marbre, comme les boutons et les rubans dans une vieille mercerie. De la falaise, des aloès et des figuiers de Barbarie tendaient vers le large leurs doigts pointus et grassouillets.

Un couple d'Allemands me demanda de les photographier devant Portofino et je fis beaucoup rire Mina en lui expliquant que j'avais coupé bien à ras leurs têtes. Pour me remercier ils voulurent nous offrir un café mais déjà Mina s'avançait là-bas vers le phare.

Deux jours après nous dénichâmes ce que nous cherchions dans un hameau sous les châtaigniers qui dominait toute la mer, beaucoup plus bas vers le sud. Une petite maison en pierre, toute blanche à l'intérieur, cuisine et salle de bains en bas, chambre au premier. Nous la louâmes pour trois mois sans discuter. Des ânes se promenaient dans les ruelles, nous étions les premiers touristes de l'année.

Durant tout le mois de juin j'eus l'impression de revivre l'automne que nous avions passé ensemble dans la petite anse de Mimis à Corfou.

Dès le matin nous dégringolions à la plage, six kilomètres par la route en lacets, deux par un sentier sous la fougère géante et les châtaigniers ; Mina évitait dans ses sandales en caoutchouc de marcher sur les bogues ouvertes de l'hiver.

À part le week-end nous étions presque seuls ; côte à côte nous nagions vers un voilier et je m'amusais à passer sous l'ombre de sa coque en pensant au ventre d'un requin, puis j'empoignais la chaîne rouillée et je me tirais jusqu'au fond vers son ancre. Tant que je ne l'atteignais pas, je m'interdisais de remonter, parfois je glissais ainsi longtemps sur le sable et mes oreilles claquaient ; je retrouvais dans le soleil le sourire de Fenouil et la masse obscure des montagnes.

À midi nous dévorions une salade de tomates et des brochettes sous les canisses d'un restaurant de fortune qu'un couple d'Italiens installait pour la saison d'été, puis nous nous endormions dans le sable sous la pureté du ciel que je confondais dans mon trouble avec l'immensité du bonheur retrouvé.

Il y avait lorsque j'ouvrais les yeux ce long rideau de cannes jusqu'aux limites de la plage, quelques baigneurs minuscules sous le poids des montagnes violettes, au bout de mes doigts ton corps poignant.

Ils surgirent tous les quatre alors que le soleil déclinait, nous étions aux premiers jours de juillet et la plage avait été plus bruyante. Venaient-ils de la route ? Sortaient-ils de la mer ? Je ne m'en souviens plus. Ils s'accroupirent devant nous, leurs corps étaient encore blancs et l'une des deux filles nous dit sans façon qu'ils avaient une envie folle de nous connaître, qu'ils nous observaient depuis la veille et que nous n'étions vraiment pas comme les autres, que nous donnions l'impression de nous isoler, de ne voir personne, la preuve : nous ne les avions même pas remarqués alors qu'ils parlaient de nous depuis des heures. Elle dit aussi à Mina que c'était la plus belle femme de la plage et même qu'elle ne se souvenait pas en avoir vu d'aussi jolie au bord de la mer. Elle dit cela sans la moindre gêne, le regard dans le ciel.

J'en ressentis un profond malaise. Mina ne portait qu'un minuscule triangle de tissu noir, de petits ananas et bananes en plastique étaient accrochés au cordon sur ses hanches. Je le lui avais acheté sur l'autoroute et je m'en mordais les doigts. Il élançait, si cela fût encore possible, ce corps vertigineusement long et plein.

Ils nous invitèrent à dîner dans l'unique restaurant du port où ils passaient leurs vacances, à cinq kilomètres de là. Je n'eus pas l'à-propos ni le courage de refuser, pourtant j'avais senti aux premiers mots de cette fille que la douleur me rattrapait, là ; un groupe d'enfants qui parle déjà d'amour avant de se connaître.

Oui, j'avais perçu dans cette voix, dans ce regard, tout le poids du désir et de l'amour qui rôdait autour de nous dès que nous nous approchions du monde.

J'aurais aimé d'un geste les envoyer tous les quatre au néant de la mer, à jamais les y engloutir, mais peut-être n'est-ce qu'un effet de la mémoire ; aurais-je pu alors me douter des ravages que causerait une irruption si candide et si brusque ?

Nous nous installâmes dans la véranda, grande ouverte sur le large, de ce petit restaurant aux confins du port. C'était le troisième été qu'ils venaient là à moto d'Aix-en-Provence, ils y passaient tout juillet et je m'aperçus aux bonsoirs qu'ils recevaient et lançaient de notre table que tout le monde ici les connaissait.

— Nous ne sommes pas deux couples, nous annonça la fille qui avait parlé jusque-là, non, seulement quatre amis, nous louons une maison dans la campagne aixoise et nous nous entendons si bien que nous ne pouvons même pas nous séparer l'été ; et vous ? demanda-t-elle s'adressant à Mina.

— Nous nous entendons si bien que nous ne pouvons pas nous séparer une seule minute, répondis-je.

— Oh ! Faites attention, me lança-t-elle éclatant de rire, c'est parce qu'elle ne connaît pas encore Fabrice, attendez quelques jours, vous verrez, aucune femme ne lui résiste.

Je compris à l'instant qui était Fabrice, timide il baissait les yeux, il paraissait plutôt ennuyé de ce qu'elle venait de dire. Je n'avais pas attendu cette phrase, cette menace, pour me rendre compte qu'il était d'une exceptionnelle beauté, ces mots et ce rire si sûrs d'eux-mêmes, ne venaient qu'en hurler le danger tel le cri d'une sirène sur les toits bien après qu'on a assisté à l'accident. Ces mots me firent plus mal que ce que j'avais pressenti, ils en étaient le laconique résumé, la sentence.

D'autant plus beau ce Fabrice que l'autre était laid d'une rare laideur. D'immenses oreilles violettes servaient d'anses à un visage en coup de rasoir dévasté par la variole, sa pomme d'Adam montait et descendait sans répit comme un ascenseur extérieur. Une trogne à sortir tout droit de Sing Sing.

Le repas terminé ils nous entraînèrent dans une boîte de nuit. Nous les suivîmes en fourgon sur une route qui longeait les caprices de la côte. Ils n'avaient que deux motos, les filles étaient sur l'une, les deux garçons sur l'autre. De temps en temps ils se retournaient pour régler leur allure. Comment leur fausser compagnie ? Je n'avais pas pu refuser de les suivre, Mina semblait si gaie.

— Tu ne trouves pas qu'ils sont très sympathiques, c'est rare une telle générosité, et cette franchise, cette façon naturelle qu'ils ont eue de nous aborder, c'est une chance que nous les ayons rencontrés.

— Oui, marmonnai-je, ils n'ont pas l'air mal.

Je n'avais qu'une envie : prendre la première à gauche et m'enfoncer dans les bois.

La boîte était minuscule, bourrée ; à leur suite nous nous frayâmes un passage jusqu'au bar où ils commandèrent une bouteille de whisky et deux de Coca. Toutes les tables étaient prises et ils foncèrent sur la piste pour danser. Ils ne purent remuer que leurs bras dans la lumière rouge et verte enfumée. Serrés les uns contre les autres, ils riaient, Mina semblait la plus heureuse ; elle me fit un signe et mon ventre se mit à gronder.

J'aurais dû l'emmener en Afrique, me dis-je.

De temps en temps ils venaient prendre un verre, repartaient, à tour de rôle ils m'invitèrent à les rejoindre et je répondais : « Trop de monde, trop chaud. » La musique à tue-tête balayait mes paroles.

J'aurais bien aimé sortir respirer l'air frais mais je ne voulais pas la quitter des yeux, j'avais peur qu'ils ne profitent de sa joie pour la serrer, pour l'embrasser.

Ai-je été trop jaloux ce soir-là ? Aurais-je dû la laisser s'amuser jusqu'au matin et aller me balader sur la plage ? Sans doute. Comment aurais-je pu, malade comme j'étais déjà.

Vers deux heures du matin je lui dis que je tombais de sommeil, que je voulais rentrer.

— Rentre, me répondit-elle caressant mes cheveux, ne t'en fais pas ils me raccompagneront.

— Non, tant pis j'attends, je ne veux pas qu'il t'arrive un accident.

Elle haussa les épaules et retourna sur la piste. Une minute plus tard son visage rayonnait.

Lorsque le jour se leva ils nous entraînèrent, plutôt je les suivis, vers le four d'un boulanger où ils dévorèrent pains au chocolat et croissants chauds. Je me forçais à sourire, jamais la nuit ne m'avait paru si longue.

J'étais d'autant plus mal à l'aise qu'ils ne m'adressaient presque plus la parole, j'étais le trouble-fête, le vieux jaloux qui surveille son bien. Nous n'étions pas six, mais cinq plus un. Elle était avec eux.

Nous nous séparâmes sur le port et j'aurais pu être heureux à cet instant marchant avec Fenouil vers le fourgon, seuls enfin tous les deux alors que le soleil dorait doucement la coque des voiliers, s'ils ne s'étaient donné rendez-vous l'après-midi sur la plage.

Nous rentrâmes chez nous sans un mot, l'irritation et la joie se disputaient son regard qui resta fixé sans les voir sur les lacets de la route. On se coucha et, me tournant le dos, elle s'endormit à l'instant; son souffle régulier du moins me le fit croire. Elle n'avait pas envie de rompre avec le charme de sa nuit.

Je regardais le plafond où les volets jetaient de doux traits bleus et je pensais avec douleur que l'été venait à peine de commencer.

J'eus beau traîner pour me préparer et conduire

le plus lentement possible, ils nous hélèrent agitant leurs bras dès que nous mîmes un pied sur le sable. Ils occupaient la place où nous nous installions tous ces beaux jours de juin.

— Vous ne devez pas manquer de sommeil, lancèrent-ils, cinq heures, dépêchez-vous elle est bouillante !

Aussitôt saisissant Mina ils entrèrent au galop dans les vagues, s'éclaboussant de rires ; son corps surgit entre toutes ces mains, ses seins noirs piquaient l'écume. Comment auraient-ils pu résister ? Elle lança ses cheveux en arrière et ils fondirent sur elle, toute la plage était fascinée. Je m'effondrai sur ma serviette. Même les enfants la regardaient le geste arrêté.

Jusqu'au soir ils entrèrent et sortirent de l'eau en riant, ils venaient s'étendre côte à côte. J'étais à l'extrémité du groupe, Mina était entre eux et moi, mais son visage était beaucoup plus souvent tourné vers eux que vers moi. Par-dessus les corps j'observai Fabrice : vraiment beau. Ses yeux étaient fixés sur elle. Il surprit mon regard, gêné il mit ses lunettes noires.

Quand le soleil toucha la mer, ils nous proposèrent comme la veille d'aller ensemble au restaurant et elle accepta avant que j'aie pu ouvrir la bouche.

Pendant tout le repas je ne desserrai pas les dents mais plus personne ne faisait l'effort de m'adresser la parole. Fabrice avait gardé ses lunettes noires sous les ampoules multicolores de la véranda, et, comme sans arrêt je surveillais les yeux de Mina, elle mit les siennes. La jalousie m'étouffa.

Je savais que le repas terminé ils nous entraîneraient en boîte, qu'elle sauterait de joie ; je n'y tins plus, dès que le garçon eut apporté l'addition je lui dis :

— Je vais faire un petit tour sur la jetée, tu viens ?

— Non, vas-y, je finis mon café.

— Bon, je t'attends puis on fera le tour du port, la nuit a l'air très douce.

— Mais non, ne m'attends pas, vas-y, Marthe me raconte une histoire incroyable.

L'agacement décalait sa voix ; c'est à peine si je la reconnus. Me tournant le dos elle alluma une Camel.

Mon exaspération éclata, entre les dents je sifflai :

— Tu ne m'as pas adressé la parole de la journée, tu pourrais quand même faire trois pas avec moi, ce n'est pas l'enfer le bout de la jetée !

Pour éviter un scandale elle se leva.

Jusqu'au phare nous marchâmes côte à côte, j'avais un peu honte d'être si exclusif et je ne savais pas par où commencer. La mer s'était levée, on entendait le fracas sourd et régulier des vagues sous les blocs de pierre. Nous croisâmes un couple d'amoureux qui se tenaient par le cou, leurs yeux étaient au bout du monde. J'eus l'impression que c'était nous un ou deux ans plus tôt. Depuis la veille cent fois j'avais failli lui dire : « Tu ne m'aimes plus. » J'avais trop peur de la réponse, de ce qui s'ensuivrait. Je lui dis :

— Asseyons-nous face à la mer, on est bien un peu seuls tous les deux.

— Je n'ai pas envie de m'asseoir, tu m'as dit un tour, faisons un tour.

— D'accord mais on peut s'asseoir un moment tous les deux, tu as passé la journée avec ces gens qui ne racontent que des bêtises, toi qui es si intelligente d'habitude comment fais-tu pour les supporter, je ne te reconnais plus.

— Moi non plus, Léo, je ne te reconnais plus, tu es de plus en plus jaloux, soupçonneux, tu ne me lâches pas d'une semelle ; tu ne les aimes pas parce que tu vois que je suis bien avec eux, que je m'amuse, que...

— Mais tu es aveugle, Mina, tu ne vois pas qu'ils meurent tous d'envie de profiter de toi, qu'ils n'en veulent qu'à ton corps, tu ne vois pas toute la journée le manège de ces deux lesbiennes, elles sont rivées à tes fesses et le bellâtre il met des lunettes noires pour cacher ses yeux.

Elle était debout entre la lune et moi, je vis son corps se raidir.

— Si tu te voyais, Léo, ta bouche est tordue de haine, tu dis des horreurs que tu ne penses pas, tu essaies de m'humilier parce que je suis heureuse, oui, Léo, j'ai envie de rire, de danser, j'ai envie de voir du monde, de ne pas rentrer de la nuit, je suis bien avec eux parce qu'ils sont sympathiques, ils ont envie de rire et ils sont généreux !

— Et nous alors ? Et notre amour ? Tu n'as pas été heureuse avec moi !

— Je t'ai aimé à la folie, je t'aime encore mais les choses changent, on évolue, nous ne pouvons pas passer notre vie à nous cacher, à sauter d'une crique déserte au fin fond d'un bois, il arrivera bien un jour, si ce n'est pas demain c'est dans dix ans, où nous ne nous verrons plus à force de nous voir, alors ce sera encore pire, nous aurons vieilli et nous aurons peur des autres, de tout ce qui bouge, de ce qui fait la vie.

— Mais ma vie c'est toi, Mina ! C'est avec toi que j'ai envie de rire, de danser, de rouler dans la mer ! Partons en voyage, partons où tu veux, maintenant ; l'Afrique ! Je suis sûr que tu serais folle de joie en Afrique, ne nous arrêtons plus nulle part, faisons le tour du monde et après nous verrons. Viens, Mina, on va rouler toute la nuit, demain on sera en Sicile et après hop, l'Afrique ! Viens on boira des cafés toute la nuit, je veux que tu voies le soleil se lever sur Palerme.

J'attrapai ses bras, l'attirai contre moi. La fouettant le phare incendiait ses yeux. Je mourais d'envie de la serrer, de la broyer, de l'embrasser doucement dans le cou comme on pose son visage dans un champ de violettes. Elle me repoussa.

— Non, Léo, tu ne comprends pas, je n'ai pas envie d'être seule avec toi en Afrique ou ailleurs, je veux entendre du bruit, parler, qu'on me regarde, j'ai vingt-deux ans, je suis bien avec eux parce qu'avec eux j'oublie tout. Aïe !

Elle jeta son mégot, elle venait de se brûler.

— Tu es trop anxieux, Léo, trop sauvage, tu passes ta vie dans tes romans noirs, tu ne veux voir personne ; je te le répète, Léo, je t'aime mais tu me rends anxieuse moi aussi, tu m'angoisses, il faut me laisser sortir !

Je me sentis plus seul, plus sombre que le gouffre qui soufflait dans mon dos. Je ne reconnaissais plus ce port, ce phare, ces montagnes, ce restaurant là-bas où ils nous attendaient jubilant de notre dispute, sachant très bien qu'elle vaincrait, qu'ils étaient la beauté, la joie de vivre, et moi un esprit noir.

— Viens, me dit-elle doucement, ce n'est pas très poli, ils nous attendent.

Et je la suivis.

Nous nous retrouvions tous les jours sur la plage, de plus en plus tôt, jusqu'au lendemain matin nous ne nous quittions plus, enfin... Ils ne se quittaient plus, je vivais à côté de leur groupe, muet, sans les lâcher des yeux. Fabrice ne savait pas nager, chaque jour Mina le conseillait, l'entraînait un peu plus loin où il n'avait pas pied, lui tenait le menton, le ventre. Leurs sourires glissaient sur l'eau et j'étais malheureux. Ils venaient s'allonger sur le sable et derrière leurs lunettes de soleil qu'ils n'enlevaient plus je savais qu'ils se regardaient. S'aimaient-ils? Étaient-ils seulement attirés l'un par l'autre à cause de l'été? À sa place j'aurais été fou de joie, fou d'amour. Comment le lui reprocher? Je ne pouvais que le haïr. Il ressentait ce que j'avais connu deux ans plus tôt lorsque nous nous étions rencontrés et qu'elle était venue un matin dans ma chambre dévoiler sans un mot son corps fabuleux. Allait-elle lui offrir ce qu'elle m'avait offert? Mon ventre flambait. Plutôt mourir que répondre oui.

Je savais que Mina avait besoin de liberté, le

seul moyen de la garder eût été de la laisser faire, de fermer pendant quelque temps les yeux sur ses folies. Oui, tout ça je le savais et sans aucune hésitation je l'aurais conseillé à tout autre : « Laisse-la faire ses quatre cents coups c'est l'été, fin septembre elle t'aimera comme jamais. »

Mais c'est à moi que cela arrivait, la laisser une seule nuit dans les bras d'un autre, imaginer qu'un autre pût l'embrasser, la dévêtir, la faire crier, pas une seconde je ne pouvais m'y résigner.

Il y avait un peu plus loin sur la plage le court de tennis d'un hôtel derrière une haie. Je lui disais :

— Je vais voir un match, à tout à l'heure.

C'était un moyen de lui faire croire que je la laissais seule, que j'étais moins jaloux. Je m'éloignais sous le soleil d'une démarche désinvolte ; je faisais semblant d'observer avec intérêt des corps bronzés de femmes, toutes me paraissaient laides. Je tentais un sourire, aucune ne me répondait. Ah ! pensais-je, si Mina était à ma place et que je la délaisse, elle n'aurait pas fait trois pas seule que la plage entière ramperait. Quelle injustice ! Je me sentis encore plus seul.

Je m'asseyais au bord du court et j'écoutais le claquement des balles ; je ne regardais ni les joueurs, ni leurs coups, je pensais à elle là-bas. Le soleil était brûlant et je ruisselais, au bout de quelques minutes je n'y tenais plus, il fallait que je la voie. Que faisait-elle seule avec lui ? Je me glissais derrière la haie, écartant légèrement une branche de cyprès je les repérais à droite de la buvette. Si leurs serviettes étaient vides je cherchais dans l'eau. Je pris l'habitude de les identifier au premier coup d'œil : il était mince, grand, ses cheveux sombres et bouclés avaient sous la lumière l'exacte couleur de son maillot. Sa peau naturellement claire rosissait à être vue de loin, d'ici quelques jours le soleil soulignerait ses yeux verts et j'en étais malade. Elle, je l'aurais reconnue même si n'était sortie de l'eau qu'une seule de ses mains.

Ils nageaient, revenaient, s'offraient à boire. Tout le monde devait les prendre pour un couple. Quel couple ! Ils auraient pu, si beaux, être frère et sœur. Jamais en mon absence il ne tenta de l'embrasser. Était-il si malin ? La tête dans les cyprès j'étais perplexe.

Parfois, à force d'observer, la plage se troublait, c'est moi alors que je voyais là-bas jouant dans l'eau avec elle, à Corfou ou dans la solitude de cette rivière que nous avions découverte à quelques kilomètres de notre maison rouge, et j'entendais sous les saules, dans le murmure du courant, sa voix rieuse surprendre un instant le silence de la garrigue : « Prends-moi sur tes épaules pour plonger ! Accroupis-toi dans l'eau !... Tu crois qu'on peut s'embrasser dans l'eau sans boire ?... Si je bois, tu me lâches tout de suite ? Attends, laisse-moi respirer... »

Et c'était de ce coin désert de la terre, par un de ces après-midi torrides de juillet que me parvenait, mêlée au bruit de l'eau, la voix si simple du bonheur.

Un enfant passait et faisait « Boouh ! », je retirais ma tête des cyprès.

Je revenais m'asseoir dans le soleil et longtemps

l'esprit là-bas, j'écoutais les balles, leur choc mat, régulier, quelqu'un disait : « 15-40… Égalité… Deux balles… » Quelquefois des gens applaudissaient. Je ne me souviens d'aucun visage, étaient-ce des adultes ou des enfants qui jouaient ? Des hommes ou des femmes ? Ne me reviennent que ce bruit de balles, une immense sensation de chaleur. Ce bruit n'était-il pas celui des gouttes de sueur qui tombaient de mes bras sur le fauteuil de plastique blanc ?

Il y avait soudain le silence et le court était vide ; sur la terre rousse l'ombre des cyprès glissait vers moi. Combien de temps s'était-il écoulé où je n'avais eu devant les yeux que son visage ?

Le soir nous allions dans cette boîte où j'avais l'espoir, tant elle était bourrée, qu'on ne nous accepterait pas, mais ils s'insinuaient et après nous encore des flots de gens, des bandes entières qui surgissaient en riant des profondeurs de la nuit. Dès qu'un tabouret se libérait près du comptoir je m'y perchais, de là je dominais la piste ; quelquefois je ne trouvais qu'un pouf dans un coin, je m'effondrais dans la marée des gens. Où était-elle ?

À tirer jusqu'à l'aube ces nuits interminables, le whisky m'aida bien. Par éclats j'apercevais son corps à travers le treillis d'autres corps ruisselants, la rondeur soyeuse, parfaite de son genou, la tension du tissu sur les fesses et le ventre, la liberté d'un sein émouvant et pointu, pas plus gros que le creux de la main, par l'échancrure de l'une de ces chemises d'homme qu'elle achetait par dizaines à la fripe. Sa peau… L'idée seule d'y poser le bout de mon doigt me bouleversait. Seul depuis deux ans je l'avais frôlée, pétrie, violentée, mordue, et maintenant? Je n'en voyais que les éclats offerts à tous sous la lumière tour à tour rouge et vert menthe.

Je mettais dans mon verre à mesure que la nuit coulait, de moins en moins de Coca et beaucoup de whisky, quand la piste tournait trop vite devant mes yeux je me frayais vers la porte un passage. Ivre mort je n'aurais pu tomber tant était compact cet amas de chairs. La nuit me recevait comme la mer de Chine.

Au petit bonheur je dérivais dans des ruelles qui toutes invariablement me jetaient sur le port. La nuit devait être douce, partout des couples s'enlaçaient, sous les palmiers de la promenade, assis sur des bancs, certaines filles étaient perchées sur le capot d'une voiture, les jambes croisées, les bras autour du cou d'un garçon. J'en trouvais jusqu'au bout des pontons, allongés sur les planches, je leur aurais marché dessus si en riant ils ne m'avaient alerté. Parfois je tirais une barque, un petit voilier, je sautais dedans et me couchais sous le ciel; les agrès cliquetaient, j'entendais autour des mots d'éternité et des rires d'amour. Je posais ma tête sur la paume de mes mains et le whisky tout à coup m'emportait, je lançais des mots dans la nuit afin que me reviennent des rires étouffés. Je n'étais plus seul, sous les étoiles je souriais.

Lorsqu'un fil d'argent courait au loin sur les montagnes je revenais vers toi. Des groupes entraient et sortaient toujours, portés par la nuit d'été. Ils allumaient une cigarette, se sautaient dans les bras, s'embrassaient jusqu'à ce que le soleil vienne frapper leurs yeux, beaucoup revenaient du four avec des sachets remplis de croissants. Il me semblait alors que l'italien n'était qu'un cri d'amour et sous le ciel pâli des rues, secrètement, je comprenais ta fièvre, Mina.

Dès que j'apercevais la lumière encore rouge de l'entrée, mon ventre se serrait, la musique assombrissait le port, le whisky me quittait et je regardais l'image souriante de l'enfer.

Un jour tous voulurent quitter la boîte avant l'aube. Sur le port il faisait encore nuit et Mina ne se décidait pas à grimper dans le fourgon. Brusquement elle dit de cette voix rapide, sans appel, qu'elle adoptait avec moi depuis quelque temps lorsqu'elle était gênée :

— Fabrice, je monte avec toi, j'ai envie de rouler à l'air libre ; tu peux y aller, Léo, nous te suivons !

Connaissant ma réponse, mon silence, elle évita mes yeux, en un clin d'œil elle fut en selle. Le grand échalas prit place près de moi. Le cœur saignant je démarrai. Tout de suite nous attaquâmes la dentelle de la côte, je ne lâchai pas le rétroviseur. À quelques virages derrière nous je suivais la danse des motos, leurs phares éclataient et disparaissaient dans la pénombre. Mon cœur mourait et repartait au rythme de ces deux lumières et je m'y raccrochais comme au dernier hoquet d'une source avant qu'elle ne tarît. Si l'une des deux se fût éteinte, emportée dans la nuit, aurais-je eu la force de ne pas m'y laisser engloutir ? Sur la gauche en bas, un chemin d'écume longeait la falaise.

Dans l'obscurité de la cabine verdie par la lueur

du tableau de bord, son profil grêlé se découpait verrouillé par la peur. Sans oser les regarder, il savait mes yeux noyés dans le rétroviseur ; tout à côté, le gouffre.

Je pensais au corps de Mina plaqué contre Fabrice, à ses bras serrés sur son ventre, à ses mains.

Les deux phares se rapprochèrent, bondirent, j'entrevis à l'instant où ils me dépassaient la jambe de Mina nue jusqu'en haut de la cuisse. Malgré le casque ses cheveux volaient. Ils ne faisaient qu'un. Je vis son dos se pencher, frôler la route, et elle disparut. J'appuyai à fond sur l'accélérateur.

Sa voix chevrota près de moi.

— J'ai jamais vu une route si dangereuse, à chaque virage on risque la mort.

Je ne répondis pas. Mes phares encore un instant capturèrent leurs feux quelques boucles plus loin, puis il y eut deux points rouges là-bas qui surgissaient et rentraient dans le noir. Plus rien, le noir.

Ils valsaient maintenant serrés l'un contre l'autre, seuls sur ce ruban à peine plus clair que la nuit. Le vertige qui la grisait me fit plus mal que tout ce que j'avais vu jusque-là, plus mal peut-être que s'il lui avait fait l'amour devant moi. Il ne la touchait même pas et je pensais : « Il la rend folle ! »

— Tu ne voudrais pas ralentir un peu, j'ai mal au cœur, balbutia-t-il.

— Moi aussi, répondis-je.

J'accélérai.

Ils nous attendaient sur la petite place du village où nous habitions. Je garai le Toyota et sans un mot je montai me coucher. Pendant dix minutes je les entendis parler sous les fenêtres mais le bruit de la fontaine brouillait leurs voix. De temps en temps ils éclataient de rire et j'avais l'impression ensuite qu'ils parlaient plus bas.

Il y eut un moment de silence, je crus qu'ils s'embrassaient. Je sautai du lit et me précipitai vers la fenêtre, au même instant les moteurs vrombirent, déchirèrent la nuit et les motos plongèrent dans la pente.

J'entrouvris un volet : la place était déserte. En bas, j'entendis Mina entrer dans la salle de bains, elle fit couler la douche. Le ciel sur la mer pâlissait, juste sur le village s'étirait un long nuage d'or rose. Une journée encore où il ferait beau et où je souffrirais.

Me parvenait toujours le rugissement des motos qui attaquaient les virages loin sous les châtaigniers. Si au moins un cochon avait pu traverser, ou un âne.

Elle monta l'escalier et je me glissai sous les draps. Nous demeurâmes un long moment allongés côte à côte sur le dos, sans nous toucher. Sans un mot nous regardions comme chaque matin le jour dessiner au plafond ses cages bleues. J'avais la sensation d'être son père, de passer ma vie à la surveiller, à l'épier, à faire les yeux durs à une gamine qui ne pensait qu'à flirter, à tromper ma vigilance. Voilà ce qu'était devenu notre amour, le plus bel amour du monde. Un père jaloux du bonheur de sa fille.

Je sentis qu'elle allait s'endormir et j'eus peur de toutes ces heures de silence où les yeux ouverts je serais seul. Je lui dis :

— Alors tu l'aimes.

Elle se souleva sur son coude, fixa mes yeux.

— C'est une obsession, tu me persécutes. Tu ne vois pas comme il est fragile, c'est un enfant, il ne sait même pas nager.

— Tsss, il joue la comédie pour t'attendrir et tu pites, c'est un sournois oui, il n'ose pas me regarder en face, dès que j'arrive il met ses lunettes.

Un coup de reins l'assit sur le lit.

— C'est toi qui es malade de jalousie, il garde ses lunettes parce qu'il est timide, il a peur de toi, tu ne vois pas ta tête quand tu le regardes, moi-même j'ai peur !

À mon tour je m'assis.

— Que faut-il que je fasse pour que tu m'aimes ? Que j'aie l'air d'un niais ? Que je fasse semblant de me noyer ? Tu préférerais que…

— Cesse de dire des bêtises ! tu sais bien que je t'aime, quand tu te mets dans ces états j'ai envie de partir !

— Oh ! je sais, tu serais trop contente de partir avec lui, tu crois que je n'ai pas vu comment tu le serrais, vas-y, fais tes bagages ! Va-t'en !

Le drap vola à travers la chambre, elle fut sur ses pieds.

Je la sentis si résolue que je me contentai de soulever les épaules. Elle sortit en claquant la porte. Je restai assis, l'oreille tendue. Que faisait-elle en bas ? Préparait-elle ses affaires ? Aucun bruit ne me parvint. Son sac de voyage était au pied du lit. Elle avait dû prendre un livre ou s'asseoir sur le seuil pour fumer.

Tout était dit. Je ne pouvais désormais ni lui interdire de les voir, ni l'obliger à me suivre, elle fût partie sur-le-champ. Attendre... Attendre qu'il s'en aille au diable, que juillet se termine et qu'enfin seuls, elle oublie sa folie, que le temps lentement me la rende.

Ah ! Comme alors je la gâterais ! Nous découvririons ensemble des petits restaurants où il n'y a que des tables pour couples qui ne voient que leurs yeux. Nous sauterions de crique en crique, nus jusqu'au bout de l'arrière-saison nous roulerions dans le sable, je mordrais ses seins et peut-être, peut-être m'aimerait-elle encore assez pour partir avec moi en Afrique où loin de tout je ne craindrais plus rien.

Juillet s'acheva. Leurs adieux ne furent pas bouleversants comme je l'avais craint les derniers jours. Sur le port ils s'embrassèrent, les moteurs grognèrent et des bras s'agitèrent jusqu'au bout de la promenade où mon cauchemar disparut sous le dernier palmier. J'étais resté un peu plus loin sur un banc et il m'avait semblé que des copains se quittaient à la fin des vacances, qu'ils s'écriraient une ou deux fois en septembre, puis viendrait l'automne et chacun serait pris par la vie.

Je m'apprêtais à être heureux. Tout avait été si simple. Cette heure que je redoutais tant n'avait même pas troublé le matin. Elle revenait vers moi et j'allais lui dire, contenant ma voix :

— Tu as un peu de chagrin c'est normal, viens nous allons rouler sur la côte, à midi nous mangerons du poisson et ce soir on dormira où tu veux.

Elle était devant moi, ses yeux étaient sans larmes. Elle me dit :

— Je vais rentrer en France.

Le port chavira.

Elle me parla de train. Le soleil brûlait mes yeux, j'étais comme un aveugle sur un banc qui ne voit que sa solitude. J'eus envie de la battre, en criant je lui dis que non, nous étions partis ensemble, nous rentrerions ensemble !

Deux heures après nos bagages étaient prêts et nous quittâmes le hameau sous les châtaigniers et cette marine où j'avais tant souffert, où j'aurais tant aimé rester seul avec elle.

De ce retour ne me revient que ce soleil que nous eûmes en face à partir de Gênes et qui nous aveugla jusqu'à la frontière à la sortie de chaque tunnel. Un soleil blanc comme le silence qui maintenant nous entourait. La nuit tomba sur Menton et toutes les voitures s'engouffrèrent sans ralentir dans les couloirs déserts des péages où on pouvait lire de loin sur les cabines vitrées : *En grève.* Pas une fois nous ne nous arrêtâmes pour boire un café tant j'avais peur, immobile, de me mettre à pleurer.

Il y eut l'Estérel, les Maures, tout n'était plus que nuit. Deux mois plus tôt, si près de moi sur cette route, elle chantait Barbara les jambes repliées sous elle. J'espérais qu'un camion débouche et qu'on ne le voie pas.

À minuit mes phares balayèrent le parc de la maison rouge. La nuit était en fleur. Partout croulaient des arbustes blancs, violets, et je pensais un instant qu'elle ne pourrait pas laisser ces herbes d'un été étouffer des massifs qu'elle avait tant chéris.

Les volets étaient clos et personne n'était venu sur la terrasse où des centaines de roses avaient neigé. À retrouver soudain tous ces parfums de l'été dernier, je la sentis près de moi incertaine, elle posa son sac, contempla la nuit, fit un pas, approcha son visage d'une rose et comme si ce qu'elle retrouvait eût été insoutenable, sans ramasser son sac elle tira le volet que nous n'avions fait que pousser en partant et disparut dans la maison.

Quand je la rejoignis quelques minutes plus tard dans la salle de bains son visage était calme... Trop calme. Elle faisait avec un coton et un pot de crème bleu les gestes de chaque jour. Il n'y avait plus rien sur ce visage de l'émotion qu'avaient soufflée dans le parc les parfums de la nuit.

— Le temps que tu te démaquilles, je vais défaire les bagages.

— Ne range que tes affaires, me répondit-elle passant un morceau de coton sur sa paupière gauche.

— Comment ça ? fis-je, refusant de comprendre ce que je savais trop.

Elle jeta le coton dans la corbeille, me fit face, prit un grand moment pour capturer mes yeux.

— Je t'en prie, Léo, tu sais très bien ce que je veux dire, c'est toi qui as voulu rentrer avec moi, j'aurais dû prendre le train.

— Et alors, nous sommes rentrés, nous sommes chez nous, où trouveras-tu une maison attachante comme la nôtre ? Tu as vu le parc ? Ce sont tes fleurs, tes arbres ! Tu voudrais tout laisser mourir ?

— Cette maison n'est pas à nous, c'est une folie d'y être restés si longtemps, tu peux y vivre si tu veux, tu en sais autant que moi sur les fleurs mais je préférerais que tu ailles dans une ville, que tu rencontres des gens, tu ne t'en rends pas compte, tu refuses de le voir, tu as besoin autant que moi de rencontrer des visages nouveaux, et de te faire des amis. Je serais trop triste de te savoir seul dans ces bois.

À chaque mot qu'elle prononçait ma gorge se serrait ; elle ne disait pourtant que ce que je savais depuis le matin. Maintenant j'étais là, devant elle, les bras vides.

— Tu veux aller à Aix, ils t'attendent, c'est pour ça que vous vous êtes quittés si rapidement ce matin ? Et nous, Mina ? Ces années de bonheur ? Tout ce que tu m'as dit, cette maison, nos voyages ? Ce n'est pas possible ! Dis-moi que ce n'est pas vrai, Mina ! Dis-moi que tu m'aimes ! On ne peut pas avoir fait tout ça pour rien.

— Ne m'oblige pas à te faire plus de mal, Léo, ne nous déchirons pas. J'ai besoin de partir quelque temps. Peut-être que si tu m'avais laissée seule quelques fois cet été nous n'en serions pas là… J'ai besoin d'être seule, tu ne le comprends pas ?

Mes mots ne sortaient presque plus.

— Je t'ai laissée seule sur la plage, Mina, pendant des heures j'allais voir jouer au tennis, tu faisais ce que tu voulais.

— Ne joue pas sur les mots, pas un seul soir je ne suis sortie seule, tu avais horreur de cette boîte mais tu passais tes nuits à m'épier.

Elle enleva son tee-shirt, força pour retirer son jean ; rapidement, afin de ne pas accroître mes souffrances elle enfila son kimono. Elles les avait accrues. Ses petits seins qui désormais ne m'appartenaient plus, qu'un autre demain presserait, mordrait, ce ventre que Fabrice frôlerait de ses cheveux bouclés... Devant ce corps qui crierait loin de moi, j'éclatai en sanglots.

Ma bouche se tordit, des larmes noyèrent avec tant de force mes yeux que je ne pus les contenir. Tout de suite je sus que j'attendais ça depuis longtemps, depuis tous ces mois où je m'étais retenu ; maintenant je braillais comme un gosse et les larmes inondaient mon visage. De les sentir ruisseler sur mes joues accentua ma douleur, c'est une sensation que j'avais oubliée depuis l'enfance, les larmes appellent les larmes. Je les laissai sortir.

Je sentis sa main se poser sur ma tête, caresser mes cheveux.

— Moi aussi, Léo, je souffre... Pleure, vas-y, ça te fait du bien.

— Mais non... Ça me fait mal !

Je me laissai glisser contre le mur entre la fenêtre et le lavabo. Elle s'accroupit devant moi.

— Je sais que tu as mal mais si nous ne nous quittons pas maintenant ce sera pire plus tard, on ne peut pas vivre comme des loups.

— Essayons encore un peu, je te laisserai sortir tant que tu veux... Ne brise pas un si grand amour, reste, Mina, sans toi je ne suis rien.

Mes mots éclataient dans des bulles; elle pressa ma tête sur ses seins. J'aurais donné ma vie pour qu'elle me garde là jusqu'à la fin de la nuit.

— Attends! me dit-elle.

Elle se dressa, fouilla sur une étagère, remplit un verre d'eau, revint près de moi.

— Tiens, prends ça. J'en prenais quand je ne dormais pas, c'est léger et très efficace, tu vas dormir comme un bébé.

Elle me tendit un petit cachet blanc. Je l'avalai.

— Viens, me dit-elle prenant ma main, on va se coucher maintenant.

Je la suivis dans notre chambre, mes jambes tremblaient. Elle se glissa sous le drap; nue elle vint contre moi.

Je fus plus ému que la première fois, plus ému que jamais au bonheur de son souffle, de sa peau. J'avais fait un cauchemar; elle ne pouvait pas me quitter puisqu'elle était là, bouillante contre moi, si tendre soudain.

— Serre-moi! lui dis-je.

Elle me serra.

— Plus fort!

Elle me serra plus fort.

— Étouffe-moi, Mina, dis-moi que tu m'aimes encore!

— Je t'aime, Léo.

— Combien de temps tu vas partir?

Il y eut un silence.

— Je ne sais pas, Léo, je t'aimerai toujours.

Le feu des larmes glissa sous mes paupières. Dehors sifflait la nuit d'été. La nuit sauvage.

Lorsque j'ouvris les yeux, elle n'était plus là. Une goutte d'or illuminait son oreiller à l'endroit creusé par sa tête. Un cheveu flamba. C'était le soleil de six heures. Je sentis dans ma bouche l'amertume du somnifère et des larmes, toute la journée de la veille brutalement m'assaillit.

Je bondis à la salle de bains, dégringolai au salon, l'appelai. Je savais très bien qu'elle avait quitté la maison, je courais pour ne pas laisser la douleur s'emparer de moi. Je n'eus que le temps d'atteindre les cabinets, mon ventre se vida.

Telle une étoile dans la nuit, sur le noir du piano je vis un papier blanc : son écriture.

> *J'ai besoin de changer de vie, avec toi je suis anxieuse, nous vivons trop loin du monde, trop loin de tout. Ne cherche pas à me poursuivre, nous nous ferions encore plus mal. Fais comme moi, essaie d'aller vers les autres, fais-toi de vrais amis, ne t'obstine pas dans tes chemins de solitude. Mais sache que jamais je ne revivrai ce qu'avec toi j'ai vécu. Où que j'aille j'emporterai dans mes yeux,*

dans mon corps, le plus grand des amours. Je saurai que tu existes quelque part dans le monde, que j'ai été aimée comme on ne peut aimer et cela dans vingt ans, dans trente ans, toujours m'aidera à avancer plus loin. Ne laissons pas le temps ternir ce qui nous éblouit. Je suis sûre qu'un jour nous nous retrouverons. Je t'aime, Léo.

Je sortis sur la terrasse, toutes les fleurs étaient calmes, sous le ciel encore pâle comme chaque matin elles s'ouvraient, aucune ne se doutait de ma douleur. Comment ne se rendaient-elles pas compte que Mina venait de me quitter. Pour moi ce parc n'existait plus, déjà je le regardais comme un souvenir.

Le fourgon était là; elle avait dû rejoindre à pied la petite route, faire du stop. Je n'eus pas la force de réfléchir, pas la force de rester seul une minute dans ce jardin où nous avions été si heureux, où jamais peut-être elle ne reviendrait.

En tremblant je m'habillai, ramassai mon sac encore plein, le jetai dans le fourgon et démarrai.

Sans me retourner je fonçai dans la direction où quelques heures plus tôt elle avait disparu. Je fis le tour de Forcalquier, entrant dans chaque café. À la station des cars on me dit qu'il y en avait un pour Aix dans une demi-heure; j'attendis un moment, refis le tour des cafés, non, elle n'était plus là. Peut-être leur avait-elle dans la nuit téléphoné pour qu'ils viennent la chercher.

Aix s'éveillait lorsque je me garai en haut du cours. Les garçons sortaient sur le trottoir les guéridons de marbre et les fauteuils d'osier. Des hommes et des femmes marchaient vers leur travail un cartable à la main. Tous étaient calmes ; chacun regardait devant lui le beau matin d'été comme si cette nuit personne ne s'était séparé. Il n'y avait dans ce matin aucune trace de souffrance, rien où se raccrocher. La paix passait sous les platanes.

J'avais cru en roulant que j'allais la voir dès que j'entrerais dans la ville. Elle n'était pas là. Je courus vers les toilettes du premier bistrot. De nouveau mon ventre cédait. Le patron me regarda sortir comme j'étais entré, il n'osa rien me demander ; il dut comprendre que si j'avais bu quoi que ce soit je l'aurais vomi sur-le-champ.

Au hasard je me mis à fouiller chaque rue, chaque bar ; en manches courtes et robes d'été, des gens debout près du comptoir trempaient des croissants dans du café. Ils me regardaient entrer et sortir comme quelqu'un qui cherche la porte de l'enfer.

Jusqu'à midi j'errai dans ce dédale, dix fois je retrouvai les mêmes rues. Quelle importance, là ou ailleurs, seule la chance me la rendrait.

Que savais-je d'eux ? Ni leur adresse, ni leur nom. Ils avaient dit le premier jour qu'ils vivaient ensemble dans la campagne aixoise, c'est tout. Elle est immense la campagne autour, résillée à l'infini de routes, de chemins sans nom. Je pensais que tôt ou tard ils viendraient à la ville. Leurs quatre visages dans ma tête étaient plus nets que celui d'un assassin sur la porte d'un commissariat. Les motos je les aurais reconnues au bruit. Bruit d'un été noir. Entre mille le moteur de Fabrice m'eût alerté, je l'associais au chuintement des vagues. Soudain à la terrasse des *Deux Garçons* j'aperçus attablé un vieux copain. Nous avions travaillé ensemble quelques mois dans le même pavillon à l'asile. Il parut content de me voir, enleva ses lunettes de soleil, approcha un fauteuil. Aussitôt je fus soulagé, il habitait Aix depuis des années, lui les connaissait sûrement, il allait me renseigner.

— Alors, que deviens-tu ? fit-il me tapant sur l'épaule, c'est bizarre on parlait de toi la semaine dernière à l'hôpital. Où as-tu disparu ?

— Je cherche quatre amis que j'ai rencontrés en Italie cet été, deux garçons et deux filles, j'ai perdu leur adresse.

Minutieusement je les décrivis.

— Ils roulent en moto, une Kawasaki rouge et une Honda bleue, ajoutai-je.

— Dis donc tu te souviens, éclata-t-il de rire, le jour où tu avais envoyé le plat de spaghetti sur la tête de Fanfan parce qu'il mangeait dans l'assiette des vieux ?... Tu te souviens, quelle rigolade !

Frappant ses cuisses, il lança sa tête en arrière. La bouche grande ouverte il riait sans faire de bruit. On eût dit qu'il avait une crampe.

— Tu dois les connaître, ils habitent ici, un brun très beau, Fabrice, les cheveux bouclés, des yeux clairs ?

— Et le jour où ce schizo t'avait envoyé une gifle à assommer un âne parce qu'il croyait que tu lui avais marché sur le pied alors que tu étais à l'autre bout de la salle ?... Ah ! non, c'est incroyable, on ne rigole plus comme ça... Garçon, s'il vous plaît !

— Écoute, lui dis-je, c'est important, il faut absolument que je les retrouve, ils ont une valise à moi.

— Qui ?

— Les quatre dont je te parle, en moto, une rouge et une bleue.

Comme s'il pensait à autre chose, il répondit :

— Tu sais tout le monde a une moto maintenant ici, tous des fils à papa, ils sont tous pleins aux as. Au fait tu te souviens de cet interne qui avait une 1000, il se sautait toutes les infirmières ? Eh bien, figure-toi qu'il s'est tué le mois dernier juste devant l'hôpital, il s'est encadré l'ambulance.

Je ne parvenais pas à l'amener vers moi, pour lui je n'étais qu'une série de souvenirs, un copain de régiment. Ses yeux étaient entièrement accaparés par sa mémoire. J'avais mis en route un film, à présent il ne me voyait plus, là près de lui sous les platanes, mais en blouse blanche quelques années plus tôt.

— Fais un effort ! le secouai-je serrant son bras, c'est très important pour moi, j'ai mon passeport et tous mes papiers dans cette valise !

— Écoute, viens manger à la maison, répondit-il, je viens d'emménager dans un studio extra tout près du Pont-de-l'Arc, c'est une résidence avec tennis et tout, viens on parlera de tout ça.

Se tournant vers l'intérieur du café, il leva le bras pour faire signe au garçon. Il paya et nous nous levâmes.

— Tu es garé loin ? me demanda-t-il.

Je me sentis coincé, il allait m'entraîner dans

un studio, loin du centre-ville, loin du seul endroit où j'avais une chance de la retrouver.

— Non, je ne peux pas y aller, je sais qu'ils viennent ici entre midi et deux, si je les rate je suis foutu, tu comprends foutu !

Il n'eut pas l'air de comprendre, il me regardait maintenant comme s'il ne me reconnaissait plus.

— Au revoir ! lançai-je, j'y vais vite sinon je vais les rater !

Je tournai les talons et m'éloignai à grandes enjambées.

— Hé ! où vas-tu ? entendis-je, mais je ne me retournai pas.

Je pris des rues et encore des rues ; brusquement je m'aperçus que j'étais seul, les trottoirs étaient vides. M'étais-je éloigné du centre ? Non, je reconnaissais les vitrines, j'étais passé là plusieurs fois le matin. Le soleil de midi avait chassé tous les passants. Où étais-tu, Mina ? Dans cette ville écrasée de lumière, à midi j'étais seul.

Un peu plus tard l'ombre revint le long des murs, avec elle les premiers passants, mais plus cette ombre avançait vers le trottoir d'en face, plus ma gorge se serrait. Bientôt l'ombre remonta le long des murs, noya les portes, grignota les étages, il n'y eut plus là-haut qu'une génoise d'or. En un clin d'œil la ville s'éteignit. Le ciel m'abandonna. Je sus alors au plus profond de moi que cette solitude n'était rien, qui m'avait frappé sous le soleil de midi, rien cette journée à tourner dans la lumière vide, ce que je redoutais tant arrivait : la nuit. La première nuit loin de toi, la première nuit où contre un autre tu t'endormirais, ton visage dans son cou, ta cuisse sur son ventre. Jamais de ma vie je n'avais cru possible une telle souffrance. Ça y est, elle était là, aussi rapidement que le soleil s'était éteint, elle m'étouffa.

Dans ces rues où tout le jour j'avais marché, je me mis à courir, je courais d'une terrasse à l'autre, d'une lumière à l'autre, des centaines de motos s'accumulaient sur les trottoirs devant les cafés, chaque fois je croyais te voir, une fille enlevait un casque, je bondissais. Ce n'était jamais toi. Vingt fois, trente fois je remontai le cours, le redescendis, de plus en plus vite, de plus en plus hagard; cent fois je crus te voir, cent fois ce fut une autre. Je me précipitais vers des toilettes, mon ventre se tordait, aussitôt je ressortais de peur de te manquer. Grouillante et rieuse la nuit passait. Hurle! me criais-je, hurle! seules les larmes giclaient.

Alors, brusquement, au fond de ma détresse remonta un visage, le visage de la douleur, ce visage qui si longtemps avait souffert devant moi et que j'avais dans les bras de Mina entièrement chassé. Je revis ses yeux clairs noyés de larmes : les yeux de Juliette.

Était-elle revenue à Marseille? Habitait-elle encore sous les toits, juste au-dessus du port? Elle seule aurait pu me comprendre, m'aider; n'avais-je pas tenté de la secourir alors qu'elle sombrait? L'alcool et le chagrin l'avaient-ils détruite? Était-ce là aussi mon destin?

Je rentrai dans le café qu'à l'instant je venais de quitter, demandai l'annuaire, l'épluchai. Mes doigts tremblaient. Frison... Dix fois je lus et relus son nom, n'osant y croire : « Frison Juliette. La Rouvière bât F chemin du Redon. » Elle avait déménagé mais c'était elle, bien elle, revenue à Marseille. Si elle pouvait louer un appartement c'est donc qu'elle allait mieux. Peut-être ne buvait-elle plus ? Elle serait ravie de me voir.

Fendant la foule je courus à mon fourgon, bondis dedans ; pied au plancher par l'autoroute, je fonçai vers Marseille. J'allais sonner, elle ouvrirait sa porte, n'en croirait pas ses yeux, nous tomberions dans les bras l'un de l'autre. « Léo ! Non ce n'est pas vrai, je rêve... Entre ! Tu ne peux pas savoir comme je suis heureuse de te voir, j'ai pensé à toi tous les jours. » Elle me ferait visiter son appartement, nous allions nous asseoir sur un divan côte à côte et nous discuterions toute la nuit. Je lui parlerais de moi, de Mina, et elle me comprendrait, elle tiendrait ma main et peut-être qu'au lever du jour nous ferions l'amour par terre. Ça me ferait du bien.

Marseille était désert, je le traversai brûlant tous les feux rouges. Maintenant que quelqu'un m'attendait je souffrais moins, il suffisait de ne pas s'arrêter, de ne pas attendre.

Je me garai sous ces tours que je n'avais vues que de loin comme des falaises blanches.

Bâtiment F... Frison Juliette... 22ᵉ étage. Mon cœur sauta. L'ascenseur m'élevait. Pour la première fois depuis des jours je me sentis plus calme ; oui j'en étais sûr, elle m'attendait. Je brossai mon pantalon ; ma barbe m'embêta.

Il y avait un judas sur sa porte. J'appuyai deux coups longs, deux coups brefs sur la sonnette comme je le faisais montée des Accoules quand j'oubliais ma clef. Elle ne vint pas tout de suite. Peut-être dormait-elle déjà ? Il n'était pas loin de minuit. Je refis mes quatre coups : silence... Je plaquai mon oreille contre la porte : rien ne bougeait. J'insistai sur la sonnette, frappai du plat de la main. Non, rien. N'était-elle pas encore rentrée ? Ne me reconnaissait-elle pas par le judas ? Avait-elle peur d'ouvrir ?

— Juliette ! C'est moi, Léo !... Juliette ? Tu dors ?...

D'en bas je pourrais voir s'il y avait une lumière au 22e étage ; l'ascenseur n'avait pas bougé, je le repris.

Je m'éloignai un peu de la tour et comptai 22. Non, tout était éteint. Mon ventre gronda. J'entrai dans le hall et cherchai sa boîte aux lettres : il y avait du courrier. Peut-être n'était-elle pas rentrée depuis longtemps ? Je glissai tant que je pus mes doigts, ramenai quelques enveloppes. Toutes avaient été postées récemment, six jours au plus. Où était-elle ? Une carte postale venait de Grèce signée Élisabeth, elle ne disait rien :

L'air est si chaud que nous roulons toutes vitres fermées. Lorsque nous l'avons traversée, Larissa était un four. Je n'ai jamais vu ça, j'étais sûre que les champs allaient s'embraser. Et toi, ne souffres-tu pas trop de la chaleur ?

Le reste n'était qu'imprimés, factures. Dehors je retrouvai la nuit, plus noire, plus impitoyable qu'à Aix. Violemment la douleur me rattrapa. Y avait-il encore une chance qu'elle rentre dans la nuit ? Sans cesse je comptais 22 espérant que par miracle une fenêtre s'éclairerait puis, comme il y avait trente étages, je ne comptai plus que 9 en partant d'en haut. C'était absurde mais j'avais l'impression qu'en comptant ça allait s'allumer. De temps en temps une voiture arrivait, se garait ; je m'approchais. Jamais ce n'était elle. Je revenais sur mes pas, comptais jusqu'à 9. Les quelques lumières qui adoucissaient tout à l'heure l'immense paroi, une à une s'éteignirent. La nuit m'écrasait lentement contre ce bloc de pierre.

À deux heures du matin l'image de Mina me foudroya. Où avais-je mis la clef du fourgon ? Un instant je crus que je l'avais perdue, retournai toutes mes poches. Mes jambes allaient lâcher lorsque j'eus l'idée d'aller voir sur le contact : elle y était.

À tombeau ouvert je retraversai Marseille. Qu'étais-je venu faire dans ce quartier sinistre ? Mina pendant ce temps était peut-être sur le cours. Et si elle n'y était pas ?

De l'autoroute je reconnus les lumières de l'asile, à cette heure tous les fous ronflaient écrasés sous les barbituriques. Voilà ce qu'il me fallait, un bon coup de gourdin sur la tête. Je donnai un coup de volant et m'engageai dans la bretelle. Je stoppai à quelques pas de la barrière, elle était baissée. Le concierge dormait effondré sur la table, dans sa cage de verre éclairée. Depuis deux ans il n'avait pas bougé. Comment faisait-il pour dormir si profondément ? Pourquoi n'était-il pas inquiet ? Ne se demandait-il jamais, lui, dans les bras de qui était sa femme, seule toutes les nuits ? Peut-être l'avait-il choisie très laide pour ne rien risquer. Il tenait là, sinon la clef du bonheur, du moins celle du sommeil.

Je passai devant lui sans faire claquer le portillon. Je pénétrai dans les locaux de l'administration d'où j'avais sorti le coffre. Les grandes portes de verre n'étaient pas fermées; ne gardaient-ils plus l'argent ici? Quatre à quatre je gravis les marches de l'internat, il me fallait tout de suite quelque chose, n'importe quoi pour ne pas me tuer. Les couloirs étaient plongés dans la pénombre. De toutes mes forces je cognai à chaque porte, j'appelai. Sous l'une d'elles un trait de lumière apparut.

— Qui est-ce? fit une voix de femme.

— C'est moi, ouvrez...

— Qui êtes-vous?

— Je suis très mal, je voudrais un somnifère.

— Eh bien, demandez-le à la pharmacie de votre pavillon!

— Je suis... un infirmier, ouvrez ça ne va pas du tout.

La clef tourna dans la serrure, la porte s'entrouvrit. Une jeune femme en veste de pyjama se découpa dans la lumière, ses cheveux étaient très courts, ses jambes nues.

— Vous êtes l'interne de garde?

J'avais dû la réveiller car elle consulta sa montre.

— Oui, qu'est-ce qui ne va pas?

— Ma femme m'a quitté.

Il me sembla qu'à contre-jour son visage réprimait un rire, à moins que ce ne fût la surprise.

— Et alors? fit-elle.

— Je suis très angoissé, donnez-moi quelque chose de fort, je veux dormir de suite.

La lumière me frappait de face, elle prit tout son temps pour me considérer.

— Vous êtes infirmier de nuit?

— Non, de jour, je passais devant l'hôpital.

Je compris que ma réponse ne la satisfaisait pas, un infirmier serait allé droit dans son pavillon se servir lui-même.

— Un instant, me dit-elle.

Elle se dirigea vers une armoire, sur la pointe des pieds fouilla sur une étagère. Elle avait laissé la porte ouverte et ne semblait pas du tout avoir peur. Ses jambes étaient très jolies et je pensai que si elle acceptait ça me ferait du bien.

— Voilà, me dit-elle revenant vers moi, prenez ceci, un Tranxène et un Mogadon.

Elle me tendit aussi un verre.

— Vous êtes mariée? lui demandai-je.

— Non, pourquoi?

Ne sachant que répondre j'avalai les cachets : un rose et un blanc. J'aurais fait n'importe quoi pour qu'elle me dise : « Comme vous souffrez, venez vous blottir contre moi, nous parlerons toute la nuit. »

Soudain j'eus envie de glisser ma main sous la veste de pyjama pour trouver la peau chaude. Elle dut saisir mon regard, elle dit :

— Bon, avec ça vous allez dormir dans un quart d'heure, bonne nuit, demain je me lève très tôt et c'est la troisième fois qu'on me réveille.

Elle referma la porte avec un sourire. J'entendis qu'elle donnait un tour de clef.

De nouveau j'étais seul, debout dans l'obscurité totale. À tâtons, je cherchai l'escalier.

En sortant je fis claquer le portillon de fer pour réveiller le concierge; sur sa table il fit un bond. Une seconde je me sentis moins seul, mais je n'avais pas atteint le fourgon que mes jambes tremblaient, secouées par l'angoisse.

Il n'y avait dans les rues d'Aix plus âme qui vive. Je fis le tour par les boulevards, revins sur le cours; il n'y avait même pas un clochard sur un banc à qui raconter ma détresse. Je me garai sur le trottoir, passai à l'arrière et me couchai sur le plancher. De toute la force de ma douleur je mordis la poignée de mon sac jusqu'à ce que les cachets m'assomment.

Des jours qui suivirent je ne me souviens que d'une fièvre qui me jetait dès le matin sur l'une des terrasses d'où je gardais l'espoir de la voir enfin passer. Aix était plein de touristes chic que le festival attirait; près de moi des gens en smoking et robe longue venaient prendre le petit déjeuner. Ils semblaient riches, heureux, comblés. Afin d'abrutir mon angoisse je commandais dès l'aube bière sur bière et je laissais le soleil sur ma tête achever le travail. L'après-midi j'allais voir dans une salle spécialisée, à la file, plusieurs films pornos. J'en vis pendant ce mois d'août des dizaines. Cela me faisait du bien. Tous ces corps qui brutalement se prenaient, sur des capots de voiture, dans des cabinets médicaux, des couvents, au fond d'une piscine, déguisés en sauvages, en esclaves, en infirmières, en Romains, tous ces sexes de toutes les couleurs qui se dévoraient, s'emboutissaient, s'écartelaient, multipliés à l'infini dans la plus démentielle débauche, calmaient ma tête déjà ivre de soleil et d'alcool. Il me semblait alors que Mina me trompait moins, m'oubliait moins, qu'elle ne faisait que ce que tout le monde fait, sans réfléchir, sans façons, comme on avale un café, tond sa pelouse ou achète son pain. Qu'elle s'offre à un homme ou à cent, quelle importance ! Cela devenait normal au fond de ces fauteuils douteux défoncés de plaisir. J'aurais préféré d'ailleurs qu'elle s'offre à cent plutôt qu'à un, comme ces créatures sur l'écran. Au moins n'appartenaient-elles à personne.

Tout autour de moi dans la pénombre des bras se démenaient, des sièges craquaient, on ne savait plus de l'écran et de la salle d'où partaient les plaintes, les râles, les gémissements.

La nuit me recevait halluciné de sexe, la tête éclatée de cris, de chairs, une nuit peuplée d'animaux diaboliques qui couraient s'accoupler aux quatre coins des rues. Coup sur coup j'avalais trois bières dans le premier bistrot et le monde n'avait plus besoin de dimension. Où que tu sois Mina, tu étais à ta place.

Un matin pourtant à force de te chercher, de t'appeler, de relire cent fois par jour le mot que tu m'avais laissé, je pensai que peut-être tu me cherchais de ton côté, peut-être étais-tu repassée dans notre maison rouge ? Y trouverais-je un signe de toi ? Quelque parole d'amour ? Le cœur fou je roulai vers le château sous les arbres.

Rien n'avait bougé, ni le lit défait, ni nos affaires rangées dans le placard. Je fus heureux pourtant de me retrouver là après cette immense solitude, un peu comme avec toi encore au milieu de tout ce qui t'appartenait, avait touché ton corps. Je dépliais chacun de tes pulls, de tes robes, un léger parfum de violette y dormait, il me sembla que tu étais dans la pièce voisine, ou en bas assise devant ton piano. Dans le tiroir de la coiffeuse il y avait toutes les pochettes de photos que tu avais classées au fil des mois. Sur l'une d'elles, à l'encre noire tu avais écrit : « Sur la route de la Grèce, 1977. » Je l'ouvris : c'étaient les façades rousses de Rome la nuit ; tu portais une combinaison grand-mère teinte en rose lilas et je t'avais photographiée assise au bord d'une fontaine où couraient des éléphants, puis debout devant le *Ristorante Tre Scalini* que nous avions déniché par hasard et reconnu pour avoir lu à haute voix, quelques mois plus tôt, *La Modification* de Michel Butor. Nous avions voulu nous asseoir dans un fauteuil en plastique mais ils étaient tous empilés, liés par une chaîne.

Des photos que nous avions prises le lendemain à Èze-Village, puis dans une fabrique de parfums ; tu avais un tee-shirt noir et une jupe noire à fleurs rouges, tu étais près d'une fenêtre et ton visage recevait la lumière d'énormes bonbonnes de verre remplies de parfum où se reflétaient ton corps et la fenêtre.

J'ouvris une autre pochette : « Corfou, automne 77. » Ton visage en médaillon, souriant sur le sable, le jour où je t'avais enterrée ; assise sous la tonnelle de Mimis, le soir, en pantalon et veste de jean, un foulard noué sur la tête. Et puis ton corps nu... Sur la plage, dans les vagues, au bord du maquis ton corps nu, partout ton corps créé par la mer, tes cheveux mouillés lancés en arrière ou secs emportés par le vent, tes seins pointus piqués de sable. Les petits cimetières grecs où la vue sur la mer est splendide en fin d'après-midi, ton sourire encore et tes jambes dans un endroit si calme, si beau.

Combien d'autres photos... Dans cette maison, devant le feu ou aux quatre coins du jardin ; sur les routes tous les deux ; dans les carrières d'ocres de Roussillon sous un soleil d'hiver, ou un jour de pluie dans un pré vertical de l'Aveyron, qui plonge dans le Tarn emportant ses fermes abandonnées. Oui, tous les deux partout, heureux sous tous les temps, sans saison, sans toit, sans répit, comme en mille jours et mille nuits d'été.

J'allais te retrouver en bas, binant tes fleurs ou taillant tes rosiers. Sous le soleil de midi le jardin était vide, beaucoup de plantes avaient jauni. Tout autour de la terrasse tes pots de géraniums mouraient, je dis les tiens car c'est toi qui avais eu cette idée, mettre ces fleurs dans des boîtes à thé en fer, rouges, noires et dorées. Comme ils te ressemblaient !

Deux par deux je les transportai à l'ombre derrière la maison, plusieurs fois je les arrosai. C'est notre amour Mina que je sauvais, je te donnais à boire, te parlais. J'enlevai chaque feuille morte, coupai les fleurs fanées avec ce sécateur rouge qui depuis un an ne t'avait pas quittée et qui maintenant rouillait, oublié sur une murette. Mais où étais-tu pour si longtemps tous nous abandonner ? Cette rouille sur ton sécateur, lentement resserra ma gorge, je m'assis contre le mur pour le nettoyer. Pour le soigner.

L'après-midi traversait le jardin, devant moi il n'y avait que tes mots, ces quelques fleurs noires laissées sur le piano : *Où que j'aille j'emporterai dans mes yeux, dans mon corps le plus grand des amours. Je saurai que tu existes quelque part dans le monde, que j'ai été aimée comme on ne peut aimer et cela dans vingt ans, dans trente ans toujours m'aidera à avancer plus loin.*

Le soleil disparut derrière les collines, au loin des arbres se découpaient sur un ciel géranium. Sans un regard pour notre maison qui doucement s'enfonçait dans la nuit, j'allai vers le fourgon ton sécateur serré contre mon ventre.

Durant ce mois d'août il m'arriva quelquefois de louer une chambre d'hôtel ; je me douchais, me rasais, mais au moment de me coucher je n'avais pas la force d'ouvrir le lit à deux places qui se creuse au milieu pour avoir tant reçu de couples endormis l'un dans l'autre. Je me rhabillais et je descendais me coucher dans le fourgon. Là, j'étais plus près de toi, cette poignée tu l'avais serrée dans ta main presque à chaque virage, tes fesses s'étaient posées sur ce siège et ta tête là ; le pare-soleil avec son petit miroir où tu te maquillais en roulant, tu me disais : « Ralentis et évite les trous, j'en ai pour trois minutes, je n'ai pas envie de traverser le pare-brise. »

J'avalais un somnifère et la tête sur ton siège j'attendais l'oubli.

Il m'arriva d'acheter un livre, je m'asseyais à une terrasse ou sur un banc, après des pages de lecture je levais la tête... Qu'avais-je lu ? Que racontait ce livre ? Je n'aurais pas su en dire un mot. Derrière tous ces signes noirs je n'avais vu que ton visage. Je reprenais à la première ligne, te chassais de mes yeux mais un moment après de nouveau je me demandais quelle était cette histoire, de quoi l'auteur voulait-il parler ? Était-ce un livre policier ? Un récit d'enfance ? Par je ne sais quelle petite porte encore tu t'étais glissée dans ma tête.

Non, il n'y avait que la pornographie pour me faire quelques instants oublier ton corps, rendre normale ton absence, les ébats que j'imaginais. Mais si j'avais voulu en sortant avaler la moindre chose, immédiatement je la vomissais. Pendant cet été noir, la bière tant bien que mal dut me nourrir. Comme j'étais des films classés X le client le plus assidu, je devins du bas jusqu'en haut du cours le plus fidèle écluseur de demis pression. Dès que je m'attablais, sans rien me demander les garçons m'apportaient ma blonde. L'un dans l'autre, me traînant d'un fauteuil poisseux à un guéridon, je parvins à ce jour, à ce jour de marché où enfin je te vis.

C'était la fin de la matinée et je devais être assez ivre déjà, à travers la forêt des gens ta silhouette soudain me figea, ta silhouette qui pas une minute n'avait cessé de bouger dans mes yeux depuis l'instant où je t'avais perdue. Au soleil tes cheveux flambaient, tu portais un tricot noir très décolleté dans le dos que je ne connaissais pas. Tu feuilletais un livre à l'étalage d'un bouquiniste. Mes jambes tremblaient.

C'était comme si je n'avais plus rien dans le corps, comme si cette longue souffrance avait détruit tout ce qui était dedans.

Tu reposas le livre et fis quelques pas, tu étais seule. Un peu plus loin tu t'arrêtas devant un berceau à bascule en bois, le brocanteur s'approcha et de loin je vous vis rire.

Je faillis courir vers toi ; dans ma panique je sentis qu'il valait mieux se rencontrer par hasard. Je contournai tout le marché sans te perdre et remontai entre les étalages l'allée où tu étais.

Nos yeux se rencontrèrent.

— Mina !

— Léo !

Tu eus un mouvement de recul, ta main étouffa un cri. Était-ce la surprise de me revoir ou ma tête ? Mes yeux étaient défoncés de douleur, mon visage hirsute, amaigri. La veille je m'étais fait peur dans une vitrine.

Tu m'embrassas et ensemble on fit quelques pas, ton regard était inquiet, tu me demandas :

— Tu es malade, Léo ?

— Viens, on va s'asseoir à une terrasse, je suis content de te revoir.

Je voulus mettre dans ma voix le plus grand calme pour ne pas t'effrayer, comme tout mon corps elle tremblait.

— Je n'ai pas beaucoup de temps tu sais, je suis pressée.

— Tu as bien cinq minutes, tiens regarde asseyons-nous là.

Je l'entraînai vers la première table.

— Tu fais tes courses? lui demandai-je, tu habites Aix?

Elle eut l'air très ennuyée.

— Et toi, que fais-tu? Tu es toujours à Forcalquier?

Je voulus la rassurer, ne pas l'enfermer, tenter peut-être de la rendre jalouse.

— Je vais, je viens, je sors beaucoup. Tu avais raison, Mina, on avait tous les deux besoin de s'amuser, je sors tellement que tu vois, j'ai maigri. Je suis parti une semaine à Paris, je n'ai pas dormi une seule nuit, c'est fantastique l'été à Paris, on rencontre toutes sortes de gens... Ici aussi d'ailleurs, tiens hier soir j'ai rencontré chez des amis une fille incroyable, elle est interne à l'hôpital, si tu voyais comme elle est drôle, intelligente, jolie, on est allés voir ensemble un film érotique, c'est elle qui m'y a entraîné... Ah! non elle est unique, je suis sûr que tu l'adorerais.

À cette seconde exacte je crus à nouveau le bonheur là, mes paroles me traversaient comme une eau. À l'horloge du palais de justice il était midi pile, si pile que je pensai que les aiguilles ne pourraient plus jamais retomber d'un côté ou de l'autre, mais elle me dit :

— Ça me fait plaisir, Léo, j'ai beaucoup pensé à toi, j'avais du souci, je suis contente que tu t'amuses, on ne pouvait pas continuer à vivre comme ça, tu vois que j'ai raison, tu me comprends à présent.

Me croyait-elle vraiment, elle si fine, si intuitive ? Ma tête ravagée de souffrance pouvait-elle passer pour celle d'un homme heureux ?

— Bien sûr, Mina, on avait tous les deux besoin de liberté, tout en sortant chacun de notre côté ça ne nous empêche pas de nous revoir, on pourrait de temps en temps dîner ensemble le soir...

Ses yeux qui n'avaient pas cessé d'être inquiets cherchaient maintenant autour d'elle, elle fouillait les profondeurs du marché comme si elle avait craint de rater quelqu'un.

— Il faut que j'y aille, Léo.

Les aiguilles se séparèrent. Mon cœur s'affola. Tout le beau calme que j'avais pu simuler, d'un coup m'abandonna.

— Reste encore une minute, bredouillai-je, on ne s'est pas vus depuis un mois... Je suis tellement content...

Soudain très anxieuse elle se dressa, regarda à gauche, à droite.

— J'y vais, Léo !

J'attrapai son bras mais fermement elle se dégagea.

— Mina ! On peut se voir ce soir ? Demain ? Ce soir je suis libre.

— Je ne sais pas, Léo, je ne sais pas.

D'un bond tu t'engouffras dans la foule.

Mon corps tremblait si fort que c'est à peine si je pus te suivre. Je compris qu'il ne servirait à rien de te rattraper, si ma comédie avait échoué il serait ridicule avec toi d'essayer la force, l'intimidation. Je me souvins de ton mari, Bruno, lui était allé jusqu'à la violence, il t'avait frappée en pleine rue, à quoi cela avait-il servi ? Depuis plus de deux ans on ne l'avait jamais revu.

Non, je devais te filer sans me faire voir, découvrir ce que depuis un mois je cherchais, les traces de ta nouvelle vie.

Elle traversa tout le marché se frayant vivement un passage dans la cohue de midi. Mes yeux restaient rivés au feu de sa chevelure. Deux ou trois fois elle se retourna sans s'arrêter et j'eus à peine le temps de me fondre dans un groupe. Je changeai d'allée pour la suivre parallèlement.

Elle quitta le marché et s'engagea dans des rues plus paisibles. J'attendis qu'elle eût tourné le premier coin pour me précipiter. Deux fois elle faillit apercevoir mon œil qui dépassait de l'angle. Elle traversa en diagonale la place de la mairie et s'avança sur la terrasse d'un bistrot si insignifiant que jamais l'idée ne m'aurait frôlé de venir la chercher là. À cette seconde je les aperçus. Ils étaient tous les quatre installés autour d'une table et ils s'écartèrent pour glisser entre eux un nouveau fauteuil. Je me dissimulai dans l'entrée d'un magasin de jouets. Je voyais dans toute la clarté du soleil de midi ce qui depuis tant de jours me torturait, et si j'avais quelquefois espéré qu'elle les eût quittés, brutalement cette image m'écartela.

Où étaient leurs motos ? Près d'eux je ne les voyais pas ; ils avaient dû se garer plus loin. Il fallait maintenant les suivre jusque dans leur repaire. Impossible ! Le fourgon était à l'autre bout de la ville, ils avaient cent fois le temps de filer. Quand bien même, je ne pouvais pas venir me ranger le long de la terrasse et attendre qu'ils aient fini, à trois cents mètres Mina m'aurait repéré. Une fois de plus j'étais perdu, je venais à peine de la retrouver qu'elle glissait entre mes doigts.

À l'instant où je les vis, l'idée explosa dans ma tête. C'étaient quatre ou cinq motards assis sur leurs engins qui bavardaient un peu plus loin. Je courus vers eux.

— Excusez-moi, fis-je, j'ai besoin d'une moto juste quelques minutes, si quelqu'un me prête la sienne je lui donne mon Oméga, elle est en or.

Éberlués ils me regardèrent la détacher de mon poignet.

— Oh ! rigolo, tu sais combien il en faut de montres comme la tienne pour acheter ma bécane ? ricana le plus costaud.

— C'est pour quoi faire ? l'interrompit un autre.

— Pour suivre ma femme.

— Elle est rapide ! lança le premier qui avait parlé.

Tous éclatèrent de rire.

Pendant que nous parlions je ne quittai pas des yeux, là-bas, la table où ils étaient. Mina embrasa ses cheveux les lançant en arrière. Une scie à ruban traversa mon ventre ; ils se levaient.

— Je vous en prie, dépêchez-vous, elle s'en va, je vous donne tout ce que j'ai sur moi !

Il y eut un moment de silence où ils se consultèrent. Me prenaient-ils pour un fou ?

— D'accord ! dit celui qui semblait être le chef,

mais tu montes derrière, je te garantis qu'elle ne nous sèmera pas !

Il avait une 1000, je l'aurais embrassé.

— Tiens ! Mets ça pour les flics, dit un autre me tendant un casque et son blouson. En plus elle ne te reconnaîtra pas.

On démarra.

Au pas nous les suivîmes de loin à travers quelques rues. Je me reculai un peu pour ne pas gêner le motard tellement mon cœur frappait contre son dos. Un moment je crus qu'ils cherchaient un restaurant, mais arrivés derrière la prison ils montèrent dans une 2 CV, les trois filles derrière.

Ils sortirent de la ville et on roula sur l'autoroute de Marseille. Chaque fois que j'avais pensé « campagne aixoise », j'avais envisagé toutes les directions sauf celle-là. Aux Milles on la quitta. Ils prirent alors des routes minuscules qui s'enchevêtraient au milieu d'entrepôts et de grandes surfaces, le terrain était plat, même de très loin il était impossible de les perdre de vue. Puis l'horizon se vallonna, le paysage devint champêtre, il fallut se rapprocher. Leur 2 CV sauta sur le dos d'un petit pont pointu comme une pyramide et dans un nuage de poussière ils quittèrent la route pour un chemin de terre qui s'enfonçait dans la forêt.

Je tapai sur l'épaule de mon pilote, il comprit qu'il serait imprudent d'aller plus loin. J'en savais bien assez — on fit demi-tour.

Arrivés à Aix je lui rendis le blouson et le casque, sortis la montre de ma poche.

— Non, garde-la, me dit-il, ça m'a fait plaisir, moi aussi ma femme m'a largué, si on se revoit tu me payeras à boire… Je n'ai pas servi à grand-chose, ajouta-t-il faisant rugir son bolide, un Solex aurait suffi.

Littéralement il décolla de terre.

Je bataillai pendant plus d'une heure pour retrouver la route après les entrepôts, la campagne en était tissée. Soudain le fourgon sauta, je reconnus le pont pointu dans mon rétroviseur. Je me garai un peu plus loin sous les arbres et à pied m'engageai dans le chemin de terre. Au bout d'un kilomètre j'aperçus une maison entièrement recouverte de lierre, j'avais cru de loin à un rocher moussu. Je plongeai dans les fourrés. Évitant de marcher sur des branches mortes, je m'approchai. Les feuilles blanchies tout le long du chemin retrouvaient à l'écart de la poussière leur vert brillant.

C'était là, les deux motos et la 2 CV étaient devant la porte. Je m'accroupis. Par une fenêtre ouverte sortit la voix de Janis Joplin. Trop de biais par rapport à la façade je ne pouvais voir l'intérieur, à quatre pattes je m'avançai encore. Je vins buter contre une espèce de cabane en planches, écrasée elle aussi sous des monceaux de lierre elle penchait sur le côté, sa porte était si pourrie d'humidité qu'elle pendait comme un torchon; sans la faire crier, en rampant je me glissai à l'intérieur. Vieux outils, cagettes, raphia, toiles d'araignée, bidons. Personne ne viendrait me déloger ici.

Je collai mon œil contre une fente : c'était un

petit pavillon carré, peut-être de chasse, la fenêtre grande ouverte était celle du salon ; assis tous les cinq autour d'une table ils déjeunaient. Sans la voix de Joplin peut-être aurais-je pu les entendre.

Mina se leva et disparut dans la pièce voisine ; l'éclat du soleil sur les vitres m'empêcha de voir ce qu'elle y faisait. Elle reparut un poêlon à la main, ça devait être la cuisine. Elle avait pour eux préparé ce plat et moi j'étais là, harassé de douleur sous cet amas de poussière, seul. Ce qui me restait de forces fit dans mon ventre son travail de rat.

Assise de profil entre Fabrice et Marthe, je ne voyais d'elle que l'acajou des cheveux. Fabrice se leva pour tourner le disque et je vis son visage, il était grave, douloureux ; comme si elle eût senti ma présence, elle tourna la tête et regarda dehors, longuement. J'eus l'impression qu'elle fixait la fente où était mon œil, je me reculai dans la pénombre.

Un moment plus tard un moteur gronda, j'approchai mon œil : casqués, les deux garçons étaient sur la moto rouge, sans soulever la poussière ils glissèrent hors de mon champ, je cherchai une autre fente pour les voir filer, mais toutes étaient aveuglées par le lierre.

À présent le salon était vide, la musique s'était tue. Où étaient-elles ? Au premier les volets étaient clos, sans doute les chambres. Un immense silence tomba sur la campagne ; je m'assis dans un coin. Faisaient-elles la sieste ? Lui arrivait-il avec eux de parler de moi ? Qu'en disait-elle ?

Cette chaleur de fin d'été, cette odeur de

moisi ; je me souvins qu'enfant quelquefois je faisais semblant de partir à l'école, sans bruit je descendais au jardin où je m'enfermais jusqu'au soir dans un cagibi en planches aussi vermoulu que celui-ci. Pendant des heures, assis dans la poussière, j'écoutais ce silence, une sirène vers la ville, un tracteur somnolent de chaleur, l'appel d'un chien. Libre et mélancolique je devais être heureux, ma mère attendait dans la cuisine que je rentre de l'école. Aujourd'hui j'écoutais la campagne vivre doucement dans les lointains, mais le soir allait venir et personne ne m'attendait.

Le bruit de la moto m'éveilla. Je bondis sur mes pieds, tout était noir. Un phare balaya la façade verte, en riant ils enlevèrent leurs casques et entrèrent dans la maison. Le salon était éclairé, ils s'y retrouvèrent. Aussitôt à forte puissance une musique éclata que j'avais entendue tout l'été dans cette boîte plusieurs fois par nuit, un disque dont je ne connaissais pas le titre mais que tout le monde écoutait durant ce mois d'août et qui chaque fois, dès les premières notes, soulevait toute ma souffrance ; une musique que j'associais à son départ et dont je pensais parfois qu'elle avait eu la force de le provoquer.

Assis en rond dans des fauteuils, je ne voyais que leurs têtes, tour à tour ils plongeaient devant eux vers un point central qui devait être une table basse ou un plateau posé sur le sol, la bouche pleine ils émergeaient. Tournée vers moi Mina ne mangeait pas, son visage demeurait immobile, régulièrement elle portait un verre à ses lèvres. Il me sembla que l'inquiétude depuis midi avait creusé ses yeux. Était-ce de m'avoir revu dans cet état pitoyable ? De me sentir là quelque part dans la nuit, si près ? Ou simplement la lumière blanche d'un abat-jour posé près d'elle ?

Je savais qu'elle ne pouvait me voir, enfermé doublement dans la pénombre, pourtant ce regard vers moi me troublait, pas un instant elle n'avait lâché la fenêtre.

Soudain elle se dressa, sans un mot elle quitta la pièce. Tous se retournèrent, muets ils la suivirent des yeux.

Un fil d'or cercla au premier des volets clos. Sa chambre ?

Un moment encore les autres bavardèrent en bas puis tous se levèrent et la lumière s'éteignit. Presque aussitôt un autre fil flamba au-dessus et je fus pris de panique. Le jardin d'un coup était noir que le salon n'éclairait plus, elle, nue dans un lit là-haut où Fabrice se glisserait dans une minute. Cette minute sans m'en rendre compte je l'avais attendue tout le jour, tout le jour aveuglément et je l'avais refusée. Plus violente que jamais une colique me cisailla. Elle était avec lui derrière ce fil d'or.

Les bras en avant je sortis de la cabane, trébuchant je courus vers la maison, m'accrochai au lierre, là-haut des rires éclatèrent puis de la musique. Il fallait que je sache, que je voie ; à tâtons je fis le tour de la bâtisse, tout était fermé. Grimper jusqu'au volet à l'aide du lierre ? Brusquement je butai contre une paroi de métal qui résonna ; une énorme cuve me barrait le passage. Je reconnus l'odeur du mazout. Mon genou heurta le robinet, sans réfléchir je l'ouvris en grand, à flots le liquide jaillit. Je me reculai. Rapidement il courut sur la terrasse. Dans la faible lueur qui tombait des volets je le vis tourner le coin de la maison, il avançait comme une langue de nuit, son odeur lourde et visqueuse prenait tout le jardin. Fasciné je suivais ce complice qui allait me libérer. Enfin je n'étais plus seul. On passa sous leur fenêtre et je pensai que dans un instant tout serait terminé, ma souffrance disparaîtrait avec eux dans les flammes. J'allais pouvoir crier.

Je tâtai mes poches, non, sur moi je n'avais pas d'allumettes ; Mina laissait toujours un briquet dans la boîte à gants, je partis en courant. La poitrine en feu j'ouvris le fourgon, fouillai ; il était là. C'était un simple Bic dans un étui en fer-blanc décoré en relief d'un aigle en pierre bleue, je l'avais ramassé quelques jours après notre rencontre entre les fauteuils d'un cinéma au moment où les lumières s'étaient rallumées. Elle l'avait trouvé superbe, je le lui avais offert. Combien de milliers de fois l'avais-je vu dans sa main depuis pour allumer une Camel, ou comme ça dans un restaurant, pour le plaisir de le caresser en me regardant. Cet aigle bleu c'était deux ans de bonheur avec elle, deux ans de la plus folle passion. Je m'effondrai sur le siège.

Un moment plus tard je m'aperçus que le moteur ronflait, je roulai vers Marseille, vers Juliette.

Je me garai sous la tour, comptai 22. C'était éclairé. Je recomptai en partant du haut... Oui elle était là. Miracle ! Je m'engouffrai dans l'ascenseur.

Je sonnai, appelai : « Juliette ! Juliette ! » J'entendis un bruit de pas et la porte s'ouvrit. Un jeune homme était devant moi, brun, de ma taille.

— Je suis bien chez Juliette ? dis-je.

À cet instant par-dessus son épaule, dans le couloir seulement éclairé par une porte ouverte, je l'aperçus, elle venait vers moi.

— Léo ! cria-t-elle se jetant dans mes bras.

Sur la pointe des pieds elle m'étreignit, puis reposa ses talons pour me voir.

— Léo... Dès que tu as prononcé mon nom j'ai reconnu ta voix. Entre ! Je te présente Jacques.

Il me tendit la main.

— C'est une chance que tu nous trouves là, j'ai quitté la clinique à cinq heures, viens voir.

Elle prit mon bras et m'entraîna au fond du couloir, on entra dans la pièce éclairée d'où elle avait surgi.

— Regarde ! dit-elle les yeux emplis de lumière.

Sur un matelas à deux places jeté par terre un nouveau-né serrait les poings.

— C'est Balthazar, il a huit jours.

Il se mit à hurler.

— Excuse-moi, j'allais le faire téter lorsque tu as sonné, assieds-toi.

Il n'y avait ni chaise ni fauteuil, je m'assis par terre à côté du matelas. Elle s'étendit près du bébé, souleva son tee-shirt et sortit d'un soutien-gorge qui s'ouvrait par-devant un sein énorme, trois fois plus gros que celui que j'avais connu et tout veiné de bleu. Elle en nettoya minutieusement le bout avec du coton et se penchant le lui mit dans la bouche. Goulûment il s'y accrocha.

— Je suis heureuse, Léo, tu vois il m'a guérie, dès que j'ai su que j'étais enceinte j'ai cessé de boire. Le docteur m'a dit qu'il était magnifique ; comment tu le trouves ?

Jacques se laissa glisser contre le mur sur ses talons.

— Oui, il est magnifique, dis-je, c'est rare d'en voir d'aussi beaux.

Elle souriait. Jacques accroupi de l'autre côté de la pièce souriait du même bonheur. Pourtant, j'étais si près de la mère et de l'enfant qu'il me sembla que c'était moi le père et lui l'ami. J'avais connu Juliette bien avant lui.

— Et toi, raconte-moi ce que tu as fait, je sais que tu n'es plus repassé montée des Accoules. Tu vis avec quelqu'un ?

Ici aussi j'arrivais trop tard. Juliette me regardait comme un vieil ami à qui on a plaisir à dire son bonheur ; elle l'avait construit avec cet homme, c'était ces trois kilos qui la faisaient sourire en lui suçant le sein. Moi, j'étais de passage, dans un moment ils s'endormiraient tous les trois et je retrouverais la nuit. Où irais-je ? La seule porte qui aurait pu m'apaiser allait se refermer.

Je compris soudain que ce n'était pas Juliette que je voyais là depuis un moment mais Mina avec un bébé qui n'était pas le mien. Si Juliette avait pu oublier Pierre, pourquoi Mina ne m'oublierait-elle pas si elle était enceinte ? Peut-être l'était-elle déjà ?

Elle me parlait, elle me demandait si j'étais malade, si je voulais manger, mais je n'avais alors plus qu'une image dans la tête : Mina serrant un bébé. Et cette image brutalement pulvérisa tout.

D'un bond je fus sur le palier, l'ascenseur n'était pas là, je plongeai dans l'escalier. Tout se mit à tourner, Mina, le bébé, les étages. La boîte de vitesses craqua et le fourgon sauta sur la nuit.

Elle allait faire un bébé, peut-être cette nuit, là, dans quelques minutes, il fallait à tout prix que je l'empêche, qu'elle comprenne sa folie, après ce serait trop tard, à vie il nous séparerait. Comme Juliette elle était seule, elle s'y raccrocherait, moi je viendrais la voir, je serais l'ami. Dans ma tête tout se brouilla.

Il n'y avait ni stop, ni croisement, plus rien, je traversais la ville comme on traverse un feu.

Il y eut un choc énorme et le fourgon bondit sur le côté, s'immobilisa. Quelque chose était devant en travers de la route. Je sortis voir ce qui se passait. Une voiture de course bleue était coincée sous le pare-chocs du Toyota. Sans que je sache d'où il sortait le chauffeur agrippa mon bras en criant. Je le repoussai et il tomba par terre.

— Foutez le camp ! braillai-je, je suis pressé, levez-vous de devant !

Je remontais dans le fourgon lorsqu'il revint à la charge, je me retournai et de toutes mes forces je lui envoyai mon pied dans le ventre. À toute allure il partit en arrière, brassa la nuit de ses bras ouverts, perdit l'équilibre et s'écrasa sur le trottoir. Je remis le moteur en marche, passai la marche arrière, dans un déchirement de ferraille le fourgon s'arracha, j'aperçus le capot défoncé de la voiture bleue.

Je reculai jusqu'à la première rue, m'y engageai comme un fou. Sur l'autoroute je sentis l'odeur de brûlé. Mon aile frottait contre le pneu droit ; avec la manivelle je parvins à l'écarter, tout glissait dans mes doigts, je dégoulinais.

Les arbres défilèrent, j'étais dans le chemin. Pourvu que j'arrive à temps ! Avant le bébé ! La maison fut dans mes phares. Je courus à la cabane, saisis le premier outil qui me tomba sous la main, une pioche, et me ruai sur leur porte.

Il me sembla que je frappais sur un décor, en quelques coups elle explosa. J'étais dans un hall, sur la droite un escalier tournait vers les chambres. Mina ! hurlai-je, Mina !

Une lumière blanche m'aveugla, des gens dévalèrent l'escalier. Elle était avec eux. Mina ! beuglai-je, ne fais pas d'enfant avec lui ! Fais attention ! Tu vas tuer notre amour !

Je le reconnus, il était nu devant moi. À toute volée je lui lançai la pioche dessus, il se jeta par terre. Un meuble vola en éclats, des taches de couleur fusèrent partout, des livres ou des fleurs. Mina en chemise d'homme, jambes nues, était debout au milieu des marches. Ses mains écrasaient ses oreilles, ses sourcils écrasaient ses yeux. Elle poussa alors un tel cri de douleur, une plainte si aiguë, si animale, qu'en courant je m'enfuis dans la nuit.

Des heures, des jours qui suivirent, que pourrais-je me souvenir ? Ni si je mangeai, ni où je dormis ; le soleil brûlait ma tête et je ne bougeais pas, je regardais devant moi la poussière d'un parc recouvrir lentement les pelouses, les haies de fusains, une volière où il n'y avait rien. Le ciel était aussi blanc que mes pieds. De temps en temps un ballon me tombait dessus et les enfants riaient.

Un jour quelqu'un m'adressa la parole, c'était le matin, je levai la tête. Deux jeunes femmes me souriaient. De cette scène, bizarrement, je revois le moindre détail ; mais est-ce bien dans cette période de ma vie qu'elle se passa ?

L'une était maigre, brune, presque sèche, les cheveux très courts, celle qui me parlait, blonde avec des yeux noisette. Elle s'assit à ma gauche et me demanda si je n'avais pas peur de l'apocalypse. Elle portait un polo jaune, une jupe blanche plissée, des escarpins blancs à talons hauts. Sa bouche était charnue, ses genoux dorés. Elle me dit que l'homme dans sa folie allait détruire ce monde merveilleux, que seuls quelques-uns d'entre nous survivraient. Elle me redemanda si je n'avais pas peur. Pour lui faire plaisir je répondis oui. Alors elle me dit qu'elle serait gourou un jour parce qu'elle le portait en elle depuis toujours et qu'elle avait été initiée, elle était allée à Louqsor recevoir les rayons. Moi aussi je le serai peut-être dans une autre vie.

À cet instant j'aperçus juste au-dessus d'une chaîne un suçon dans son cou, il avait la forme d'un œil, violet sur la peau claire. La brune restait debout, plus sévère elle paraissait la surveiller. Que pensait-elle de ce suçon ?

Elle me parlait maintenant de Jésus, elle me confia qu'il habitait Londres et qu'elle l'avait vu. Peu de gens le savaient. En octobre de l'année prochaine il passerait à la télévision, seuls les initiés pourraient le reconnaître, il apparaîtrait sous la forme d'un homme politique ou d'un chanteur.

Je ne voyais plus que cet œil de sang. Elle passa la main dans son cou et j'eus l'impression qu'elle écartait un peu le col de son polo afin que le suçon ressorte mieux sur le blanc de l'épaule. Elle me souriait gentiment. Peut-être que pour convaincre les gens elle couchait avec eux ? J'eus envie subitement de la prendre sur le banc. Ma main se releva. J'empoignai un de ses seins à travers le coton et de toute la force de mes doigts le serrai. Il était gros et dur, elle poussa un cri atroce. Ensemble elles partirent en courant.

Le soleil passa et repassa sur ma tête. Un soir, juste avant qu'il ne quitte la cime des arbres, j'achetai devant une église un morceau de hash.

Je le coupai en quatre et l'avalai afin qu'il me fasse plus d'effet. Je marchai devant des fontaines, des théâtres, des universités, je traversai des parcs, des voies ferrées. Soudain toutes les façades se mirent à bouger, la mairie s'avança vers moi puis l'ancienne poste, une rue se dressa comme un clocher. Des montagnes de pierre se resserraient sur moi. La ville allait m'écraser. Il fallait sortir de là au plus vite, gagner la rase campagne. Je courus vers mon fourgon, pris la direction des Alpes.

Je n'avais pas atteint le boulevard extérieur qu'un embouteillage me bloqua, une immense file de voitures s'étirait devant moi. Pendant un moment qui me parut un siècle aucune n'avança d'un millimètre. Les maisons allaient se remettre en marche, j'étais coincé. Des gens derrière klaxonnèrent, de plus en plus fort, de plus en plus nombreux. Ils avaient raison, je fis comme eux. Le vacarme devint étourdissant, à deux mains j'écrasai mon avertisseur. Brusquement des pierres et des tuiles s'abattirent sur mon toit et je protégeai ma tête sous mes bras. Le déluge redoubla, emporté par un typhon le Toyota valdingua. Comment la tôle ne s'éventrait-elle pas ? J'entrouvris un œil. Une meute d'hommes en furie cognait sur mes vitres et mon pare-brise. Leurs bouches étaient grandes ouvertes, leurs yeux flambaient. Pourquoi voulaient-ils me tuer ? Ils hurlaient. L'un d'eux ouvrit ma portière et m'envoya un coup de poing en criant : « Alors, tu vas avancer, salaud ! » À plusieurs ils me tirèrent dehors par les jambes pendant qu'accroché au volant je braillais : « Mais c'est pas moi, assassin ! C'est eux devant ! »

Je tombai sur le goudron ; il avait fait si chaud qu'il était presque mou. Alors je vis que la rue était libre, la file de voitures était bien garée contre le trottoir. Il n'y avait aucun embouteillage, j'avais dû avoir des troubles de la vue. Un homme en salopette rouge monta dans mon fourgon et le gara cent mètres plus loin, de biais sur un passage clouté. Quelqu'un me cracha dessus et le bouchon se disloqua.

Une nuit je me réveillai en sursaut, on frappait contre la vitre. Une tête était collée contre la vitre arrière, les mains en visière.

— Léo ! Ouvre-moi, c'est urgent !

Quelle était cette voix ? Le lampadaire étant placé derrière je ne pouvais discerner aucun trait de ce visage. La rue était déserte. Qui pouvait bien me chercher à cette heure ? Si c'était pour m'égorger, on ne m'aurait pas appelé par mon nom. J'entrouvris la porte à glissière. La tête entra dans le fourgon. C'était celle de Fabrice ; j'eus un mouvement de recul.

— Elle est à l'hôpital ! lâcha-t-il précipitamment. Elle a avalé un tube de Témesta et tout un tas de trucs, on l'a trouvée dans le coma.

— Quand ? bondis-je.

— Tôt hier matin. Depuis la nuit où tu es venu elle n'a pas cessé de te réclamer, on t'a cherché partout, elle croyait que tu étais mort. Elle pleurait tellement qu'on est allés voir au commissariat.

Jamais je n'avais vu ses yeux de si près, Mina avait raison, malgré la demi-pénombre je les trouvai timides, peut-être doux.

— Elle est toujours à l'hôpital ?

— Oui, on lui a fait tout de suite un lavage d'estomac, depuis hier soir elle est chambre 305, c'est au troisième.

Je sautai par-dessus la barre de fer sur le siège avant et sans refermer la porte à glissière démarrai sur les chapeaux de roues.

En courant j'entrai dans le hall, cherchai l'escalier. Un planton surgit d'un bureau vitré et me barra le passage.

— Que cherchez-vous ? Les visites sont interdites la nuit, revenez à huit heures.

J'allais l'écarter de mon chemin lorsque je pensai aux Urgences. Il devait bien y avoir une autre entrée. Sans répondre je fis volte-face.

Derrière le bâtiment j'aperçus un escalier en fer faiblement éclairé qui s'élevait en Z contre la façade. Sans doute une issue de secours ; je m'y élançai.

Au troisième une porte en fer s'ouvrit, j'étais dans un long couloir jaune, face au numéro 326. Tout était silencieux. À pas de loup je le longeai jusqu'à l'autre bout : secrétariat, médecin-chef, salle de réanimation, 305.

Elle était là derrière, seule. Délicatement je tournai la poignée. Tout mon sang était dans ma tête. La chambre était bleue.

D'abord je ne distinguai sur le lit qu'une forme plus claire. Un rayon de lune à travers les volets fit briller juste au-dessus quelque chose. Je compris qu'elle était sous perfusion. Mes yeux s'habituaient à la petite veilleuse à gauche du lit. Elle dormait. Son visage était bleu, à peine plus sombre que le drap.

Une seconde je crus m'être trompé de chambre, je vis un petit garçon. Ses cheveux étaient coupés si court qu'ils élargissaient encore ses pommettes et ses paupières closes. Longtemps je demeurai immobile, fasciné par ce visage qui lentement remontait des ténèbres. Le souffle coupé je la regardai glisser sur ce fleuve de nuit. Elle était plus belle qu'un souvenir.

Irrésistiblement je me penchai, posai mes lèvres sur le coin de sa bouche, là où tant de fois je les avais posées.

— Léo, murmura-t-elle.

Elle ouvrit les yeux.

— Je suis là, tout va aller bien maintenant, balbutiai-je.

De son bras libre elle voulut serrer ma tête mais n'eut que la force de frôler ma joue. Il retomba sur le drap.

— J'ai eu si peur, articula-t-elle.

Brisée, sa voix semblait la faire souffrir.

Je me suis assis près d'elle et sa tête dans mes mains je lui ai dit :

— Repose-toi, mon amour, c'est fini, on va partir ensemble.

Elle a essayé de venir vers moi.

— Oui, aide-moi, il faut partir tout de suite.

— Demain, Mina… Tu ne peux pas.

— Non maintenant, Léo !… Maintenant !

Ses mots étaient blessés.

— Tu es trop faible, je reste là. Prends ma main, ne la lâche plus.

— Emmène-moi loin d'ici ou je me jetterai par la fenêtre !

Elle a crié ça avec tant de peur que j'étais sûr qu'elle le ferait.

— Si tu me quittes une seule minute je me tue !

J'ai pensé qu'une infirmière allait passer et qu'on me flanquerait dehors.

— C'est toi, Mina, qui as voulu partir.

— Je suis partie parce que j'avais peur de te perdre. Je ne peux pas vivre sans toi.

Le bonheur m'a inondé.

Je me suis levé et j'ai entrouvert la porte. Le couloir brillait comme une route au soleil.

Doucement j'ai retiré l'aiguille, un pétale de géranium est apparu sur sa peau. Je l'ai enroulée dans une couverture et je l'ai soulevée dans mes bras.

Le couloir n'en finissait jamais. N'importe qui pouvait sortir et nous surprendre. Au bas de l'escalier en fer je me suis assis sur les marches. C'était l'heure où le jour se glisse sous la nuit, l'heure où le ciel est froid et les façades grises, je l'ai serrée contre moi. Elle n'avait pas quitté mes yeux. Des hirondelles ont déchiré l'aube, je me suis demandé si nous étions toujours en septembre.

J'ai ouvert la portière et je l'ai installée sur son siège. J'ai tourné la clef de contact en pensant à l'Afrique, parce qu'on m'avait dit à l'école que c'était le plus vieux continent de la terre. C'est là que j'avais toujours voulu l'emmener. Je me suis dit : « Avignon, Barcelone, Gibraltar, le désert. »

Nous avons traversé des villages endormis, des labours frais et des hameaux de brume. Après une longue allée de platanes on est entrés dans le matin rose.

À la première station-service ouverte je me suis arrêté. Il me restait en tout et pour tout 88 francs, j'ai tout mis en essence. Maintenant qu'elle était de nouveau près de moi, je me sentais la force de sortir d'une banque le coffre sous le bras. Rien ne nous arrêterait.

Au moment où j'ai démarré le premier rayon a frappé mon œil gauche ; une seconde le monde a été rouge. Une phrase a traversé ma tête : « Le soleil n'est jamais si beau qu'un jour où l'on se met en route. »

Nous avons roulé dans l'étincellement des labours comme autrefois quand nous longions le Luberon à l'heure où le soleil se lève, où l'on s'arrêtait pour prendre un petit déjeuner dans une auberge ou pour faire l'amour. Ce Luberon que nous avions tant de fois sillonné en riant, côté soleil ou côté ombre comme nous disions, selon que nous allions à Lourmarin ou à Lacoste et Roussillon.

Très loin j'ai entendu sa voix me chuchoter :

— Et toi, Léo, qu'as-tu fait pendant tout ce temps ?

— Je t'ai aimée.

Après Senas je lui ai demandé si elle ne regrettait pas d'être partie avec moi. Elle n'a pas répondu et j'ai cru qu'elle dormait.

Manosque, le 13 janvier 1988.

DU MÊME AUTEUR

Aux Éditions Denoël

LES CHEMINS NOIRS, prix Populiste 1989 (Folio nº 2361)

TENDRESSE DES LOUPS

LES NUITS D'ALICE, prix spécial du jury du Levant 1992 (Folio nº 2624)

LE VOLEUR D'INNOCENCE (Folio nº 2828)

OÙ SE PERDENT LES HOMMES

ELLE DANSE DANS LE NOIR